UM APARTAMENTO EM PARIS

GUILLAUME MUSSO

UM APARTAMENTO EM PARIS

Tradução de SIMONE DELAHONTT

www.lpm.com.br

L&PM POCKET

Coleção **L&PM** POCKET, vol. 1346

Texto de acordo com a nova ortografia.
Título original: *Un appartement à Paris*

Este livro foi publicado em formato 16x23cm pela L&PM Editores em 2019
Primeira edição na Coleção **L&PM** POCKET: setembro de 2022

Tradução: Simone Delahontt
Capa: layout XO Éditions
Imagens da capa: silhueta @Shutterstock/ Irina Prokopeva; desenho dos telhados de Paris e letreiramento © Rémi Pépin
Preparação: Mariana Donner da Costa
Revisão: Jó Saldanha

CIP-Brasil. Catalogação na publicação
Sindicato Nacional dos Editores de Livros, RJ.

M98a

Musso, Guillaume, 1974-
   Um apartamento em Paris / Guillaume Musso; tradução Simone Delahontt. – Porto Alegre [RS]: L&PM Editores, 2022.
   368 p. ; 18 cm.   (Coleção L&PM POCKET, v. 1346)

   Tradução de: Un appartement à Paris
   ISBN 978-65-5666-302-9

   1. Ficção francesa. I. Delahontt, Simone. II. Título.

22-79671   CDD: 843
                                 CDU: 82-3(44)

Meri Gleice Rodrigues de Souza - Bibliotecária - CRB-7/6439

Copyright © XO Éditions 2017. All rights reserved.

Todos os direitos desta edição reservados a L&PM Editores
Rua Comendador Coruja, 314, loja 9 – Floresta – 90.220-180
Porto Alegre – RS – Brasil / Fone: 51.3225.5777

PEDIDOS & DEPTO. COMERCIAL: vendas@lpm.com.br
FALE CONOSCO: info@lpm.com.br
www.lpm.com.br

Impresso no Brasil
Primavera de 2022

Sumário

O menino 11

NO AUGE DO INVERNO
Terça-feira, 20 de dezembro

1. A síndrome de Paris.. 21
2. A teoria dos 21 gramas... 44
3. A beleza das cordas 67
4. Dois estranhos na mesma casa 82

O PINTOR LOUCO
Quarta-feira, 21 de dezembro

5. Escapar ao destino.. 93
6. Um conjunto de destruições 114
7. Aqueles que ardem... 124
Gaspard... 140
8. A mentira e a verdade 145
9. Uma maneira de enganar a morte 158

O CHAMADO DA LUZ
Quinta-feira, 22 de dezembro

10. Atrás da luz.. 167
Pénélope 183

11. *Cursum Perficio* 189
12. *Black hole* 200

Sexta-feira, 23 de dezembro

13. Madri 211
14. Nueva York 229
15. De volta à Bilberry Street 239
Pénélope 250

O REI DOS ÁLAMOS
Sábado, 24 de dezembro

16. A noite americana 255
17. O Rei dos álamos 268
18. A cidade de gelo 275
19. Às portas do inferno 287
20. O filho preferido 309
Bianca 324
21. O quilômetro zero 327

Domingo, 25 de dezembro

22. *Night Shift* 341

Cinco anos depois 355

A 22ª Pénélope 361

Fontes
O verdadeiro do falso 365

Referências 366

*Para Ingrid,
para Nathan.*

*No auge do inverno, finalmente aprendi
que havia dentro de mim um verão invencível.*
ALBERT CAMUS

O menino

Londres, sábado, final da manhã.
Você ainda não sabe. Mas, em menos de três minutos, vai enfrentar uma das provações mais penosas de sua existência. Uma provação que você não previa, mas que vai feri-la de forma tão dolorosa quanto uma marca feita a ferro e fogo na pele fina.

Por ora, você está perambulando, serena, pela loja de departamentos com jeito de átrio antigo. Passados dez dias chuvosos, o céu voltou a ter um belo tom de azul-turquesa. Os raios de sol que batem nas vitrines do estabelecimento alegram seu coração. Para comemorar o início da primavera, você até se deu de presente aquele vestidinho vermelho de bolinhas brancas, aquele que piscava para você há uns quinze dias. Você se sente leve, quase exultante. O dia promete ser agradável: para começar, um almoço com Jul', sua melhor amiga, uma sessão de manicure só para garotas, uma exposição no Chelsea, claro, e, para completar, o show de PJ Harvey à noite, em Brixton.

Um passeio tranquilo pelos agradáveis meandros da vida.

Até que, de repente, você bate o olho nele.

*

Um menino de cabelo loiro, macacão jeans e casaco de lã azul-marinho. De dois anos, talvez um pouco mais.

Olhos claros, grandes e risonhos, que brilham por trás dos óculos de armação colorida. Traços delicados, cara redonda de boneca emoldurada por curtos cachos luminosos feito bola de feno sob o sol do verão. Já faz um tempo que você o observa, de longe. Mas, quanto mais se aproxima, mais fascinada fica pelo seu rosto. Um território intocado, radiante, que nem o mal nem o medo tiveram tempo de contaminar. Debaixo dessa carinha feliz, você enxerga apenas um leque de possibilidades. Alegria de viver, felicidade em estado bruto.

Nesse exato momento, o menino também olha para você. Um sorriso de cumplicidade, cândido, se esboça no rosto dele. Orgulhoso, ele lhe mostra o aviãozinho de metal, que voa pelos ares, acima de sua cabeça, preso entre seus dedos gorduchos.

– *Vrummmm.*

Enquanto você retribui o sorriso do menino, começa a ser tomada por uma emoção estranha. O lento veneno de um sentimento indecifrável contamina todo o seu ser com uma tristeza desconhecida.

A criança abre os braços e se põe a trotar ao redor do chafariz de pedra que lança jatos d'água sob a cúpula da loja. Por um breve instante, você pensa que o menino corre ao seu encontro e vai pular nos seus braços, mas...

– Papai, papai! Você viu? Fiz igualzinho ao avião!

Você levanta os olhos e cruza o olhar com o do homem que segura o menino em pleno voo. Uma faca gelada atravessa você, e seu coração se enrijece.

Você conhece esse homem. Há cinco anos, viveu uma história de amor que durou mais de um ano. Por causa dele, trocou Paris por Manhattan e mudou de profissão. Durante seis meses, até tentou ter um filho com ele, que nunca veio. E então o tal homem voltou para a ex-mulher, com quem já tinha um filho. Você fez tudo o que estava ao seu alcance para segurá-lo, mas não foi suficiente. Viveu esse período doloroso e, agora que achava que podia virar a página, o encontra justo hoje, e isso parte seu coração.

Nesse exato momento, você compreende melhor o incômodo que sente. Pensa que aquele filho poderia ser seu. Que aquele filho *deveria* ser seu.

O tal homem a reconhece imediatamente e não desvia o olhar. Pela expressão arrasada, você conclui que ele ficou tão surpreso quanto você, incomodado, vagamente envergonhado. Acha que ele virá falar com você. Mas, feito animal encurralado, tenta proteger o filhote e vai logo batendo em retirada.

– Venha, Joseph. Vamos embora.

Enquanto pai e filho se afastam, você não pode acreditar no que acabou de ouvir. "Joseph" era um dos nomes que, juntos, vocês pensavam em dar para um possível filho. Sua visão se turva. Você se sente roubada. Um cansaço pesado se abate, prendendo-a no chão por muitos minutos, deixando você imóvel, petrificada, com um nó na garganta.

*

Com muita dificuldade, você chega à saída da loja. Está com os ouvidos zunindo, seus movimentos são mecânicos, os braços e as pernas pesam toneladas. No Saint James Park, consegue levantar a mão para chamar um táxi, mas continua tremendo por todo o trajeto, lutando contra os pensamentos que a tomam de assalto, querendo saber o que está prestes a acontecer.

Já com a porta do apartamento trancada, você corre e vai direto abrir a torneira da banheira. Chegando ao quarto, não acende a luz. Sem tirar a roupa, se atira na cama. Inerte. Em sua cabeça, desfilam as imagens do menino do aviãozinho e, logo, logo, todo o desespero que voltou a sentir diante do antigo amor se transforma em uma sensação de vazio atroz. Uma ausência que lhe dá um aperto no peito. Você chora, é claro, mas tenta se convencer de que as lágrimas são catárticas e que essa crise vai se resolver sozinha. Só que a dor se aprofunda, incha e se assoma como uma onda gigantesca, que a carrega e a faz ultrapassar todas as barreiras, liberando os anos de insatisfação, de rancor, de esperanças frustradas. Reavivando as feridas que você acreditava cicatrizadas.

Não demora para a gélida hidra do pânico serpentear entre suas pernas. Você se levanta de supetão. Seu coração bate acelerado. Você já passou por um episódio idêntico há alguns anos, que não terminou bem. Mas, agora que o pensamento lhe ocorreu, você não consegue deter sua inexorável evolução. Tremendo descontroladamente, vai cambaleando até o banheiro.

A caixa de primeiros socorros. Os frascos de remédios. Você entra na banheira – já quase transbordando –, apesar de só ter tirado metade da roupa. A água está quente demais ou fria demais, você não sabe e nem liga. No peito, um aperto. No ventre, um abismo. Diante dos olhos, um horizonte plúmbeo, onde você jamais estará a salvo do sofrimento.

Você não tem consciência de que já está lá. Nesses últimos anos, andou um pouco perdida, é verdade, e faz tempo que sabe que a vida é algo frágil. Mas não esperava perder o chão hoje nem afundar tão rápido. Mais do que tudo, não sabia que essa correnteza de lama fluía dentro de você. Essa treva, essa peçonha, essa miséria. Esse sentimento de solidão perpétua que se revelou bruscamente e a deixa aterrorizada.

*

Os frascos de remédio flutuam na água feito barcos na ausência da brisa. Você os abre e engole as cápsulas aos punhados. Mas isso não basta. Precisa ir até as últimas consequências. Então solta a lâmina do barbeador, que está na borda da banheira, e a afunda nos antebraços.

Você sempre lutou arduamente, mas hoje não se sente mais capaz, porque seu inimigo não deixa escolha e a conhece melhor do que você mesma. Ao cortar as próprias veias, você lembra, com ironia, da alegria exagerada que sentiu hoje pela manhã, ao ver o sol atravessando a janela.

E então vem esse momento estranho e reconfortante, quando você sabe que a sorte está lançada, e sua viagem sem volta já começou. Hipnotizada, você contempla seu próprio sangue, que se dilui, traçando na água arabescos de uma beleza indescritível. E, ao sentir que a vida se esvai, tenta se convencer de que, pelo menos, vai parar de sentir dor. E, nesse exato momento, isso não tem preço.

Enquanto o demônio a envolve em seus gases fumegantes, a imagem do menino cruza mais uma vez seu pensamento. Você o vê na praia, diante do mar. Um lugar que poderia ser na Grécia ou no sul da Itália. Você está bem perto dele. Tão perto que até pode sentir seu cheiro de areia, de trigo, tranquilizante como a brisa das tardes de verão.

Quando ele olha na sua direção, você revê, emocionada, seu belo rosto, seu nariz arrebitado e seus dentes separados, que tornam seu sorriso irresistível. E então o menino abre os braços e se põe a correr na sua direção.

– Olha, mamãe! Fiz igualzinho ao avião!

NO AUGE DO INVERNO

Terça-feira, 20 de dezembro

1
A síndrome de Paris

Paris é sempre uma boa ideia.
Audrey Hepburn

1.

Aeroporto Charles de Gaulle, área de desembarque.

Uma espécie de definição do inferno na terra.

Na área de controle de passaportes, centenas de passageiros se aglutinavam em uma fila de espera confusa, que se espichava e serpenteava feito uma jiboia obesa. Gaspard Coutances levantou a cabeça em direção às cabines de acrílico, enfileiradas a cerca de vinte metros dele. Por trás da sucessão de guichês, havia apenas dois míseros policiais para controlar o fluxo transbordante de passageiros. Gaspard bufou, exasperado. Toda vez que pisava nesse aeroporto, perguntava-se como as autoridades responsáveis eram capazes de ignorar os efeitos devastadores de um cartão de visitas tão detestável da França.

Engoliu a saliva. Para completar, fazia um calor dos diabos. O ar estava úmido, carregado, saturado por um terrível odor de transpiração. Gaspard ficou entre um adolescente com jeito de motoqueiro e um grupo de asiáticos. A tensão era palpável: no auge do jet lag, depois de um voo de dez ou quinze horas, os passageiros com cara de zumbi descobriam, furiosos, que sua via-crúcis não chegara ao fim.

O calvário teve início logo depois da aterrisagem. O voo, vindo de Seattle, até chegou na hora – o avião pousara um pouco antes das nove da manhã –, mas foi preciso esperar mais de vinte minutos até que posicionassem a ponte de embarque e desembarque para que os passageiros saíssem da aeronave. Em seguida, veio o percurso sem fim por aqueles corredores ultrapassados. Uma caça ao tesouro horripilante, tentando desvendar as complicadas placas de sinalização, castigando as pernas nas escadas rolantes defeituosas, lutando para não acabar com as costas no ônibus lotado que fazia a ligação entre os terminais para, no fim, ficar parado como gado naquela sala sinistra. Bem-vindo à França!

Com a bolsa de viagem pendurada no ombro, Gaspard suava em bicas. Tinha a impressão de já ter percorrido três quilômetros desde que descera do avião. Abatido, pergunta-se qual era a razão de estar ali. Por que se infligia, todos os anos, a pena de um mês de confinamento em Paris para escrever uma nova peça de teatro? Riu de nervoso. A resposta era simples e convincente como um slogan: "técnica de escrita em ambiente hostil". Todos os anos, na mesma data, Karen, sua agente, alugava para ele uma casa ou apartamento onde podia trabalhar com calma. Gaspard odiava tanto Paris – em época de Natal, sobretudo – que não via mal nenhum em ficar trancafiado 24 horas por dia. Resultado: a peça se escrevia sozinha, ou quase. Para todos os efeitos, no final de janeiro, o texto sempre estava terminado.

A fila avançava com uma lentidão desesperadora. A espera era uma provação. Crianças superexcitadas corriam entre as barreiras, gritando; duas pessoas idosas se apoiavam uma na outra para não desmoronar, um bebê vomitou a mamadeira no pescoço da mãe.

"Malditas férias de fim de ano...", resmungou Gaspard, respirando fundo o ar viciado. Ao perceber a expressão de descontentamento no rosto de seus companheiros de infortúnio, lembrou do artigo que lera em uma revista, falando da "síndrome de Paris". A cada ano, aumentava o número de turistas japoneses e chineses que eram hospitalizados e, não raro, deportados, acometidos por doenças psiquiátricas graves quando de sua primeira visita à capital francesa. Assim que desembarcavam na França, esses viajantes começavam a sofrer sintomas estranhos – delírios, depressão, alucinações, paranoia. Com o tempo, os psiquiatras acabaram encontrando uma explicação: o mal-estar dos turistas era decorrente da discrepância entre sua visão idealizada da Cidade Luz e a que realmente existia. Imaginavam que encontrariam o mundo maravilhoso de Amélie Poulain, aquele propagandeado pelo cinema e pela publicidade. Em vez disso, encontravam uma cidade dura e hostil. A Paris fantasiosa – aquela, dos cafés românticos, dos buquinistas às margens do Sena, do monte Montmartre e de Saint-Germain-des-Prés – se despedaçava diante da realidade: a imundície, os batedores de carteira, a falta de segurança, a poluição onipresente, a feiura dos grandes conjuntos habitacionais, a defasagem do transporte público.

Só para pensar em outra coisa, Gaspard tirou do bolso algumas folhas de papel dobradas em quatro com a descrição e as fotos da gaiola de ouro que sua agente alugara, no 6º *arrondissement*. O antigo ateliê do pintor Sean Lorenz. As imagens eram sedutoras e criaram a expectativa de um espaço aberto, iluminado, relaxante, perfeito para a maratona de escrita que estava à sua espera. Como de costume, ele se fiara nas fotos, mas Karen havia visitado as instalações e garantira que Gaspard ia gostar delas. "E até mais do que gostar", completou, misteriosa.

Ele esperava que sim, pelo menos.

Ele amargou mais uns quinze minutos de espera até que um dos agentes da Polícia Aeroportuária se desse o trabalho de pousar os olhos em seu passaporte. Acolhedor como uma grade de prisão, o sujeito sequer lhe dirigiu um "bom dia", um "obrigado" e tampouco respondeu ao seu "bom trabalho" quando lhe devolveu os documentos.

Mais um momento de perplexidade diante das placas de sinalização. Gaspard foi na direção errada e precisou refazer seus passos. Uma cascata de escadas rolantes. Uma sucessão de portas automáticas que sempre tardavam a se abrir. Foi logo passando reto pelas esteiras de bagagem. Graças a Deus, não cometera a insensatez de despachar a mala.

Naquele exato momento, não estava muito longe da saída do inferno. Lutou para se livrar da turba incomum que bloqueava o saguão de desembarque, acotovelando-se com a multidão e interrompendo o beijo de um casal, pulando sobre os passageiros que dormiam ali mesmo, no chão. Já no seu campo de visão, a porta giratória debaixo da placa "Saída – Táxi" era a materialização do fim do suplício. Pronto: apenas mais alguns metros e ele estaria livre daquele pesadelo. Pegaria um táxi, colocaria os fones de ouvido e faria uma fuga mental ao som do piano de Brad Mehldau e do contrabaixo de Larry Grenadier. Então, já naquela tarde, começaria a escrever e...

A chuva foi um balde de água fria em seu entusiasmo. Trombas d'água caíam sobre o asfalto. Um céu plúmbeo. Uma tristeza e uma eletricidade pairando no ar. Nenhum táxi à vista. Em vez disso, viaturas das forças de choque da Polícia Civil e passageiros desorientados.

– O que está acontecendo? – perguntou para um carregador que fumava seu cigarrinho, estoico, perto de um cinzeiro.

– Não tá sabendo? É a greve, senhor.

2.

Enquanto isso, na Gare du Nord, Madeline Greene descia do Eurostar das 9h47, o trem-bala que vinha de Londres.

Seus primeiros passos em solo francês foram vacilantes, ela teve dificuldade para se situar. Sentia um peso nas pernas trêmulas. Ao cansaço, somavam-se a tontura, um enjoo lancinante e refluxos ácidos que queimavam seu esôfago. O médico bem lhe avisara desses efeitos colaterais do tratamento, mas ela não imaginava que passaria o Natal em um estado tão deplorável.

A mala que arrastava parecia pesar uma tonelada. Distorcido, amplificado, o ruído das rodinhas no chão asfaltado ecoava em sua cabeça e esfolava seu crânio, intensificando a enxaqueca que a atormentava desde que acordara.

Madeline parou de supetão para subir até o fim o zíper de seu casaco de couro forrado de pelo de ovelha. Estava suando, mas tremia. Sentiu uma falta de ar e achou, por alguns instantes, que ia desmaiar, mas recuperou um pouco as forças ao chegar ao fim da plataforma, como se a balbúrdia que reinava na estação a estimulasse e a reconectasse instantaneamente à vida.

Apesar da má fama da Gare du Nord, Madeline sempre fora fascinada pelo local. Onde os outros viam desordem e medo, ela enxergava uma concentração de energia bruta e contagiante. Não um antro, mas uma nave em perpétuo movimento. Milhares de vidas, de destinos que se cruzavam, tecendo uma gigantesca teia de aranha. Um fluxo contínuo, inebriante, uma grande onda que era preciso saber pular para não se afogar.

A estação lhe parecia, sobretudo, uma cena de teatro encenada por milhares de atores: turistas, gente da periferia, homens de negócios, marginais, guardas fazendo patrulha, camelôs, traficantes, funcionários dos cafés e do comércio do entorno... Ao observar esse mundo em miniatura coberto pela grande claraboia, Madeline pensou nos globos de neve que sua avó sempre lhe trazia de viagem. Um globo gigantesco, fervilhante, desprovido dos flocos de plástico e que rachava, sob o peso da multidão.

Chegou ao saguão e foi recebida por uma rajada de vento. O tempo estava ainda pior do que em Londres: uma chuva contínua, um céu sujo, um ar úmido e abafado. Como Takumi lhe avisara, dezenas de táxis bloqueavam o acesso à estação. Nem ônibus nem carros conseguiam se encarregar dos viajantes, devolvê-los à labuta. Diante de uma câmera de televisão, os ânimos se exaltavam: grevistas e usuários reencenavam a sequência sem fim que tanto agrada aos jornais e noticiários.

Madeline foi logo desviando do grupo. "Por que não me passou pela cabeça trazer um guarda-chuva?", censurou-se, já atravessando a rua para pegar o bulevar de Magenta. Foi andando bem perto do meio-fio e levou um banho quando um carro passou por uma poça d'água. Encharcada e furiosa, desceu a rua Saint-Vincent-de-Paul até a entrada da igreja. Lá, ao volante de um furgãozinho parado em fila dupla, estava Takumi, que chegara pontualmente no local combinado. Sua Renault Estafette chamativa era decorada com uma pintura alegre, que contrastava com o dia cinzento com as palavras: "Jardin Extraordinaire – Floricultura – rua Delambre, 3b – 75014 – Paris". Madeline abanou ao vê-lo e entrou no veículo.

– *Hello*, Madeline, seja bem-vinda a Paris! – disse o florista, oferecendo-lhe uma toalha.

– Olá, amigo. Que bom ver você!

Ela secou os cabelos e ficou reparando no jovem asiático. Takumi usava o cabelo curto, uma jaqueta de veludo cotelê e um lenço de seda. Uma boina xadrez de flanela cobria sua cabeça redonda, deixando à mostra as orelhas de abano, que faziam com que parecesse um rato. Seu rosto era cortado por um bigode ralo que estava mais para adolescente que acabou de entrar na puberdade do que para Magnum. Não envelhecera nada desde que Madeline fora embora de Paris e lhe vendera sua bela floricultura, do qual ele fora funcionário, havia alguns anos.

– Legal você ter vindo me buscar. Obrigada – disse ela, afivelando o cinto de segurança.

– De nada. Você já penou que chega com os meios de transporte por hoje.

O jovem florista deu a partida e entrou na rua d'Abbeville.

– Como você pode ver, nada mudou neste país desde que você foi embora – comentou, apontando para o grupo de manifestantes. – A coisa fica pior a cada dia que passa.

Os limpadores de para-brisa do velho Renault penavam para tirar a água da chuva que se acumulava no vidro.

Apesar do enjoo que a atacou novamente, Madeline fez um esforço para puxar assunto:

– E como vai a vida? Não vai tirar uma folga no Natal?

– Só no fim da semana que vem. Vamos passar o Ano-Novo com a família de Marjolaine. Os pais dela são donos de uma destilaria na região de Calvados.

– Se você continua fraco para bebida, a coisa promete!

O florista ficou vermelho. "Continua sensível esse Takumi", pensou Madeline, achando graça, observando a paisagem que se liquefazia pela janela. O carro chegou ao bulevar Haussmann e avançou uns quinhentos metros antes de virar na rua Tronchet. Apesar das trombas d'água, apesar dos efeitos do clima social ruim, Madeline estava feliz por estar ali.

Tinha adorado morar em Manhattan, mas não fora capaz de captar a suposta energia da qual alguns de seus amigos tanto se gabavam. Na verdade, Nova York a deixara estropiada. Sua cidade dos sonhos continuava sendo Paris, porque era para lá que ela voltava quando precisava curar as feridas. Vivera ali por quatro anos. Não necessariamente os melhores anos de sua vida, mas, pelo menos, os mais importantes: seus anos de resiliência, de reconstrução, de renascimento.

Até 2009, trabalhou na Inglaterra, no Departamento de Investigações Criminais de Manchester. Um inquérito terrível – o caso Alice Dixon* –, do qual era encarregada, a exauriu e a obrigou a sair da polícia. Esse fracasso a fez perder tudo: a profissão, o respeito dos colegas, sua autoconfiança. Em Paris, montou uma pequena floricultura e se reergueu, instalando-se no bairro de Montparnasse, longe dos inquéritos de assassinato e de crianças desaparecidas. Essa vida mais calma teve uma reviravolta radical quando um reencontro a fez descobrir uma pista inesperada, permitindo que retomasse o inquérito que destruíra sua vida. Finalmente, o caso Alice Dixon teve um final feliz, em Nova York. As circunstâncias desse êxito lhe deram a oportunidade de entrar no departamento administrativo do WITSEC, o programa federal de proteção à testemunha dos Estados Unidos. Madeline deixou a floricultura a cargo de Takumi e se mudou para Nova York. Um ano depois, a NYPD – a polícia nova-iorquina – lhe propôs um contrato de consultoria no departamento de assuntos confidenciais. Sua missão era lançar um novo olhar sobre certos casos arquivados. O tipo de trabalho que seria muito excitante em uma série de tevê ou em um romance policial de Harlan Coben. Mas que, na realidade, se revelou um mero serviço burocrático, de um tédio abissal. Durante quatro anos, Madeline não pisou uma vez sequer em uma

---

* Ver, do mesmo autor, *L'Appel de l'ange*. Paris: Éditions XO, 2011 (ed. de bolso: 2012). [Edição brasileira: *O chamado do anjo*. Campinas: Verus, 2012.] (N.E.)

cena de crime. Não conseguiu reabrir um único inquérito. O departamento do qual dependia não tinha recursos e esbarrava em uma burocracia que deixaria a administração francesa envergonhada. Para qualquer pedido de análise de DNA, era necessário preencher uma pilha de formulários, a menor autorização para interrogar uma antiga testemunha ou ter acesso a alguma evidência exigia uma papelada insana e acabava, na maioria das vezes, recebendo uma ordem de arquivamento do FBI, que detinha o poder de decisão sobre os casos mais interessantes.

Sem arrependimentos, ela acabou largando esse emprego e voltou para a Inglaterra. Nem queria ter se demorado tanto em Nova York. Porque, depois que Jonathan Lempereur – o homem por quem se apaixonou, por quem largou tudo e foi morar em Manhattan – voltou para a mulher, nada mais a prendia de verdade nos Estados Unidos.

– Eu e Marjolaine vamos ter um bebê na primavera – confidenciou, de repente, o florista.

A revelação faz Madeline voltar de seus pensamentos.

– Eu... eu fico muito feliz por você – balbuciou, se esforçando para falar em um tom alegre.

Mas sua resposta soou falsa. Tanto que Takumi mudou de assunto:

– Você nunca me contou o que a faz gostar tanto de Paris, Madeline.

– Uma coisa aqui, outra ali – respondeu, evasiva.

– Se quiser passar a noite de Natal conosco, lá em casa, será muito bem-vinda.

– É muita gentileza, mas prefiro não. Não me leve a mal, mas preciso mesmo ficar sozinha.

– Você é que sabe.

Novo silêncio. Constrangedor. Madeline não puxou mais assunto. Com o nariz grudado no vidro, tentou se situar, se esforçou para conectar cada lugar a uma lembrança de sua vida parisiense. A Place de la Madeleine a fez pensar em uma exposição da pinacoteca dedicada a Dufy; a rua Royale a lembrou de um bistrô que servia uma *blanquette de veau* de comer de joelhos; a ponte Alexandre III continuava associada ao acidente que sofrera em um dia de chuva, andando de moto...

– Você tem algum plano profissional? – insistiu Takumi.

– É claro – mentiu ela.

– Tem visto Jonathan?

"Vai cuidar da sua vida!"

– Bom, já terminou o interrogatório? Devo lembrar que a policial aqui sou eu.

– Na verdade, você não é mais policial, até onde eu sei...

Madeline soltou um suspiro. O jovem inconveniente já começava a lhe dar nos nervos, de verdade.

– OK. Vou ser sincera: quero que você pare com essas perguntas. Você era meu assistente, eu lhe vendi meu negócio, mas isso não lhe dá o direito de ficar me interrogando sobre a minha vida!

Enquanto atravessavam a Esplanade des Invalides em seu furgãozinho, Takumi ficou olhando de esguelha para Madeline. Ela continuava a mesma de quando se conheceram, com o temperamento explosivo, o casacão de couro, as madeixas loiras e o corte chanel meio *old school*.

Ainda furiosa, Madeline abriu o vidro e acendeu um cigarro.

– Sério que você ainda fuma? – censurou o florista. – Você não tem juízo.

– Cala a boca – respondeu Madeline, soltando uma baforada de fumaça nele, só para provocar.

– Não! No meu carro, não! Não quero que fique fedendo a cigarro!

Madeline aproveitou que a Estafette acabara de parar em um sinal para pegar a mala e abrir a porta.

– Mas... Madeline, o que você pensa que está fazendo?

– Já passei da idade de levar lição de moral de graça. Vou a pé.

– Não, espera, você...

Ela bateu a porta e foi embora a passos largos, sozinha, pela calçada da rua de Grenelle.

Chovia cada vez mais forte.

3.

– Greve? – exclamou Gaspard. – Que greve?

Fatalista, o carregador deu de ombros e fez um gesto vago.

– Ah, o de sempre. O senhor sabe...

Para se proteger das rajadas de chuva, Gaspard cobriu os olhos com a mão. Claro que não lhe passou pela cabeça trazer um guarda-chuva.

– Então não tem táxi?

– Nadinha. O senhor pode tentar pegar a linha B do RER, mas só um terço dos trens estão circulando.

"Era só o que me faltava, prefiro a morte."

– E os ônibus?

– Aí já não sei... respondeu o carregador, franzindo o cenho e dando a última tragada no cigarro.

Furioso, Gaspard voltou para o interior do terminal de passageiros. Em um dos quiosques de conveniências Relay, folheou o *Le Parisien* do dia. A manchete era eloquente: "A grande paralisação". Motoristas de táxi, ferroviários, funcionários dos transportes públicos da região de Paris, controladores de voo, aeromoças e comissários de bordo, caminhoneiros, estivadores, carteiros, garis: todos deram sua palavra e prometeram ao presidente que parariam o país se ele não revogasse uma lei controversa. A reportagem dizia ainda que se poderia esperar outras greves e que, depois da paralisação das refinarias, era bem possível que o país ficasse sem gasolina dentro de alguns dias. Para piorar, depois de um pico de poluição interminável que ocorrera no início do mês, foi a vez do Sena ter uma cheia histórica. Havia áreas alagadas por toda Paris, o que complicava ainda mais a circulação.

Gaspard esfregou as pálpebras. "Sempre a mesma lenga-lenga toda vez que piso neste país..." O pesadelo continuava, mas pouco a pouco o cansaço foi substituindo a fúria.

O que fazer? Se tivesse celular, poderia ter ligado para Karen, para que ela encontrasse uma solução. Só que Gaspard jamais quis ter um. Assim como não tinha computador, não tinha tablet, não tinha e-mail e jamais entrava na internet.

De modo um tanto ingênuo, se pôs a procurar um telefone público pelo saguão do aeroporto. Mas, pelo jeito, todos haviam sumido.

Os ônibus eram sua última esperança. Saiu e procurou, em vão, por algum funcionário que pudesse lhe dar informações, perdeu uns bons quinze minutos tentando entender as sutilezas das linhas expressas da Air France e assistiu, desiludido, à partida de dois ônibus lotados que não podiam pegar mais passageiros.

Depois de mais meia hora de espera, com o aguaceiro caindo com força redobrada, pôde, enfim, subir em um dos veículos. Mas não foi sentado, não mesmo – nem chegou a sonhar –, mas, pelo menos, a linha era boa: ia para a estação Montparnasse.

Espremidos feito sardinhas, pingando de chuva, os passageiros se resignaram a aceitar a desgraça até o fim. Apertando sua bolsa contra o peito, Gaspard pensou na definição de homem de Dostoiévski: "um ser que a tudo se acostuma". A ter os pés esmagados, a ser empurrado, a que espirrem na sua cara, a transpirar dentro de uma estufa lotada de desconhecidos, a compartilhar uma barra metálica cheia de micróbios...

Mais uma vez, sentiu a tentação de desistir e ir embora da França, mas se consolou dizendo que o calvário duraria apenas um mês. Se conseguisse terminar de escrever a peça no tempo previsto, em menos de cinco semanas estaria de volta à Grécia – para passar o final do inverno e o início da primavera –, onde tinha um veleiro atracado na ilha de Sifnos. E então passaria seis meses navegando pelas Cíclades, vivendo em harmonia com os elementos, em uma explosão de cores e sensações: o branco ofuscante do sol batendo na cal, o azul-cobalto do céu, o turquesa profundo do Mar Egeu. Na Grécia, Gaspard se incorporava à paisagem, à vegetação e aos aromas, em uma espécie de fusão panteísta. Depois de se embriagar com o ar marinho, fundia-se à vegetação mediterrânea, costeava os muros de pedras soltas, se deliciava com os aromas de tomilho, sálvia, azeite de oliva e polvo grelhado. Uma felicidade que durava até meados de junho. Quando os turistas começavam a empestear as ilhas, ele fugia para o território norte-americano, para seu chalé em Montana.

Lá, o estilo de vida era outro: um retorno à natureza no que ela tinha de mais selvagem e árduo. Seus dias eram ritmados pela pesca da truta, pelo vagar sem fim pelas florestas de bétula, a rodear lagos, acompanhar rios e riachos. Uma existência solitária, mas intensa, longe do câncer das cidades e de seus habitantes anêmicos.

Quilômetro por quilômetro, o ônibus percorria a rodovia A3. Através dos vidros embaçados, Gaspard enxergava, de quando em quando, as placas das cidades da periferia nordeste de Paris: Aulnay-sous-Bois, Drancy, Livry-Gargan, Bobigny, Bondy...

Ele precisava daquelas longas imersões, sozinho com a natureza, para se purificar, para se limpar das chagas da civilização. Pois fazia muito tempo que Gaspard Coutances estava em guerra contra a agitação e o caos de um mundo que avançava em direção à ruína. Um mundo com rachaduras por todos os lados e que ele não compreendia. Como bom misantropo, se sentia mais próximo dos ursos, dos falcões e das cobras do que de seus supostos irmãos humanos. E tinha orgulho de ter rompido com um mundo que detestava. Orgulho de ser capaz de viver a maior parte do tempo afastado da sociedade e de suas regras. Dessa forma, fazia 25 anos que não ligava a televisão, ignorava quase tudo a respeito da internet e dirigia um Dodge do fim dos anos 1970.

Sua vida de eremita se baseava em um ascetismo convicto, mas não radical. Gaspard se permitia, de vez em quando, uma extravagância, quando surgia a oportunidade. Chegava a sair das montanhas ou de seu refúgio na Grécia para pegar um avião e assistir a um show de Keith Jarrett em Juan-les-Pins, ver uma retrospectiva de Bruegel em Rotterdam ou presenciar uma montagem de *Tosca* na Arena de Verona. E, além disso, havia o tal mês de escrita em Paris. Depois de ter amadurecido a peça de teatro na cabeça durante um ano, trancafiava-se no escritório, dezesseis horas por dia. Toda vez pensava que estava sem ideias, sem inspiração, sem vontade. Mas toda vez um processo misterioso se punha em movimento. As palavras, as cenas, os diálogos, as deixas jorravam da caneta e se articulavam em um conjunto coerente, conduzidos por uma escrita seca e sem afetação.

Suas peças, naquela época, eram traduzidas para quase vinte línguas e montadas no mundo inteiro. Apenas no ano anterior, quase uma quinzena de produções ganharam os palcos da Europa e dos Estados Unidos. Uma de suas peças mais recentes, *Ghost Town*, fora encenada no Schaubühne, o mítico teatro de Berlim, e foi indicada ao prêmio Tony. Suas histórias agradavam, sobretudo, à imprensa intelectualoide, que superinterpretava e superestimava um pouco sua obra.

Gaspard jamais assistia às montagens de suas peças e tampouco dava entrevistas. No princípio, Karen ficou preocupada com essa decisão de não aparecer na mídia, mas soube tirar proveito dessa restrição para criar o "mistério de Gaspard Coutances". No fim das contas, quanto menos Gaspard se esforçava, mais a imprensa o cobria de louros. Era comparado a Kundera, a Pinter, a Schopenhauer, a Kierkegaard. Gaspard não se sentia lisonjeado com essas honrarias, pois sempre acreditou que seu sucesso era fruto de um mal-entendido.

Depois de passar por Bagnolet, o ônibus se demorou uma eternidade na periferia até entrar no Quai de Bercy e chegar na Gare de Lyon. Lá, o veículo fez uma parada interminável, o tempo necessário para metade dos passageiros desembarcarem, e seguiu na direção oeste.

Todas as peças de teatro de Gaspard bebiam da mesma fonte: o absurdo e o trágico da vida, a solidão inerente à condição humana. Exprimiam o repúdio de Gaspard à loucura de sua época e prescindiam de ilusões, de otimismo, de sentimentalismo e de qualquer espécie de *happy end*. Mas, ainda que fossem desesperadas e cruéis, suas peças também eram engraçadas. Claro que não eram nenhum clássico da comédia, como os filmes *Pouic-Pouic*, *A gaiola das loucas* ou o programa de tevê *Au théâtre ce soir*, mas eram peças vivas e dinâmicas. Como Karen costumava dizer, davam aos expectadores a impressão de que podiam ser livres e, aos críticos, de que eram inteligentes. Talvez fosse essa a explicação para o entusiasmo do público e dos atores mais representativos do teatro, que se digladiavam para interpretar seus textos provocativos.

Tinham acabado de atravessar o Sena. No bulevar Arago, as decorações de Natal tristonhas e depenadas fizeram

Gaspard lembrar do quanto detestava essa época e no que essa festividade se transformara: um mero vômito comercial e vulgar. E então o ônibus parou na Place Denfert-Rochereau, bem em frente à entrada para as Catacumbas. Em torno do monumento do Leão de Belfort, um pequeno grupo de manifestantes agitava bandeiras com as cores de entidades de classe como CGT, FO e FSU. O motorista baixou o vidro para falar com o guarda que estava orientando o trânsito. Aguçando os ouvidos, Gaspard descobriu que a avenida du Maine estava interditada, bem como todos os acessos à Tour Montparnasse.

As portas se abriram com um barulho pneumático.

– Fim da linha, todo mundo descendo! – anunciou o motorista, com um tom de quem estava achando graça no fato de abandonar os passageiros à própria e triste sorte.

Do lado de fora, a tempestade se acirrava ainda mais.

4.

Em razão da greve e da paralisação dos aterros sanitários, Paris estava soterrada pelo lixo. Montanhas de dejetos se acumulavam na frente de restaurantes, nas entradas de edifícios e diante das fachadas das lojas. Ressentidos, divididos entre o nojo e a raiva, certos turistas até faziam selfies irônicas na frente das lixeiras, que transbordavam de resíduos.

Sob a chuva torrencial, Madeline subia a rua de Grenelle, arrastando a mala de rodinhas que parecia pesar um quilo a mais a cada cem metros percorridos. Valente, ela decidiu que não se deixaria abater. Para criar coragem, elaborou mentalmente os planos para os próximos dias. Passear pela Île Saint-Louis, assistir a um musical no Châtelet, uma peça de teatro no Édouard-VII, ver a exposição de Hergé no Grand Palais, *Manchester à beira-mar* no cinema e ir a alguns restaurantezinhos sozinha... Precisava que tudo corresse bem naquela temporada. Fora para lá na esperança de descansar e se recompor. Atribuía à cidade essa espécie de virtude mágica.

Continuou o trajeto se segurando para não pensar no procedimento médico que precisaria fazer dentro de alguns dias. Quando tinha acabado de passar pela rua de Bourgogne, a chuva parou de uma hora para a outra. Ao chegar na rua du Cherche-Midi, um tímido raio de sol até apareceu, e teve vontade de sorrir. Ela pegou o smartphone para abrir o e-mail do site de aluguel de residências por meio do qual escolhera o lugar onde ia ficar.

"Um apartamento em Paris": um mês antes, esses foram os termos que inseriu no site de busca quando começou a procurar uma acomodação. Depois de algumas dezenas de cliques e meia hora de navegação, chegou ao site de uma imobiliária especializada na locação de imóveis atípicos. A casa estava muito além do seu orçamento, mas chamou tanto sua atenção que ela não conseguiu se imaginar ficando em nenhum outro lugar. Com medo de perdê-la, Madeline pegou o cartão de crédito imediatamente e efetuou a reserva.

Na mensagem de confirmação, havia tanto o endereço completo do local quanto os códigos necessários para abrir as portas. De acordo com as referências, o imóvel estava localizado na viela Jeanne-Hébuterne, um beco sem saída fechado por um portão de ferro, bem em frente ao restaurante Chez Dumonet. Madeline reconheceu o portão com a pintura descascada e, com os olhos grudados na tela do celular, digitou os quatro algarismos que possibilitavam sua abertura.

Assim que entrou e fechou o portão, Madeline foi transportada para um refúgio além do tempo. Em primeiro lugar, impressionou-se com as plantas altas – madressilva, bambus, jasmins, magnólias – e com os arbustos – laran-

jeiras-do-méxico, andrômedas-japonesas, árvores-das-
-borboletas – que transformavam o local em uma espécie
de terrário bucólico e campestre, bem diferente da secura
da cidade. Em seguida, ao avançar pelo chão de pedra,
encontrou um conjunto de quatro casas. Os sobradinhos
ficavam ao redor de um pátio, e as fachadas eram cobertas
por heras e passifloras.

A última casa da vila era a que Madeline havia alugado.
Não tinha nada a ver com as outras. Do lado de fora, era um
cubo de concreto armado decorado com um padrão xadrez
de azulejos vermelhos e pretos. Ela digitou um segundo
código para abrir o portão, encimado por uma inscrição
em finas letras de ferro forjado: *"Cursum Perficio"*.*

Assim que passou pela entrada, alguma coisa aconteceu: uma espécie de encantamento, não muito distante
de um amor à primeira vista. Um deslumbramento que
atingiu em cheio seu coração. De onde vinha aquela sensação de estar em sua própria casa? Aquela impressão de
uma harmonia indescritível? Da disposição espacial dos
objetos? Do reflexo ocre da luz natural? Do contraste com
o caos que reinava ao seu redor?

Madeline sempre fora sensível aos ambientes. Há muito tempo, isso era até uma parte importante de seu trabalho:
conversar com os lugares. Mas os lugares com os quais ela
havia lidado até então tinham como particularidade o fato
de serem cenas de crime...

Ela deixou a mala em um canto do saguão e percorreu
todos os cômodos com calma. *Cursum Perficio* era uma ca-
sa-ateliê dos anos 1920, perfeitamente restaurada, com três
níveis distribuídos em torno de um pátio interno com jardim.

No térreo havia uma cozinha ligada a uma sala de
jantar e uma grande sala de estar despojada. Descendo por

---

* Minha jornada termina aqui. (N.E.)

uma escada de madeira bruta, chegava-se ao desnível que dava no pátio, dividido em dois cômodos que se abriam para um chafariz cercado de trepadeiras. O andar de cima era inteiramente ocupado por um imenso ateliê, um quarto e um banheiro.

Enfeitiçada, Madeline ficou vários minutos no ateliê, impressionada com os janelões com mais de quatro metros de altura, com vista para o céu aberto e as copas das árvores. Na descrição fornecida pelo site de locação de imóveis, ela lera que a casa pertencera ao pintor Sean Lorenz. De fato, o ateliê parecia estar conservado no estado em que o artista o deixara, com o chão salpicado de manchas de tinta, cavaletes e molduras de todos os tamanhos, telas virgens dispostas em escaninhos. E, por todos os lados, potes de tintas, brochas, pincéis, latas de tinta spray.

Madeline teve dificuldade para sair do ateliê. Era emocionante e perturbador circular pela intimidade do pintor. De volta à sala, abriu a porta de vidro que dava acesso ao terraço. Ao entrar lá, foi arrebatada pelo perfume inebriante das flores que subia do pátio e, com um sorriso nos lábios, observou dois pintarroxos que voejavam em volta do comedouro preso no muro. Estava mais no campo do que em Paris! E era isso que Madeline faria: tomaria um banho e depois se instalaria no terraço com uma xícara de chá e um bom livro!

Aquela casa fez Madeline voltar a sorrir. Acertara ao seguir seu instinto de ir para lá. Paris era mesmo a cidade onde tudo podia acontecer.

5.

Praguejando contra aquele aguaceiro, Gaspard pulava de uma calçada para a outra, com a jaqueta na cabeça, a bolsa de viagem machucando seu ombro. Saindo da praça

Denfert-Rochereau, foi correndo até a estação de metrô Edgard-Quinet sem parar uma vez sequer. Ao entrar na rua Delambre, já estava em terreno conhecido. Dois anos atrás, Karen alugara para ele um enorme apartamento de esquina na travessa Delambre. Ele se lembrava bem da rua: a escola primária, o Hotel Lenox, a floricultura Jardin Extraordinaire com sua fachada florida, assim como dois restaurantes onde ele também já fora fazer suas refeições: o Sushi Gozen e o Bistrot du Dôme.

Quando chegou ao bulevar du Montparnasse, finalmente parou de chover. Gaspard aproveitou para vestir a jaqueta e limpar os óculos. Ouvia-se uma gritaria rouca e confusa vinda da rua. Bombas, buzinas, apitos, sirenes, palavras de ordem contra o governo. A grande avenida transbordava de manifestantes. Uma passeata bem organizada, que esperava para entrar na rua de Rennes. Gaspard reconheceu os coletes amarelo-limão e os vermelhos da CGT amontoados em volta de um balão inflável de ar quente e um sistema de som que incitava a multidão a continuar caminhando.

O dramaturgo mergulhou no mar de faixas e bandeiras para chegar, segurando a respiração, ao bulevar Raspail. Aliviado por encontrar um pouco de calma, recuperou o fôlego, apoiado em um poste de iluminação. Suando, tirou do bolso o papel que Karen lhe enviara e releu o endereço e as instruções para entrar no imóvel. Retomou o caminho com tímidos raios de sol cintilando na calçada.

Na esquina da rua du Cherche-Midi, a vitrine de uma loja de vinhos o fez melhorar de humor. Le Rouge et le Noir. Certificou-se de que não havia ninguém no estabelecimento antes de entrar. Como sabia exatamente o que queria, abreviou a conversa com o proprietário e saiu dez minutos depois, equipado com um caixote de grands crus: gevrey-chambertin, chambolle-musigny, saint-estèphe, margaux, saint-julien...

Ah, o álcool...

Ao ver seu reflexo nas vitrines, pensou rapidamente na terrível cena do começo do filme *Despedida em Las Vegas*, quando o personagem interpretado por Nicolas Cage para em uma *liquor store* e enche seu Cadillac com dezenas de garrafas de bebida. Uma escala, um prelúdio à descida ao inferno suicida.

Claro que Gaspard não estava mais nessa situação, mas o álcool fazia parte de seu cotidiano. Apesar de beber sozinho a maior parte do tempo, também tomava porres memoráveis nos botecos de quinta de Columbia Falls, Whitefish e Sifnos. Bebedeiras violentas com sujeitos rústicos, que estavam pouco se lixando para Bruegel, Schopenhauer, Milan Kundera e Harold Pinter.

Era a solução mais simples para preencher seus vazios e tornar sua vida menos trágica. O parceiro que lhe ajudava a roubar alguns fragmentos de sossego da existência. Tanto amigo quanto inimigo, o álcool era o escudo que mantinha as emoções à distância, a armadura que o protegia das angústias, o melhor dos soníferos... Lembrou da frase de Hemingway: "O homem inteligente às vezes é obrigado a beber para passar o tempo na companhia dos estúpidos". Pronto: era isso. Na verdade, o álcool não resolvia problema nenhum, mas possibilitava um meio transitório de suportar a grande aliança da mediocridade que, de acordo com ele, contaminara a humanidade.

Gaspard tinha consciência de que existia a possibilidade de o álcool levar a melhor. E tinha até uma concepção precisa de como isso poderia acontecer: chegaria um dia em que a vida lhe pareceria tão insuportável que ele não conseguiria mais enfrentá-la sóbrio. A imagem de seu próprio cadáver prestes a se precipitar nos abismos alcoolizados atravessou seu pensamento. Ele foi logo afugentando esse pesadelo e se deu conta de que chegara a um portão coberto por uma demão de tinta azul-prussiano.

Acomodou o caixote de vinho debaixo do braço e digitou os quatro algarismos do código no teclado que protegia a entrada da viela Jeanne-Hébuterne. Assim que entrou na pequena vila, algo o fez relaxar. Por um bom tempo, ficou perplexo ao encontrar a vegetação e o ar provinciano, quase antiquado, daquele beco arborizado. Ali, parecia que o tempo transcorria mais devagar do que em outros lugares, como se aquele local fosse atravessado por um fuso horário paralelo. Dois gatos tranquilos lagarteavam ao sol. Passarinhos cantavam nos galhos das cerejeiras. Parecia que o caos lá fora ficara, de uma hora para outra, muito distante; e era difícil acreditar que estava a poucas centenas de metros da horrorosa Tour Montparnasse.

Deu alguns passos no chão de pedras irregulares. Um pouco mais para trás, escondidas pelos arbustos, ficavam as casinhas de arenito com paredes rebocadas. Atrás dos portões enferrujados, as fachadas de um tom de ocre eram tomadas de heras. Por fim, no fundo do beco, havia uma construção audaciosa, de linhas geométricas. Um paralelepípedo de concreto armado decorado com uma faixa larga de vidro translúcido que se estendia por toda a altura da fachada de azulejos vermelhos e pretos dispostos como um tabuleiro de xadrez. Acima da porta, havia a seguinte inscrição em ferro forjado: *Cursum Perficio*, nome da última casa de Marilyn Monroe. Mais um pequeno teclado, pedindo novos algarismos. Gaspard seguiu as orientações de Karen, e a porta de aço se abriu com um clique discreto.

Curioso para ver a casa por dentro, Gaspard passou reto pelo saguão e foi diretamente para a sala, que não era igual à das fotos. Era melhor. A casa tinha uma planta engenhosa, distribuída em volta de um pátio interno retangular complementado por um terraço em forma de "L".

"Caramba...", sussurrou entredentes, embasbacado com a elegância do lugar. Toda a tensão que acumulara durante as últimas horas se dissipou. Estar ali era como estar em outra dimensão, um espaço ao mesmo tempo conhecido e reconfortante. Funcional, aconchegante e de bom gosto. Tentou, por alguns instantes, analisar a origem daquela sensação, mas nem a arquitetura nem a harmonia das proporções eram gramáticas cujas regras ele conhecia.

Ele não costumava ser sensível aos ambientes. Era sensível a paisagens: ao reflexo das montanhas nevadas na superfície dos lagos, à brancura azulada das geleiras, à imensidão inebriante das florestas de pinheiros. Não acreditava nessa bobagem de feng shui e na influência da disposição dos móveis na circulação da energia dentro de um cômodo. Mas foi obrigado a constatar que ali só sentia "bons fluidos" e que, pelo menos, tinha certeza de que tudo daria certo e conseguiria trabalhar ali com o maior prazer.

Abriu a porta de correr de vidro, foi para o terraço e se apoiou no guarda-corpo, deleitando-se com o canto dos pássaros e a atmosfera campestre de que tanto gostava. O vento estava mais forte, mas o clima era agradável, e o sol banhava seu rosto. Pela primeira vez, depois de muito tempo, Gaspard sorriu. Para comemorar sua chegada, abriria uma garrafa de gevrey-chambertin e serviria uma taça que degustaria tranquilamente, enquanto...

Um barulho o arrancou daquele estado de enlevo. Havia mais alguém na casa. Uma faxineira, talvez, ou o porteiro. Entrou novamente para se certificar.

Foi então que deu de cara com uma mulher. Completamente nua, a não ser pela toalha de banho enrolada no peito que descia até a altura das coxas.

– Quem é você? O que está fazendo na minha casa? – perguntou ele.

A mulher lhe lançou um olhar furioso.

– Era exatamente isso que eu ia lhe perguntar – respondeu ela.

2

A teoria dos 21 gramas

> *Parte do que nos atrai nos artistas é sua alteridade, sua recusa do conformismo, seu dedo do meio apontado na cara da sociedade.*
> Jesse Kellerman

1.

– Para ser sincero, não sei se entendi muito bem qual é a sua reclamação, senhorita Greene.

De cabelo grisalho e peito estufado, Bernard Benedick dava a impressão de estar montando guarda diante de uma grande tela monocromática exposta nos fundos de sua galeria, na rua du Faubourg-Saint-Honoré. Como perdera peso recentemente, a camisa de gola Mao e sua jaqueta de nylon verde-absinto ficavam enormes. Os grandes óculos Le Corbusier tomavam toda a parte de cima de seu rosto, mas realçavam seus olhos redondos, seu olhar vivo e expressivo.

– O anúncio do site é enganoso – repetiu Madeline levantando a voz. – Não menciona em nenhum lugar que se tratava do aluguel de um quarto em uma casa compartilhada.

O galerista sacudiu a cabeça.

– A casa de Sean Lorenz não tem opção de aluguel compartilhado – garantiu.

– Veja com seus próprios olhos – irritou-se Madeline, entregando duas folhas impressas: seu contrato de locação e outro idêntico, que o tal Gaspard Coutances lhe mostrara depois que dera de cara com ele quando estava saindo do banho, uma hora antes.

O galerista pegou os papéis e olhou de relance, com cara de quem não estava entendendo nada.

– De fato, parece ter havido um erro – acabou admitindo, mordendo os óculos. – Trata-se, obviamente, de um bug. Mas, para ser sincero, não entendo muito disso. Foi Nadia, uma de nossas estagiárias, que se encarregou de publicar o anúncio no site. Eu poderia tentar contatá-la, mas ela saiu de férias hoje pela manhã, foi para Chicago e...

– Eu já enviei um e-mail pelo site, e isso não resolveu meu problema – interrompeu Madeline. – O homem que, neste exato momento, está dentro da casa, veio dos Estados Unidos e não tem a menor intenção de ir embora.

O galerista ficou com uma expressão triste.

– Eu jamais deveria ter posto essa casa para alugar! Até depois de morto Lorenz continua fazendo da minha vida um inferno! – resmungou, furioso consigo mesmo.

Então soltou um suspiro, irritado.

– Quer saber do que mais? – disparou. – Vou devolver seu dinheiro.

– Não quero dinheiro. Quero o que foi combinado: ficar na casa, *sozinha*.

Madeline enfatizou a palavra, sentindo vibrar dentro de si aquela convicção irracional de que ela *tinha* que ficar naquele lugar.

– Nesse caso, vou reembolsar esse tal sr. Coutances. Quer que eu ligue para ele?

– Você não vai acreditar, mas ele não tem celular.

– Bem, então transmita minha proposta a ele.

– Não fiquei mais do que cinco minutos com o homem. Não me pareceu muito tranquilo.

– A senhorita tampouco me parece ser muito tranquila – retrucou Benedick, entregando um cartão de visitas. – Ligue para mim quando tiver falado com ele. E, se quiser dar uma volta pela galeria, posso escrever um bilhete me desculpando e fazendo minha proposta de ressarcimento.

Madeline enfiou o retângulo de papel no bolso de sua calça jeans e deu as costas sem dizer "obrigada", duvidando que o bilhete do galerista pudesse ter algum efeito sobre aquele tal de Coutances, que era, visivelmente, uma espécie de urso agressivo e taciturno.

Estava na hora do almoço. Como a galeria estava vazia, Madeline tirou um tempo para dar uma olhada nos quadros. A galeria era especializada em arte urbana e contemporânea. Na primeira sala, havia apenas três grandes telas em exposição, todas intituladas *Sem título*. Superfícies monocromáticas, com tons tristes e chapados, rasgos de estilete e pregos enferrujados. A segunda sala, por outro lado, era repleta de cores vivas e de energia. As obras ali expostas ficavam na fronteira entre o grafite e a caligrafia asiática. Madeline as observou com interesse, mas sem emoção.

Aquele tipo de quadro, não raro, lhe causava uma reação de distanciamento. Para falar a verdade, ela jamais se comovera com a arte contemporânea. Como todo mundo, lera e assistira as reportagens sobre o sucesso de artistas-celebridade – a caveira de diamantes de Damien Hirst e seus animais conservados em formol, as lagostas de Jeff Koons, que causaram polêmica no Palácio de Versalhes, os grandes atos provocadores de Banksy, o pinheiro em forma de plugue anal de Paul McCarthy vandalizado na Place Vendôme –, mas ainda não encontrara a chave que permitiria entrar naquele universo. Mesmo hesitante, entrou na última sala, que continha obras diversas. "Isso aqui é um grande vale-tudo", pensou ao se demorar, um pouco contra a vontade, diante de uma série de esculturas infláveis em forma de falo com cores ácidas, depois diante de personagens de mangá versão pornô moldados em resina cor-de-rosa. A exposição prosseguia com dois enormes esqueletos petrificados em uma posição radical do Kama Sutra, esculturas monumentais de Lego e uma quimera de mármore branco, na qual a cabeça e o tronco de Kate Moss se fundiam com um corpo de leão. Mais para o fundo da sala, havia uma coleção de armas – fuzis, bacamartes, arcabuzes – feitas com sucata... latas de sardinha, lâmpadas queimadas, utensílios de cozinha de metal ou de madeira fixados com arame, silver tape e barbante.

– Você gostou?

Madeline levou um susto ao se virar. Ficara tão absorvida contemplando as obras que não ouvira Bernard Benedick se aproximar.

– Não entendo nada, mas a priori não faz muito meu estilo.

– E qual é o seu "estilo", mais precisamente? – perguntou o galerista, bem-humorado, lhe entregando um envelope que Madeline enfiou no bolso da calça jeans.

– Matisse, Brancusi, Nicolas de Staël, Giacometti...

– Reconheço, de bom grado, que não temos o mesmo nível de genialidade aqui – concordou sorrindo, referindo-se obviamente à floresta multicolorida de membros eretos. – Você vai dar risada, mas é isso que eu mais tenho vendido ultimamente.

Madeline ficou com cara de ponto de interrogação.

– Você tem alguma obra de Sean Lorenz?

Até então alegre, Benedick fechou a cara.

– Infelizmente, não. Lorenz era um artista que pintava pouco. Suas obras são praticamente impossíveis de encontrar hoje em dia e valem uma fortuna.

– Quando ele morreu, precisamente?
– Há um ano. Tinha só 49 anos.
– Morreu jovem.
Benedick concordou:
– Sean sempre teve a saúde frágil. Tinha problemas cardíacos havia muito tempo e fizera várias pontes de safena.
– Você era o único marchand dele?
O homem fez uma careta triste.
– Fui seu primeiro marchand, mas era sobretudo seu amigo, ainda que, frequentemente, ele me irritasse muito.
– E as telas de Lorenz são parecidas com o quê?
– Com nada de conhecido, justamente! – exclamou. – Um Lorenz era um Lorenz!
– Mas de que maneira? – insistiu Madeline.
Benedick se empolgou:
– Sean era um pintor inclassificável. Não pertencia a nenhuma escola nem se atinha a nenhum estilo. Fazendo uma analogia com o cinema, podemos dizer que ele se aproxima de Stanley Kubrick: um artista capaz de criar obras-primas em gêneros bem diferentes.

Madeline sacudiu a cabeça. Precisava sair dali, resolver aquela história com seu colocatário indesejado. Mas alguma coisa a detinha naquele lugar. Tinha a impressão de que o encontro com a casa do pintor fora como um reencontro tão profundo que queria saber mais sobre ele.

– Você é o dono do ateliê de Lorenz hoje em dia?
– Digamos que tento protegê-lo dos credores de Sean. Sou seu herdeiro e testamenteiro.
– Como assim, credores? Você disse que as obras de Lorenz são valorizadíssimas.
– É isso mesmo, mas o divórcio lhe custou muito caro. E fazia muito anos que ele não pintava.
– Por quê?
– Por causa da doença e de problemas pessoais.

– Que problemas?

Benedick se irritou:

– Por acaso você é da polícia?

– Sim, precisamente – respondeu Madeline, sorrindo.

– E o que quer dizer com isso? – perguntou ele, surpreso.

– Fui policial por muitos anos – explicou. – Primeiro no Departamento de Investigações Criminais de Manchester e depois em Nova York.

– E investigava o quê?

Madeline deu de ombros e respondeu:

– Homicídios, sequestros...

Benedick apertou os olhos como se tivesse acabado de ter uma ideia. Olhou para o relógio e então apontou, através do vidro, o restaurante italiano do outro lado da rua que, com uma fachada preta e lambrequins dourados, parecia a vela de um navio pirata.

– Gosta de *saltimbocca*? – perguntou. – Tenho uma reunião dentro de uma hora. Mas, se quiser saber mais a respeito de Sean, posso pagar seu almoço.

2.

Uma brisa tépida fazia farfalhar os galhos de uma velha tília plantada no meio do pátio interno. Sentado à mesa do terraço, Gaspard Coutances degustava um gole de vinho. O gevrey chambertin estava delicioso: equilibrado, intenso, amplo e sutil na boca, com aromas frutados de cereja-negra e cassis.

Contudo, o prazer de sua degustação foi atrapalhado pela incerteza que pesava sobre o aluguel da casa. "Droga", irritou-se, "não posso me deixar expulsar por essa moça!" Queria escrever sua peça de teatro ali. Não era nem uma questão de princípios, mas de necessidade. Agora que havia se apaixonado, se recusava a ceder, já que estava no seu direito. Mas aquela tal de Madeline Greene tinha jeito de durona. Insistira que ele pegasse o celular dela emprestado e ligasse para a sua agente. Apesar de não ser diretamente responsável por aquela situação, Karen pediu mil desculpas e ligou dez minutos depois, informando que reservara um quarto no Bristol enquanto as coisas não se acertavam. Mas Gaspard recusou, curto e grosso, e lhe deu um ultimato: era *aquela* casa ou nada. Das duas, uma: ou Karen encontrava uma solução ou poderia dar adeus à parceria entre os dois. Normalmente, esse tipo de ameaça tinha o poder de transformar Karen em uma guerreira. Mas, daquela vez, Gaspard achava que não seria suficiente.

Mais um gole de borgonha. Canto de pássaros. Ar agradável. Sol de inverno que aquecia o coração. Gaspard não pôde deixar de sorrir, já que havia algo de cômico naquela situação. Um homem e uma mulher que, graças a um erro de informática, acabaram alugando a mesma casa durante as festas de fim de ano. Parecia o começo de uma peça de teatro. Não daquelas coisas intelectualoides e cínicas que ele escrevia, mas algo mais alegre. Uma daquelas peças dos anos 1960 e 1970 escritas por Barillet e Gredy, das quais seu pai tanto gostava, dos bons tempos do teatro Antoine ou do Bouffes-Parisiens.

Seu pai...

Isso sempre acontecia. Toda vez que Gaspard ia para Paris, as lembranças de sua infância, brasas que ele acreditava terem se extinguido, se reavivavam. Para não se queimar, Gaspard expulsou essa imagem de seus pensamentos, antes que se tornasse dolorosa demais. Com o tempo, aprendera que era melhor manter distância desse tipo de lembrança. Uma questão de sobrevivência.

Serviu-se de mais vinho e, com a taça na mão, saiu do terraço e se pôs a andar pela sala. Foi logo atraído pela coleção de LPs: centenas de discos de jazz, cuidadosamente arrumados e organizados em prateleiras de carvalho natural. Pôs no toca-discos um vinil de Paul Bley do qual jamais ouvira falar e, por alguns instantes, se deixou transportar pelo som cristalino do piano enquanto observava os quadros pendurados na parede.

Não havia nenhum desenho ou pintura, apenas fotos de família em preto e branco. Um homem, uma mulher, um menino. O homem era Sean Lorenz. Gaspard o reconheceu porque lembrava de ter visto seu retrato – tirado pela artista inglesa Jane Bown – no obituário publicado no *Le Monde*, em dezembro do ano anterior. A fotografia original ampliada estava diante dele: alta estatura, postura imponente, rosto muito magro e comprido, olhar enigmático que parecia, a um só tempo, inquieto e determinado. A mulher de Lorenz só estava presente em duas fotos. Suas poses lembravam as que Stephanie Seymour e Christy Turlington faziam nas capas das revistas de moda de 25 anos atrás. Uma beleza dos anos 1990: esguia, sensual, exuberante. Magra sem ser esquelética. Altiva sem parecer inacessível. Mas a maioria das fotos era de Lorenz com o filho. O pintor até podia ser um homem austero, mas, quando estava com o menino – um loirinho com uma carinha adorável e olhar esfuziante –, sua morfologia se metamorfoseava, como se a alegria de viver da criança contagiasse o pai. As últimas fotos dessa exposição de família eram dois retratos mais alegres, que mostravam Lorenz prestes a pintar com crianças de cinco ou seis anos, entre as quais seu filho, em um lugar que deveria ser uma escola primária ou um curso de arte para crianças.

Na biblioteca, entre obras completas editadas pela Pléiade ou edições limitadas da Taschen ou da Assouline, Gaspard se deparou com um volume dedicado à obra de Lorenz. Um tomo de quase quinhentas páginas, encadernação luxuosa e que, sem dúvida, deveria pesar uns três quilos.

Gaspard pousou a taça na mesa de centro e se recostou no sofá de dois lugares para folhear o livro. A honestidade lhe obrigou a admitir que ele não conhecia as obras de Lorenz. Com relação à pintura, seus gostos estavam mais para a escola flamenga e para a época de ouro holandesa: Van Eyck, Bosch, Rubens, Vermeer, Rembrandt... Correu os olhos pelo prefácio, assinado por um tal Bernard Benedick, que prometia uma análise aprofundada do trabalho de Lorenz e acesso a material inédito. Desde as primeiras palavras, Gaspard gostou do tom livre e direto que Benedick utilizou para traçar as linhas gerais da vida do pintor.

Sean Lorenz nasceu em Nova York, em meados dos anos 1960. Sua mãe, Elena Lorenz, era empregada doméstica, e o pai era um médico do Upper West Side que jamais o reconheceu. Filho único, o futuro pintor passou a infância e a adolescência nas Polo Grounds Towers, um conjunto habitacional ao norte do Harlem. Apesar de não ter onde cair morta, sua mãe fez das tripas coração para que ele estudasse em um colégio particular protestante. Mas o jovem Sean não se revelou digno de tal sacrifício: depois de ser expulso da escola diversas vezes, foi pouco a pouco caindo na marginalidade. Foi no final da adolescência, entre acusações de pequenos furtos, que começou a pintar. Ou melhor, a marcar muros e vagões de metrô de Manhattan, junto com um coletivo de grafiteiros que se chamava "Os Pirotécnicos".

Gaspard observou as fotos de época reproduzidas na obra. Mostravam Sean com 20 ou 25 anos – aparência jovem, mas já com uma expressão atormentada – vestido com um casacão preto grande demais, uma camiseta manchada de tinta, boné de rapper e um par de All Star surrado. Armado com latas de spray, estava, na maioria das fotos, acompanhado por dois "cúmplices": um latino magrelo de rosto delicado e uma moça bem corpulenta e um tanto masculina, que sempre usava uma tiara de índia.

Os famigerados Pirotécnicos cobriam de traços furiosos vagões de metrô, tapumes e prédios abandonados. Eram fotos pouco nítidas, granuladas, tiradas em depósitos, terrenos baldios e nos subterrâneos do metrô. Fotos que fizeram Gaspard lembrar da Nova York selvagem, imunda, violenta e estimulante que conhecera quando era estudante.

3.

– Os anos 1980 foram o auge do grafite em Nova York – explicou Bernard Benedick, enrolando o espaguete no garfo. – Para se reapropriar da cidade, jovens como Sean cobriam de tinta tudo o que viam pela frente: as cortinas de ferro das lojas, caixas de correio, lixeiras e, claro, vagões de metrô.

Sentada diante do marchand, Madeline escutava com atenção, mordiscando uma salada de polvo.

Benedick pousou os talheres e tirou do bolso um smartphone com tela grande e abriu o aplicativo de fotos para selecionar um álbum dedicado a Sean Lorenz.

– Olha só – disse, passando o celular para Madeline.

Ela rolou a tela do iPhone para ver as fotos numeradas que datavam daquela época.

– *Lorz74*? O que isso significa? – perguntou, apontando para a sigla arredondada que aparecia em muitos dos trabalhos.

– Era o pseudônimo de Sean. É costume dos grafiteiros combinar o nome com o número da rua onde moram.

– E essas duas pessoas ao lado de Lorenz, quem são?

– Jovens do bairro com quem ele andava. O grupo se chamava Os Pirotécnicos. O galã latino assinava seus grafites com o pseudônimo *NightShift*, mas logo sumiu do mapa. A moça que mais parece um trator já é outra história: uma artista muito talentosa conhecida pelo nome *LadyBird*. Uma das raras mulheres do universo do grafite.

Madeline continuou vendo as dezenas de fotos que Benedick guardara. A Nova York dos anos 1980 e 1990 pouco se parecia com a cidade que ela conhecera. Nas fotos, se via uma selva de pedra agressiva, bairros sob o domínio de gangues, vidas devastadas pelo crack. Em contraste com essa tristeza, as cores vivas dos grafites explodiam como fogos de artifício. A maioria das pinturas de Lorenz consistia em letras enormes e coloridas, redondas como balões de hélio, que se sobrepunham e se entrelaçavam, na mais pura tradição *wildstyle*. Madeline lembrou dos muros da cidade de Manchester, onde passara a adolescência. Aquele alfabeto labiríntico, um emaranhado caótico de setas e pontos de exclamação, lhe provocava sentimentos contraditórios. Ela odiava o lado anárquico e transgressor, mas era obrigada a admitir que aqueles murais enormes tinham, pelo menos, a virtude de combater a tristeza e o cinza do concreto.

– Resumindo – continuou o marchand –, no início dos anos 1990, Sean Lorenz era um delinquente que andava por aí com seu bando e tostava o cérebro com heroína. E também era um grafiteiro bem talentoso, muito técnico, capaz de fazer coisas interessantes...

– ...mas nada de extraordinário – completou Madeline.

– Só que tudo mudou a partir do verão de 1992.

– O que foi que aconteceu?

– Naquele verão, Sean Lorenz conheceu, na Grand Central Station, uma jovem francesa de dezoito anos e ficou perdidamente apaixonado. Ela se chamava Pénélope Kurkowski. Sua mãe era da Córsega, e o pai, polonês. Trabalhava em Nova York como babá, mas, em paralelo, participava de castings porque queria ser modelo.

O galerista fez uma pausa, apenas pelo tempo necessário para encher um copo de água com gás.

– Para chamar a atenção de Pénélope, Sean se empenhou em pintar por todas as linhas de metrô de Nova York.

Durante dois meses, realizou um número impressionante de murais, retratando sua amada.

Ele pegou o celular de volta e ficou procurando outras fotos, enquanto explicava:

– Lorenz não foi o primeiro grafiteiro a declarar seu amor por uma mulher por meio de suas pinturas: Cornbread e Jonone já haviam feito isso antes dele. Mas foi o único a traduzir seus sentimentos dessa maneira.

Quando encontrou o que procurava, colocou o iPhone em cima da mesa e o empurrou para Madeline.

Ela aproximou os olhos da tela. E o que viu a deixou impressionada. As pinturas eram uma ode à beleza feminina, à volúpia e à sensualidade. Os primeiros murais eram castos, quase românticos, mas os seguintes foram se tornando cada vez mais despudorados. Pénélope neles parecia uma mulher-cipó, múltipla, ao mesmo tempo aérea e aquática, que crescia de vagão em vagão. Enfeitado de folhas, rosas e flores-de-lis, seu rosto era emoldurado por cabelos arrepiados que flutuavam, ondulavam, se entrelaçavam, formando arabescos ao mesmo tempo elegantes e ameaçadores.

4.

Com o livro aberto apoiado nos joelhos, Gaspard Coutances não conseguia tirar os olhos das fotos dos vagões de metrô pintados por Sean Lorenz naqueles meses de julho e agosto de 1992. Os murais eram deslumbrantes. Ele jamais vira algo parecido. Ou melhor, vira: faziam lembrar de *A Mulher-Flor* de Picasso, assim como de alguns cartazes de Alfons Mucha, mas em uma versão underground e proibida para menores. Quem era aquela moça cujo corpo reluzia como se estivesse coberta de folhas douradas? A mulher de Lorenz, óbvio, explicava a legenda. A tal Pénélope, que ele já vira nos retratos de família em preto e branco. Uma mulher ambígua, tanto acolhedora quanto venenosa. Uma criatura de pernas intermináveis, pele de alabastro e cabelos cor de ferrugem.

Fascinado, Gaspard virou as páginas do livro e encontrou outros murais de um erotismo perturbador. Em certas fotos, os cabelos de Pénélope pareciam dezenas de víboras que serpenteavam pelos seus ombros, se enrodilhavam em seus seios, lambiam seus flancos, acariciavam suas partes íntimas. Seu rosto, coberto por uma auréola psicodélica ou banhado por uma chuva de ouro, estava contorcido de prazer. Seu corpo se duplicava, se retorcia, rodopiava, ardia...

5.

– Com esse ato impressionante, Lorenz quebrou todas as regras – explicou Benedick. – Libertou-se dos princípios rígidos do grafite e passou a uma outra dimensão, inscrevendo sua obra na tradição de pintores como Klimt e Modigliani.

Fascinada, Madeline voltou para a tela com as fotos dos esfuziantes vagões.

– E nenhuma dessas obras existe mais?

O galerista esboçou um sorriso meio satisfeito, meio fatalista.

– Não, só existiram por um verão. O efêmero é a própria essência da arte urbana. É o que a torna bela.

– Quem tirou todas essas fotos?

– A famosa LadyBird. Era ela que se encarregava de registrar o que os Pirotécnicos faziam.

– E foi arriscado para Lorenz se jogar em uma empreitada dessas, não?

Benedick concordou:

– O começo dos anos 1990, em Nova York, foi o começo da era da tolerância zero. As forças da lei dispunham de um arsenal legal bastante repressivo, e o MTA, departamento de transportes públicos da cidade, começara uma verdadeira caçada contra os grafiteiros. Os tribunais estabeleciam penas muito pesadas. Mas o risco era mais uma prova do amor que Sean sentia por Pénélope.

– E como ele fez, em termos práticos?

– Sean era malandro. Contou que tinha uniformes para se infiltrar nas equipes de vigilância do metrô e conseguir entrar nas garagens onde os trens ficavam estacionados.

Madeline continuou com os olhos grudados na tela do smartphone. Pensou naquela mulher, Pénélope. O que teria sentido ao ver sua imagem radiante e despudorada inundando Manhattan daquela maneira? Teria ficado lisonjeada, mortificada, humilhada?

– Lorenz conseguiu atingir seu objetivo? – perguntou.

– Você quer saber se Pénélope foi para cama com ele?

– Não foi bem isso que eu quis dizer, mas... sim.

Com um gesto, Benedick pediu dois cafés e explicou:

– No começo, Pénélope ignorou Sean, mas é muito difícil ignorar por muito tempo um sujeito que idolatra você de tal maneira. Depois de alguns dias, ela não resistiu ao charme dele. Os dois se amaram loucamente durante aquele verão. E então, em outubro, Pénélope voltou para a França.

– Foi uma simples paixonite de férias, então?

O galerista sacudiu a cabeça.

– É aí que você se engana. Sean estava perdidamente apaixonado por essa garota. A ponto de, em dezembro do mesmo ano, ter vindo encontrar Pénélope na França e ir morar com ela em Paris, em um apartamentinho de dois cômodos na rua des Martys. Sean continuou a pintar. Não mais nas linhas do metrô, mas nos muros e tapumes de terrenos baldios na região de Stalingrado e na cidade de Seine-Saint-Denis, na periferia de Paris.

Mais uma vez, Madeline olhou de relance para as fotos dos murais desse período. Todos tinham as mesmas cores vibrantes e explosivas. Uma vitalidade que a fez lembrar dos murais da América do Sul.

– Foi nessa época, em 1993, que conheci Sean – contou Benedick, com um olhar vago. – Ele pintava em um pequeno ateliê no Hôpital Éphémère.

– Hôpital Éphémère?

– Era uma invasão no 18º *arrondissement*, no prédio onde funcionava o antigo Hospital Bretonneau. No início dos anos 1990, muitos artistas trabalhavam lá. Pintores e escultores, principalmente, mas também bandas de rock e músicos.

O marchand ficou com uma expressão animada ao lembrar da época.

– Não sou artista e não tenho nenhum talento em particular, mas tenho faro. *Sinto* as pessoas. E, assim que bati o olho em Sean, percebi que ele valia cem vezes mais do que os outros grafiteiros. Convidei-o para expor na minha galeria. E disse o que ele precisava ouvir naquela época.

– Que seria?

– Eu o aconselhei a abandonar o grafite e as latas de spray e pintar apenas em óleo sobre tela. Disse que ele era genial em relação às formas, às cores, à composição, ao movimento. Que ele tinha capacidade de inserir seu trabalho ao lado do de Pollock e De Kooning.

Ao falar de seu ex-protegido, Benedick ficou com a voz embargada e os olhos cheios de lágrimas. Madeline lembrou de uma de suas velhas amigas que, passados anos de um rompimento, ainda ficava com um nó na garganta toda vez que falava do sujeito que a largara sem mais nem menos.

Ela tomou o *ristretto* de um gole só e perguntou:

– Lorenz se adaptou com facilidade à França?

– Sean era um sujeito à parte. Um recluso, muito diferente dos outros grafiteiros. Odiava a cultura hip-hop, lia muito e só ouvia jazz e música contemporânea minimalista. Sentia falta de Nova York, é claro, mas estava muito apaixonado por Pénélope. Por mais que a relação dos dois sempre tenha sido tumultuosa, ela jamais deixou de inspirá-lo. Entre 1993 e 2010, Sean fez 21 retratos de sua mulher. Essa série de quadros é a obra-prima de Sean Lorenz. As "21 Pénélopes" entraram para a história da arte como uma das mais magistrais declarações de amor já feitas a uma mulher.

– Por que 21? – indagou Madeline.

– Por causa da teoria dos 21 gramas, você sabe: o suposto peso da alma...

– Lorenz fez sucesso logo?

– Não mesmo! Por dez anos, não vendeu praticamente nenhuma tela! Pintava noite e dia e não era raro jogar um quadro inteiro fora porque não estava satisfeito com ele. Minha tarefa era fazê-lo se tornar mais conhecido e explicar a pintura de Sean para os colecionadores. No início, foi complicado, porque suas obras não se pareciam com nada de renomado. Levei uma década para conseguir, mas meu investimento deu frutos. No começo dos anos 2000, em todas as exposições de Sean, todas as telas eram vendidas já na noite da abertura. E, em 2007...

6.

Em 2007, *Alphabet City**, quadro de Sean Lorenz datado de 1998, foi avaliado em 25 mil euros em um leilão organizado pela Artcurial. Foi esse leilão que marcou de verdade a explosão da street art na França e o início de seu reconhecimento institucional. Da noite para o dia, Sean Lorenz se tornou uma estrela das galerias e salas

---

* Literalmente, "Cidade Alfabeto". Designa a parte de Manhattan em que as ruas têm nome de letras. Na época em que Sean Lorenz teria vivido em Nova York, era considerada barra-pesada. (N.T.)

de leilão. Seus quadros de cores vivas, típicos dos anos 1990, eram disputados a tapa e batiam um recorde de preço atrás do outro.

Mas, do ponto de vista artístico, a pintura já se transformara em outra coisa. A adrenalina e a premência do grafite deram lugar a telas mais ponderadas, feitas a longo prazo, durante muitos meses, até muitos anos, exigindo cada vez mais de si mesmo. Quando não ficava satisfeito com um quadro, Lorenz o queimava na mesma hora. Entre 1999 e 2013, pintou mais de duas mil telas e destruiu quase todas. Apenas cerca de quarenta obras escaparam ao seu julgamento impiedoso. Entre elas, *Sep1em1er*, uma tela monumental que evocava a tragédia do World Trade Center, vendida por mais de 7 milhões de dólares para um colecionador que a doou para o museu do 11 de Setembro de Nova York.

Gaspard levantou os olhos do texto e virou as páginas para observar as reproduções dos quadros desse período. Lorenz soubera se renovar. As *tags* e letras desapareceram de sua pintura, que passou a consistir em blocos de cor, campos monocromáticos com relevo, aplicados com diversos tipos de espátula, oscilando sem parar entre o abstrato e o figurativo. Sua paleta se tornou menos viva – mais pastel ou outonal: areia, ocre, marrom, rosa-pálido –, e também mais sutil. Gaspard foi conquistado pelas telas desse período. Minerais, nacaradas, elas o faziam lembrar, simultaneamente, de rochas, terra, areia, vidro, traços de sangue amarronzado em um sudário...

Os quadros de Lorenz pareciam ter vida. Causavam uma reação física, pegavam pelas entranhas, pelo coração, tiravam a pessoa do prumo, hipnotizavam e afloravam sentimentos conflitantes: nostalgia, alegria, tranquilidade, raiva.

As últimas pinturas reproduzidas na obra eram telas monocromáticas datadas de 2010. Dali em diante, era o material que sobressaía. Camadas densas, em relevo, para brincar com a luz. Mas sempre obras suntuosas.

Ao fechar o livro, Gaspard se perguntou como pôde ignorar um pintor daquele calibre durante tanto tempo.

7.

– E como era a relação de Lorenz com dinheiro? – perguntou Madeline.

Benedick jogou um cubo de açúcar no café, como se fosse uma bebida alcoólica.

– Sean considerava o dinheiro um termômetro da liberdade – afirmou, engolindo um pedaço de pato. – Pénélope era bem diferente: não havia o que bastasse. No final dos anos 2000, quando as obras de Sean alcançaram o preço mais alto, ela não sossegou enquanto não convenceu o marido a dar algumas telas para Fabian Zakarian, um galerista nova-iorquino. Depois o aconselhou a vender diretamente aos leiloeiros vinte de seus novos quadros sem passar pela minha galeria. Isso rendeu milhões a Sean, mas prejudicou nossa relação.

– Como uma tela, um belo dia, passa a valer milhões de dólares? – indagou Madeline.

Benedick soltou um suspiro.

Ótima pergunta. Difícil de responder, porque o mercado de arte não obedece à razão. O valor de uma obra resulta de uma estratégia complexa feita por diversos participantes: os artistas e os marchands, é claro, mas também os colecionadores, os críticos, os curadores dos museus...

– Imagino que a traição de Sean tenha lhe afetado bastante.

O marchand riu, mas deu uma resposta fatalista:

– Coisas da vida. Os artistas são como crianças: costumam ser ingratos.

Ficou em silêncio por alguns minutos e completou:

– O universo das galerias de arte é um mundo de tubarões, sabia? Sobretudo para alguém como eu, que não nasceu nesse meio.

– Vocês, pelo menos, continuaram mantendo contato?

– É claro. Eu e Sean tínhamos uma longa história. Vinte anos de brigas e reconciliações. Nunca paramos de nos falar, nem depois do episódio de Zakarian nem depois do drama que se abateu sobre ele.

– Que drama?

Benedick suspirou profundamente.

– Sean e Pénélope sempre quiseram ter um filho, mas lutaram muito. Ao longo de dez anos, ela teve vários abortos espontâneos. Eu até achava que os dois tinham desistido quando aconteceu um milagre: em outubro de 2011 Pénélope deu à luz um filho, o menino Julian. E foi aí que os problemas começaram.

– Que problemas?

– Quando o filho nasceu, Sean se tornou o mais feliz dos homens. Não parava de dizer que a convivência com o filho o tornara uma pessoa melhor. Que, graças a Julian, via o mundo com outros olhos. Que redescobrira certos valores e fizera as pazes com as coisas simples da vida. Enfim, você sabe como é: um discurso meio imbecil de certos homens que têm filho mais tarde.

Madeline não falou nada. Benedick continuou:

– O problema é que, artisticamente, ele atravessava uma verdadeira fase de branco. Fingia que não tinha mais criatividade e estava farto da hipocrisia do mundo da arte. Durante três anos, não fez nada a não ser se ocupar do filho. Imagine só! Sean Lorenz dando mamadeira, passeando com carrinho de bebê ou dando aulinha em creche. O fundamental de seu trabalho artístico se reduziu a percorrer Paris com Julian para colar mosaicos pixelados, porque achava divertido! Nada daquilo fazia sentido!

– Mas se ele estava sem inspiração... – objetou Madeline.

– Inspiração é uma bobagem! – irritou-se Benedick. – Droga, você viu as fotos das obras dele. Sean era um gênio. E um gênio não precisa de inspiração para produzir. Não se para de pintar quando se é Sean Lorenz. Simplesmente porque não se tem esse direito!

– Acredito que sim – comentou Madeline.

Benedick olhou feio para ela, mas Madeline prosseguiu:

– Então Lorenz não pegou mais nos pincéis antes de morrer?

Bernard Benedick sacudiu a cabeça, tirou os óculos pesados e apertou olhos. Sua respiração estava acelerada, como se tivesse acabado de subir quatro andares de escada.

– Há dois anos, em dezembro de 2014, Julian morreu em circunstâncias trágicas. A partir daí, Sean não apenas parou de trabalhar, mas literalmente afundou.

– Que circunstâncias trágicas?

Por alguns segundos, o galerista ficou com o olhar perdido, seguindo a luz do lado de fora e depois se fixando no vazio.

– Sean sempre foi uma mistura de virtudes e defeitos – disse, sem responder à pergunta. – Com a morte de Julian, voltou a cair em seus antigos vícios: as drogas, o álcool, os remédios controlados. Ajudei até onde pude, mas acho que ele não tinha a menor vontade de ser ajudado.

– E Pénélope?

– O casamento já vinha desmoronando havia algum tempo. Ela se aproveitou da tragédia para pedir o divórcio e não demorou muito para refazer sua vida. E o que Sean fez em seguida não ajudou muito a melhorar o relacionamento dos dois.

O galerista ficou em silêncio, como se quisesse criar um suspense forçado. De repente, Madeline teve a desagradável sensação de estar sendo manipulada, mas a curiosidade falou mais alto.

– O que Lorenz fez?

– Em fevereiro de 2015, consegui, finalmente, terminar um projeto no qual eu vinha trabalhando havia muito tempo: uma exposição retrospectiva do trabalho de Sean, concentrada nas "21 Pénélopes". Pela primeira vez, os 21 retratos seriam expostos no mesmo lugar. Colecionadores famosos emprestaram suas telas. Foi realmente um evento sem precedentes. Mas, na véspera da abertura da exposição, Sean entrou na galeria na calada da noite e destruiu todos os quadros com um maçarico.

Benedick ficou com uma expressão desolada, como se revivesse aquela cena.

– E por que ele fez isso?

– Uma espécie de catarse, suponho. Vontade de matar Pénélope simbolicamente, porque ele a acusava de ser culpada pela morte de Julian. Mas, quaisquer que tenham sido os seus objetivos, jamais o perdoei por isso. Sean não tinha o direito de destruir aquelas telas. Primeiro porque faziam parte do patrimônio da pintura. Segundo porque, com esse ato, ele me arruinou, colocou minha galeria à beira do abismo. Há dois anos, tenho diversas companhias de seguro no meu cangote. Foi aberto um inquérito criminal. Tentei resguardar minha reputação mas, no meio da arte, ninguém é trouxa, e minha credibilidade...

– Não entendi direito – interrompeu Madeline. – A quem pertenciam as "21 Pénélopes"?

– A maior parte era de Sean, de Pénélope e minha. Mas três delas eram propriedade de grandes colecionadores, um russo, um chinês e um americano. Para convencê-los a não prestar queixa, Sean lhes prometeu novas telas: "peças excepcionais", disse. Só que, é claro, elas demoraram a chegar.

– Obviamente, já que ele não pintava mais.

– Sim, eu também tinha desistido dessas telas. Até porque, nos últimos meses de vida, acho que Sean sequer estava em condições físicas de pintar.

Por um instante, ele ficou com um olhar enevoado.

– O último ano de vida foi uma verdadeira via-crúcis. Teve que fazer duas cirurgias a peito aberto e não morreu por pouco nas duas vezes. Mas falei com Sean pelo telefone um dia antes de ele morrer. Tinha ido passar alguns dias em Nova York para consultar um cardiologista. Foi aí que ele revelou que voltara a pintar e já concluíra três telas. Elas estavam em Paris, e eu logo as veria.

– Talvez ele não tenha dito a verdade.

– Sean Lorenz tinha todos os defeitos do mundo, mas não era mentiroso. Quando ele morreu, procurei essas telas por tudo. Em todos os cantos da casa, no sótão, no porão. Mas não achei nem sinal desses quadros.

– Você comentou que é executor testamentário e herdeiro de Sean...

– É verdade, mas a herança de Sean era pífia, Pénélope dilapidara o patrimônio. Além da casa da Cherche-Midi que você conhece e está hipotecada, não sobrou mais nada.

– E ele deixou alguma coisa para você?

Benedick caiu na gargalhada.

Já que você insiste... – falou, tirando um pequeno objeto do bolso.

Era uma caixa de fósforos de propaganda, que ele entregou para Madeline.

– O que é Le Grand Café?

– Uma brasserie em Montparnasse que Sean costumava frequentar.

Madeline virou a caixa e reparou que havia algo escrito com caneta esferográfica. Uma frase célebre de Apollinaire: "Chegou a hora de acender as estrelas".

— É, sem dúvida, a letra de Sean — garantiu o galerista.
— E você não sabe a que isso faz alusão?
— Não tenho a menor ideia. Já pensei bastante, achando que poderia se tratar de uma mensagem, mas refleti muito e não entendi absolutamente nada.
— E foi para você mesmo que ele deixou essa caixa?
— Seja como for, foi a única coisa que ele deixou no cofre da casa.

Benedick deixou na mesa o dinheiro para pagar a conta, levantou, vestiu a jaqueta e o cachecol.

Madeline continuou sentada, sem tirar os olhos da caixa de fósforos, em silêncio, dando a impressão de estar digerindo a história que o galerista acabara de contar. Depois de refletir por alguns instantes, ela levantou e perguntou:

— Por que você me contou tudo isso?

Benedick abotoou a jaqueta e respondeu, como se fosse óbvio:

— Porque você vai me ajudar a encontrar essas telas desaparecidas, é claro.

— Mas por que eu?

— Você é policial, não é? E, além do mais, eu já lhe disse: sempre confio nos meus instintos. E alguma coisa me diz que, se essas telas existem, e tenho certeza que sim, você é a pessoa mais indicada para encontrá-las.

3
A beleza das cordas

Se fosse possível dizer com palavras, não haveria motivo para pintar.

EDWARD HOPPER

1.

À saída da rotatória, Madeline acelerou e por pouco não avançou o sinal vermelho no cruzamento com a alameda de Longchamp.

Depois do almoço com o dono da galeria, alugou uma scooter em uma concessionária na avenida Franklin Roosevelt. Perder a tarde disputando o ateliê de Lorenz com um americano rabugento estava fora de questão. Então parou perto da Champs-Élysées e passeou pelas barraquinhas da feira de Natal. Não andou nem quinze minutos e já ficou deprimida com os chalezinhos de madeira montados nos dois lados da suposta "avenida mais bela do mundo". Barracas de batata frita, vendedores de eletrônicos *made in China*, aromas enjoativos de salsicha e churros: aquilo estava mais para parque de diversões do que para os Natais nevados das histórias que fizeram parte da infância de Madeline.

Decepcionada, bateu em retirada, primeiro em direção às vitrines da loja de departamentos BHV, depois para as arcadas e jardins da Place des Vosges. Mas, assim como nos Champs, não encontrou o que estava procurando: uma pitada de magia, um toque de encantamento, um pouco do espírito natalino das antigas *Christmas Carols.** Pela primeira vez, não se sentiu bem em Paris. Se sentiu deslocada.

Voltou para a Vespa, deixando para trás os grupos de turistas, suas conversas enfadonhas e seus paus de selfie que ameaçavam furar seu olho a todo instante, para perambular sem destino. Em sua cabeça, as cores e os arabescos de Lorenz continuavam dançando e se desdobrando. E então se deu conta de que seu único desejo verdadeiro era continuar sua viagem pela obra do pintor. Deixar-se levar pelas ondas de luz. Perder-se nas nuances de sua paleta, deslumbrar-se com seus arroubos radiantes. Mas Bernard Benedick lhe avisara: "Existe um único lugar em Paris onde se pode ter esperança de encontrar uma tela de Sean Lorenz". Decidida a arriscar a sorte, Madeline se dirigiu ao Bois de Boulogne.

Como não conhecia muito bem o lugar, parou seu veículo assim que conseguiu, perto dos portões do Jardin d'Acclimatation, e continuou a pé, percorrendo a avenida de Mahatma-Gandhi. O sol, naquele momento, afirmava sua completa vitória em relação ao clima cinza. A temperatura era agradável. A poeira era visível em reflexos dourados aqui e ali. Em volta do parque, não havia nem sombra de sindicalistas ou manifestantes furiosos. Carrinhos de bebê, babás, gritos de crianças e vendedores de castanhas-portuguesas contribuíam para o clima divertido do local.

---

* "Canções natalinas", em inglês no original. (N.T.)

De repente, um imenso navio de vidro surgiu entre os galhos das árvores desfolhadas. Envolta em suas velas cristalinas, a fundação Louis Vuitton se erguia contra o céu límpido. De acordo com a imaginação de cada um, a construção evocava uma imensa concha de cristal, um iceberg à deriva ou um veleiro high-tech içando suas velas nacaradas.

Madeline comprou o ingresso e entrou no museu. O saguão era amplo, claro e arejado, com um lado que dava para o verde do parque. Sentiu-se imediatamente à vontade naquele gigantesco casulo de vidro e ficou perambulando pelo átrio por alguns minutos, deixando-se conquistar pela harmonia das curvas, pela elegância aérea da construção. As estranhas sombras móveis e aquáticas que os painéis de vidro desenhavam ao refletir o sol regeneraram Madeline feito uma injeção de delicadeza e calor.

Ela subiu a escada e percorreu um labirinto translúcido, pontuado por poços de luz, que tinha uma dezena de galerias. O andar superior misturava uma exposição temporária a peças do acervo permanente. Nos dois primeiros níveis, podia-se admirar as obras-primas da coleção Shchukin: telas fabulosas de Cézanne, Matisse, Gauguin... que o colecionador russo, ignorando os críticos de sua época, reunira corajosamente durante quase vinte anos.

Atravessado por vigas de aço e pranchas de lariço, o último andar se espalhava por dois terraços que ofereciam vistas inesperadas da região de La Défense, do Bois de Boulogne e da torre Eiffel. Era lá que estavam expostos os dois quadros de Lorenz, em uma sala com um bronze de Giacometti, três quadros abstratos de Gerhard Richter e dois monocromáticos de Ellsworth Kelly.

2.

Esparramado em uma poltrona com o couro craquelado, com os pés apoiados em uma otomana, de olhos fechados, Gaspard ouvia uma palestra de Sean Lorenz gravada em uma antiga fita cassete perdida no meio dos vinis da biblioteca.

Conduzida por Jacques Chancel, a longa entrevista fora realizada sete anos antes, por ocasião de uma retrospectiva da obra de Lorenz na Fundação Maeght de Saint-Paul-de--Vence. A conversa era apaixonante e inusitada, já que era raro que Lorenz, um artista recluso e pouco loquaz, aceitasse um convite para comentar sua obra. Depois de ter rechaçado quase todas as interpretações feitas da evolução de sua obra, Lorenz advertiu: "Minha pintura é imediata, não transmite nenhuma mensagem. Seu único objetivo é captar algo ao mesmo tempo fugaz e permanente". Em algumas de suas respostas, também dava para perceber o cansaço, as dúvidas, a impressão, que ele não fazia questão de esconder, "de ter, talvez, chegado ao fim de um ciclo criativo".

Gaspard devorava aquelas palavras. Apesar de se recusar a revelar o segredo de sua pintura, Lorenz tinha, pelo menos, o mérito de ser franco. Sua voz, estimulante, hipnotizante e inquietante a um só tempo, ecoava a dualidade e a ambiguidade de sua arte.

Sem mais nem menos, um barulho alto e agressivo estraçalhou a tranquilidade daquele fim de tarde. Gaspard levou um susto, se levantou de supetão e saiu do terraço. A "música" vinha, pelo jeito, de alguma das casas vizinhas, e tomava conta da viela. O som era bruto, barulhento, saturado, e engolia os gritos violentos que faziam as vezes de letra. "Como é que alguém pode gostar de ouvir uma gritaria dessas?", pensou, sentindo um grande cansaço se abater sobre ele. Era impossível ter um momento de tranquilidade. Era uma batalha que já começara perdida.

O mundo estava cheio de gente insuportável, desgraçados de toda espécie, cretinos de todo tipo. Inconvenientes, intrometidos e indigestos eram a regra. Eram numerosos demais, se reproduziam muito rápido. A vitória deles era absoluta e irrestrita.

Movido pela raiva, Gaspard saiu de casa e, assim que chegou à vila, não demorou para descobrir o rastro do importuno. A balbúrdia vinha da casa mais próxima: um sobradinho bucólico coberto de heras. Para assinalar sua presença, Gaspard tocou o sino enferrujado que havia em um pilar de silhar. Como ninguém se manifestou, ele pulou o portão, atravessou o jardinzinho, subiu o lance de escadas que levava à casa e bateu na porta.

Assim que a porta se abriu, Gaspard ficou perplexo. Esperava encontrar um adolescente espinhento, com um baseado na boca e camiseta do Iron Maiden. Em vez disso, deu de cara com uma jovem de traços delicados, usando uma camisa de tom escuro e gola peter pan, shorts de tweed e sapato oxford de couro cor de vinho.

– O que você tem na cabeça? – berrou, batendo no próprio crânio com o indicador.

Surpresa, a moça deu um passo para trás e ficou olhando para ele, perplexa.

– Essa música! – berrou. – Você acha que está sozinha na face da Terra?

– Sim. Por acaso estou enganada?

Na mesma hora que Gaspard se deu conta de que ela estava zombando dele, a moça apertou um botão de um pequeno controle remoto que tinha na mão.

Por fim, fez-se o silêncio.

– Estava tirando uns minutos de descanso da revisão da minha tese. Achei que todo mundo tinha viajado e exagerei um pouco no volume – admitiu, como se isso fosse um pedido desculpas.

– Descanso ouvindo heavy metal?

– Tecnicamente, não é heavy metal – corrigiu ela. – É black metal.

– E qual é a diferença?

– Bem, é muito simples, o...

– Quer saber do que mais? Não estou nem aí – interrompeu Gaspard, já dando as costas para ela. – Pode continuar furando seus tímpanos, se é disso que você gosta, mas compra um fone de ouvido para não torturar mais os outros.

A moça caiu na gargalhada.

– Você é tão grosseiro que chega a ser engraçado!

Gaspard se virou. Ficara surpreso com o comentário. Olhou a moça da cabeça aos pés: um coque despojado, jeito de estudante bem-vestida, mas também com piercing no nariz e uma tatuagem deslumbrante que começava atrás da orelha e desaparecia por baixo da camisa.

"Ela não deixa de ter razão..."

– Tudo bem – admitiu –, talvez eu tenha exagerado um pouco. Mas, francamente, essa música...

Ela sorriu de novo e lhe estendeu a mão.

– Pauline Delatour – apresentou-se.

– Gaspard Coutances.

– Você mora na casa que era de Sean Lorenz?

– Eu a aluguei por um mês.

Uma rajada de vento bateu de repente. Como estava com as pernas descobertas, Pauline pulou de um pé para o outro, tremendo.

– Caro vizinho, estou começando a ficar com frio, mas adoraria lhe oferecer um café – sugeriu, esfregando os braços.

Gaspard aceitou, balançando a cabeça, e entrou na casa depois da moça.

3.

Imóvel, Madeline observou os dois quadros, como que enfeitiçada. Datada de 1997 e intitulada *CityOnFire*, a primeira tela era um grande mural, típico da fase street art de Lorenz: uma fogueira ardente, uma pintura que devorava a tela, uma explosão de cores que iam do amarelo ao carmim. *Motherhood*, a segunda, era bem mais recente. Íntima, despojada, tinha uma superfície azul-clara, quase branca, atravessada por uma curva que representava a barriga de uma mulher grávida. A mais pura evocação da maternidade. Um cartaz na parede explicava que se tratava do último quadro conhecido de Lorenz, terminado pouco antes do nascimento de seu filho. Ao contrário da tela precedente, não era a cor, mas a luz que fazia as emoções brotarem.

Respondendo a um chamado que só ela ouviu, Madeline se aproximou. A luz a atraía. O material, a textura, a densidade, as milhares de nuances da tela a deixaram hipnotizada. O quadro tinha vida própria. Em alguns segundos, a mesma superfície passava do branco para o azul, depois para o rosa. A emoção estava presente, mas era inacessível. A pintura de Lorenz tanto tranquilizava quanto inquietava.

Essa ambiguidade fascinou Madeline. Como um quadro poderia causar tal efeito? Ela tentou recuar, mas suas pernas não obedeceram ao seu cérebro. Prisioneira voluntária, não queria se privar da luz que a obra irradiava. Queria continuar tremendo, naquela vertigem revigorante. Permanecer naquele espaço amniótico e regredido que a atravessava e revelava coisas sobre si mesma que nem ela sabia.

Algumas, belas. Outras, nem tanto.

4.

A entrada da casa de Pauline Delatour era pela cozinha. À primeira vista, o interior era aconchegante, decorado no estilo "casa de campo": tinha um balcão de madeira maciça, piso de arenito, cortinas de tecido em xadrez vichy. Nas prateleiras, havia placas decorativas esmaltadas, um moedor de café caindo aos pedaços, grandes tigelas de cerâmica e antigas panelas de cobre.

– Sua casa é muito bonita, mas também muito desconcertante. Na minha cabeça, está mais para Jean Ferrat do que para esse seu *black metal* – brincou Gaspard.

Sorrindo, Pauline foi até uma máquina de expresso que havia em cima do fogão e tirou dois cafés.

– Para dizer a verdade, esta casa não é minha. Pertence a um empresário italiano, um colecionador de arte que a herdou da família e que Sean Lorenz me apresentou. Ele nunca aparece. Como não pretende vendê-la, precisa de alguém para fazer a manutenção e ficar de olho nela. Isso não vai durar para sempre mas, nesse meio-tempo, seria burrice não tirar proveito da situação.

Gaspard aceitou a xícara que ela lhe oferecia.

– Se bem entendi, você mora aqui graças a Lorenz.

Encostada na parede, a moça soprava delicadamente o café.

– Sim, foi ele que convenceu o italiano a confiar em mim.

– E como você o conheceu?

– Sean? Três ou quatro anos antes de ele morrer. Nos meus primeiros anos de faculdade, eu posava de modelo para os alunos de Belas-Artes para pagar as contas. Um dia, Sean deu uma master class. Foi aí que eu o conheci e ficamos amigos.

Por curiosidade, Gaspard examinou os rótulos dos vinhos dispostos em um porta-garrafas de ferro forjado.

– Você não pode tomar essas porcarias! – censurou, fazendo cara de nojo. – Da próxima vez, vou trazer um vinho *de verdade*.

– Por favor. Preciso de combustível para terminar minha tese – brincou ela, apontando para o laptop prateado que havia em cima do balcão de trabalho, cercado de pilhas de livros.

– E sobre o que é o seu trabalho?

– "A prática do *kinbaku* no Japão durante o período Edo: uso militar e prática erótica" – recitou.

– *Kinbaku*? O que é isso?

Pauline pôs a xícara na pia e então olhou para o novo vizinho com ar de mistério.

– Venha comigo, vou lhe mostrar.

5.

Através da vidraça, os carvalhos vermelhos pegavam fogo, os bordos se iluminavam, os abetos se tingiam para transformar suas silhuetas em sombras chinesas.

Olhando para o nada, Madeline mirava sem ver o sol que desaparecia atrás do coreto erguido sobre a grama do Jardin d'Acclimatation. Já eram quase cinco da tarde. Depois de visitar a fundação, sentou-se em uma mesa do Franck, o restaurante do museu, instalado atrás de um anexo do átrio. Bebericou o chá preto que pedira. Minutos se passaram, e Madeline só conseguia pensar em uma coisa. Em uma única pergunta: e se o que Bernard Benedick lhe disse fosse verdade? E se as três últimas telas pintadas por Sean Lorenz tivessem mesmo desaparecido? Telas inéditas, que ninguém jamais vira. Sentiu um calafrio. Não tinha nenhuma intenção de permitir que o galerista se aproveitasse dela. Mas, se aqueles quadros realmente existissem, adoraria ser a pessoa a encontrá-los.

Sentiu a adrenalina pulsando em suas veias. Era o sinal do início da caçada. Uma sensação que já lhe fora bem conhecida e que reencontrou com prazer. Uma sensação, sem dúvida, não muito diferente do ímpeto que deveria ter tomado conta de Sean Lorenz quando ele pintava seus grafites no metrô, no início dos anos 1990. O gosto do perigo, a embriaguez do medo, a vontade de voltar, custe o que custar.

Ela conectou a internet no smartphone. O verbete da Wikipédia sobre Lorenz começava de forma clássica:

> **Sean Paul Lorenz**, também conhecido, no começo de sua carreira, pelo nome de **Lorz74**, é um grafiteiro e pintor, nascido em Nova York em 8 de novembro de 1966 e falecido na mesma cidade em 23 de dezembro de 2015. Viveu e trabalhou em Paris nos últimos vinte anos de sua vida.
>
> [...]

Ela continuou lendo as dezenas de linhas seguintes. Uma síntese interessante, mas que não trazia nada de novo em relação ao que Benedick lhe contara. Foi só nas últimas linhas que Madeline encontrou as informações que procurava:

O caso Julian Lorenz

O crime
Em 12 de dezembro de 2014, enquanto Sean Lorenz estava em Nova York para uma retrospectiva de sua obra no MoMA, sua mulher, Pénélope, e seu filho, Julian, foram sequestrados em uma rua do Upper West Side. Algumas horas depois, um pedido de resgate de milhões de dólares foi enviado ao pintor, junto com um dedo cortado da criança. Apesar de ter pago a soma, apenas

Pénélope foi libertada, e o menino foi assassinado na frente da mãe.
O culpado
O inquérito não demorou para estabelecer a identidade do sequestrador, já que [...]

6.

Atravessada em todo o comprimento por uma viga de oliveira, a sala de Pauline Delatour não tinha mais nada de casa de família, mais parecia um loft moderno, com decoração de bom gosto. Uma peça espaçosa, com as paredes repletas de fotos de mulheres nuas, amarradas em posições extremas. Corpos contidos, coibidos, suspensos no ar. Músculos circunscritos, delimitados, prisioneiros de uma série de nós sofisticados. Rostos acometidos por espasmos, impossível saber se de prazer ou de sofrimento.

– Basicamente, o *kinbaku* é uma arte marcial japonesa ancestral – explicou Pauline, toda intelectual. – Uma técnica elaborada para amarrar os prisioneiros de guerra de alto escalão. Ao longo dos séculos, se tornou uma arte erótica refinada.

Gaspard olhou para as fotos. De início, com desconfiança. Cenas de submissão e dominação sempre lhe deixaram incomodado.

– Sabe o que diz o grande fotógrafo Araki? – perguntou a jovem. – "As cordas devem ser como carícias no corpo da mulher."

De fato, pouco a pouco, a apreensão de Gaspard se dissipou. Meio a contragosto, ele até encontrou nas fotos uma beleza surpreendente. Era difícil de explicar, mas as imagens não tinham nada de vulgar nem de violento.

– O *kinbaku* é uma arte muito exigente – completou Pauline. – Uma performance que não tem nada a ver com

BDSM. Dou aula em uma sala no 20º *arrondissement*. Você deveria ir lá um dia desses. Posso fazer uma demonstração. Para fins de autoconhecimento, é até mais eficaz que uma sessão de psicanálise.

– Sean Lorenz gostava desse tipo de coisa?

Pauline deu uma risada triste.

– Sean viveu na selva que era a Nova York dos anos 1980 e 1990. Não se assustaria com esse tipo de joguinho.

– Vocês eram próximos?

– Éramos amigos, como falei. Ele dizia que confiava em mim. O bastante, pelo menos, para me deixar cuidando do seu filho com uma certa frequência.

Pauline sentou-se nos degraus de uma grande escada de madeira apoiada na parede.

– Não gosto muito de criança – confessou. – Mas Julian era diferente: um menino realmente espetacular. Simpático, vivo, inteligente.

Gaspard percebeu que a pele leitosa de seu rosto ficou ainda mais branca.

– Por que você falou no passado?

– Julian foi assassinado. Você não sabia?

O dramaturgo ficou visivelmente abalado. Puxou um banquinho de madeira e sentou, virado para Pauline.

– O... o menino que está em todas aquelas fotos lá na casa morreu?

Sem tirar os olhos das unhas pintadas de grená, Pauline tentou resistir à tentação de roê-las.

– É uma história horrível. Julian foi sequestrado em Nova York e esfaqueado na frente da mãe.

– Mas... por quem?

Pauline soltou um suspiro.

– Por uma antiga amiga de Sean, que já tinha sido presa. Uma pintora de origem chilena conhecida como LadyBird. Ela queria se vingar.

– Se vingar do quê?

– Sinceramente, não sei muito mais do que isso – respondeu ela, levantando. – Seus motivos nunca foram esclarecidos.

Pauline voltou para a cozinha, e Gaspard foi atrás.

– Dizer que Sean não foi mais a mesma pessoa depois da morte do filho é um eufemismo – confidenciou ela. – Não só porque não pintava mais, mas porque, literalmente, se deixou morrer de tristeza. Eu ajudava como podia: fazia compras, o obrigava a comer, ligava para Diane Raphaël quando ele ficava sem remédio.

– Quem é essa? Uma médica?

A jovem balançou a cabeça.

– A psiquiatra que tratava dele havia muito tempo.

– E a mulher do cara?

Pauline soltou mais um suspiro.

– Pénélope abandonou o barco assim que pôde, mas aí já é outra história.

Para não parecer muito indiscreto, Gaspard segurou a língua. Percebera que o relato de Pauline estava cheio de lacunas, mas odiava tanto os curiosos que não queria ser um deles. No entanto, se permitiu fazer uma pergunta menos pessoal:

– Então Lorenz não pintou mais nenhuma tela até morrer?

– Não que eu saiba. Primeiro, porque tinha graves problemas de saúde. Segundo, porque dava a impressão de não se importar mais com a pintura. De não se importar mais com nada, para falar a verdade. Mesmo durante as aulas de arte que deu na escola de Julian, duas ou três vezes depois que o menino morreu, não encostou nos pincéis.

Pauline deixou passar mais alguns segundos e completou, como se uma lembrança tivesse lhe ocorrido.

– Entretanto, nos dias que antecederam sua morte, aconteceu uma coisa estranha.

Fez sinal com o queixo para a casa do pintor.

– Noites a fio, Sean deixou o som ligado até amanhecer.

– E o que tem isso de estranho?

– É que Sean só escutava música quando pintava. E o que me surpreendeu não foi tanto o fato de ele voltar a pintar, mas de ter feito isso à noite. Sean era uma criatura do dia. Jamais o vi pintar a não ser de dia.

– E que tipo de música ele ouvia?

Pauline esboçou um sorriso.

– Coisas que você gostaria, acho eu. Seja como for, nada de *black metal*: a *Quinta* de Beethoven e mais algumas coisas que eu não conhecia, que ele tocava sem parar.

A jovem tirou o telefone do bolso e mostrou o aparelho para Gaspard.

– Como sou curiosa, dei um Shazam em tudo.

Ele não fazia a menor ideia do que essa frase significava, mas não deixou que isso transparecesse.

Pauline encontrou as referências que procurava.

– *Catálogo dos pássaros* de Olivier Messiaen e a *Sinfonia nº 2* de Gustav Mahler.

– E por que você diz que ele estava pintando? Talvez estivesse apenas ouvindo música.

– Justamente isso que eu queria saber. Saí de casa no meio da noite, subi até lá, fui para os fundos da casa e subi a escada de incêndio até a porta de vidro do ateliê. Eu sei, isso é meio *stalker*, mas eu assumo minha curiosidade: se Sean tivesse pintado um quadro novo, eu queria ser a primeira a vê-lo.

Um sorriso imperceptível iluminou o rosto de Gaspard enquanto ele imaginava Pauline bancando a acrobata. A pintura de Lorenz tinha mesmo um poder de encantamento fora do normal.

– Quando cheguei no alto da escada, colei o nariz no vidro. Apesar de todas as luzes do ateliê estarem apagadas, Sean estava diante de uma tela.

– Ele pintava no escuro?

– Sei que isso não faz sentido, mas tive a impressão de que a tela emitia sua própria luz. Um brilho vivo, penetrante, que iluminava seu rosto.

– E o que era?

– Só vi de relance. A escada rangeu, e Sean se virou. Fiquei com medo e desci correndo. Entrei em casa me sentindo meio traidora.

Gaspard olhou para aquela mulher estranha, ao mesmo tempo provocadora, intelectual, sagaz e underground. Uma mulher da qual a maioria dos homens devia gostar. Como Lorenz devia ter gostado. De súbito, uma pergunta atravessou seu pensamento, como uma certeza:

– Sean Lorenz nunca contratou você como modelo?

Os olhos de Pauline brilharam quando ela respondeu:

– Fez bem mais do que isso.

E então desabotoou a camisa e sua tatuagem apareceu, não na totalidade, mas em todo o seu esplendor. A pele da jovem se transformara em uma tela humana com cores vibrantes: um emaranhado de arabescos florais multicoloridos que iam do pescoço até o alto da coxa.

– Muita gente diz que as telas de Lorenz são vivas, mas isso é um uso incorreto do termo. A única obra de arte viva de Sean Lorenz sou eu.

4
Dois estranhos na mesma casa

> *Sou extremamente otimista em relação a absolutamente nada.*
>
> FRANCIS BACON

1.

Já era noite quando Madeline abriu a porta da casa. Evitara o confronto com Gaspard Coutances ao máximo, ainda que fosse inevitável. Até torcera em segredo para que o escritor tivesse renunciado aos seus direitos ao ateliê. Mas, assim que pendurou o casaco no cabideiro, viu a silhueta do grandalhão desajeitado, que estava às voltas na cozinha.

Quando atravessou a sala para encontrá-lo, parou para observar a dezena de fotografias penduradas na parede, em molduras de madeira clara tipo caixa. Agora que sabia que o menino Julian morrera, aquelas fotos que tanto a emocionaram no momento que chegou lhe pareciam lúgubres e sepulcrais. Por contaminação, a casa se revelou, naquela noite, mais fria, opressiva, imersa em uma nuvem de tristeza. Reconhecendo que o charme havia se perdido, Madeline tomou uma decisão radical.

Entrou na cozinha, e Coutances a cumprimentou com um grunhido. De jeans surrados, camisa de lenhador, barba por fazer há doze dias e botas Timberland gastas, ele lhe pareceu um tanto "homem da selva", o que não combinava nem um pouco com seu status de autor de teatro intelectualoide. Encolhido atrás do balcão, picava uma cebola com uma postura decidida, escutando música de câmara em um velho aparelho de rádio portátil. Dispostos à sua frente, ao lado de um saco grande de papel pardo, havia diversos ingredientes que, obviamente, comprara durante a tarde: azeite de oliva, vieiras, cubos de caldo de galinha, uma trufa pequena...

– O que você está cozinhando?

– *Kritharáki* com molho de trufa. É um macarrão grego bem pequeno, que se prepara como um risoto. Quer jantar comigo?

– Não, obrigada.

– Você é vegetariana, aposto. É chegada em quinoa, algas, brotos e todos aqueles...

– Nem um pouco – interrompeu Madeline, curta e grossa. – Com relação à casa, queria avisá-lo: vou sair. Vou ficar em outro lugar. O dono se dispôs a me devolver o dinheiro e vou aceitar a proposta.

Gaspard ficou olhando para ela, surpreso.

– Sábia decisão.

– Mas peço que me dê dois dias para eu poder me organizar. Enquanto isso, vou ficar no andar de cima. Podemos compartilhar a cozinha, e você fica com todo o resto.

– Acho justo – concordou Gaspard.

Com ajuda da faca, ele jogou a cebola que acabara de cortar em uma frigideira.

– E o que fez você mudar de ideia?

Madeline hesitou por alguns instantes, mas acabou dizendo a verdade:

– Não tenho coragem de passar quatro semanas em um lugar que ainda é assombrado por uma criança morta.
– Está falando do menino Julian?

Madeline confirmou balançando a cabeça. Nos quinze minutos seguintes, durante uma conversa animada, os dois contaram um para o outro o que haviam descoberto sobre a vida e a obra fascinante de Sean Lorenz e sobre seus últimos quadros desaparecidos.

Depois de recusar uma taça de vinho, Madeline abriu a geladeira e pegou a nécessaire de plástico que deixara ali havia algumas horas. E então, com a desculpa de estar muito cansada, subiu e foi deitar.

2.

A escada de madeira que levava ao refúgio de Lorenz saía diretamente no ateliê, perto da porta de vidro. O cômodo mais bonito da casa se estendia até um quarto de tamanho modesto, mas confortável e com banheiro. Madeline guardou algumas coisas, encontrou lençóis limpos dentro do guarda-roupa e arrumou a cama. Então lavou as mãos e sentou em uma pequena escrivaninha de madeira patinada, de costas para a janela. Primeiro, levantou o pulôver e a camisa. Em seguida, pegou na nécessaire um frasco e uma seringa, que tirou da embalagem. Encaixou a agulha, removeu a tampa e ficou mexendo no êmbolo, o que já estava se tornando um hábito, para homogeneizar o líquido e expulsar as bolhas de ar. Com um algodão embebido em álcool, higienizou o ponto da barriga onde pretendia fazer a injeção. O aquecimento bem que poderia estar ligado, porque seu corpo inteiro tremia. Seus ossos estavam doloridos, a pele, toda arrepiada. Respirou fundo e então apertou um pedaço de pele, inseriu a agulha na gordura, nem muito perto do músculo nem muito perto das costelas. Tentou não tremer enquanto empurrava o êmbolo para injetar o medicamento. Aquela coisa ardia, era um verdadeiro suplício. Que droga! Quando era policial, se deparou com situações de extremo perigo: revólver apontado para a cabeça, balas que passaram de raspão pela sua nuca, enfrentamentos com o pior da escória de Manchester. E, apesar de ter conseguido dominar o medo em todas essas ocasiões, fazia aquele escândalo por causa de uma agulhinha de nada!

Madeline fechou os olhos. Respirou novamente. Apertou. Tirou a agulha. Pegou o algodão para estancar o sangue.

Atirou-se na cama, tremendo. Como naquela manhã, lá na estação, tinha a impressão de que estava à beira da morte. Tinha enjoo, cólicas, falta de ar e uma enxaqueca que fazia sua cabeça latejar. Tremendo de frio, puxou o cobertor para se tapar. Por trás de seus olhos fechados, reviu as imagens do menino Julian, os tons de sangue, a cidade em chamas. Então, como se fosse o avesso de tudo isso, aquele quadro mais sereno, da maternidade. E, pouco a pouco, foi se sentindo melhor. Seu corpo relaxou. Como não conseguia pegar no sono, levantou, jogou água fria no rosto. Estava com fome. Os aromas gourmet do risoto com trufa subiam pela escada.

Então engoliu o orgulho e desceu a escada para se juntar a Gaspard, na sala.

– Diga, Coutances, aquele seu convite para jantar ainda está valendo? Você vai ver só se sou dessas que só comem quinoa...

3.

Contrariando todas as expectativas, a refeição foi alegre e agradável. Dois anos antes, na Broadway, Madeline assistira a uma montagem de *Ghost Town*, uma peça de Gaspard que ficou em cartaz por dois meses no Barrymore Theatre com Jeff Daniels e Rachel Weisz. Tinha dela lembranças contraditórias: diálogos brilhantes, mas uma visão cínica do mundo que a deixou incomodada.

Felizmente, Coutances não era a pessoa mordaz e sarcástica que se poderia deduzir por seus escritos. Para falar a verdade, era um ET: uma espécie de cavalheiro misantropo e pessimista, que, pela duração de um jantar, podia se revelar uma agradável companhia. Quase que naturalmente, a maior parte da conversa se centrou em Sean Lorenz. Eles compartilharam o entusiasmo recém-adquirido pela sua obra e discutiram em maior detalhe as informações e histórias que cada um havia recolhido naquela tarde. Com apetite, comeram até a última garfada de risoto e esvaziaram uma garrafa de saint-julien.

Depois da refeição, a conversa continuou na sala. Gaspard selecionou um velho vinil de Oscar Peterson na biblioteca, acendeu a lareira e encontrou uma garrafa de Pappy van Winkle vinte anos. Madeline havia tirado as botas, esticado as pernas no sofá, enrolado uma manta nos ombros e tirado do bolso um cigarro enrolado à mão que continha apenas tabaco. A mistura de fumo e uísque relaxava o corpo e descontraía ainda mais o ambiente, a ponto de a conversa ir para o lado pessoal.

– Você tem filhos, Coutances?

– Deus me livre, não! E jamais terei.

– Por quê?

– Eu me recuso a infligir a quem quer que seja esse pandemônio que é o mundo em que somos obrigados a viver.

Madeline deu uma tragada no cigarro.

– Você não acha que está exagerando um pouco?

– Não acho, não.

– Certas coisas vão mal, concordo, mas...

— Certas coisas vão mal? Abra os olhos, minha cara! O planeta está à deriva, e o futuro será aterrador: ainda mais violento, mais irrespirável, mais angustiante. É preciso ser muito egoísta para querer infligir isso a alguém.

Madeline tentou responder, mas Gaspard estava entusiasmado. Durante quinze minutos, com um olhar enlouquecido e bafo de álcool, recitou um arrazoado de pessimismo profundo em relação ao futuro da humanidade, descrevendo uma sociedade apocalíptica, escrava da tecnologia, do consumo em excesso, do pensamento medíocre. Uma sociedade predatória, que, ao se entregar ao extermínio metódico da natureza, comprara uma passagem só de ida para o nada.

Ela esperou ter certeza de que Gaspard terminara sua diatribe antes de constatar:

— Na verdade, não são apenas os canalhas que você odeia, é a espécie humana como um todo.

O escritor não tentou desmenti-la:

— Você conhece a frase de Shakespeare: "Até o mais feroz dos animais conhece a piedade". Mas o homem não conhece piedade. O homem é o pior dos predadores. O homem é uma praga que, debaixo de um verniz de civilização, só sabe dominar e humilhar. Uma espécie megalomaníaca e suicida, que odeia os seus semelhantes porque detesta a si mesma.

— E você, Coutances? É diferente, claro...

— Não, muito pelo contrário. Pode me incluir na corja, se quiser – disparou, dando seu último gole de uísque.

Madeline apagou o cigarro em um pires que fazia as vezes de cinzeiro.

— Você deve ser muito infeliz pensando assim.

Ele rechaçou a ideia dando de ombros, e Madeline foi pegar água no refrigerador.

— Sou apenas lúcido. E as baterias de estudos científicos são ainda mais pessimistas do que eu. Os ecossistemas terrestres desaparecem inevitavelmente. Já chegamos a um ponto sem volta. Nós...

Madeline provocou:

– Mas então por que não mete logo uma bala na cabeça?

– Não é essa a questão – defendeu-se Gaspard. – Você me perguntou por que não quero ter filhos, e eu respondi: porque não quero vê-los crescer no meio desse caos e dessa fúria toda.

E então apontou para ela, de modo acusatório, com a mão tremendo, tanto por causa do álcool quanto por causa da fúria.

– Jamais vou impor este mundo cruel a uma criança. Se você tem a intenção de fazer diferente, o problema é seu, mas não me obrigue a concordar.

– Estou pouco me lixando se você concorda ou não – respondeu Madeline tornando a se sentar. – Mas não posso deixar de me perguntar: por que você não faz nada para mudar tudo isso? Defender as causas que calam fundo no seu coração? Entrar para uma ONG, militar em um...

Ele fez cara de nojo.

– Luta coletiva? Não é para mim. Odeio os partidos políticos, os sindicatos, a militância. Concordo com Brassens: "Assim que somos mais do que quatro, formamos um bando de canalhas". E, além disso, a luta já está perdida, ainda que as pessoas sejam covardes demais para admitir.

– Quer saber o que falta para você? Ter algo *de verdade* por que lutar. E, quando se tem um filho, a gente é obrigada a lutar. Lutar pelo futuro. Aquele que sempre existiu e sempre existirá.

Gaspard olhou para ela de um jeito estranho.

– E você, Madeline, não tem filhos?

– Talvez um dia eu tenha.

– Só por prazer, é isso? – debochou. – Para se sentir "inteira", "completa", "realizada"? Para ser igual às suas amigas? Para fugir das questões de culpa do papai e da mamãe?

Tomada pela raiva, Madeline se levantou e jogou um jato de água gelada na cara de Gaspard, para fazê-lo calar a boca. Então pensou por um instante e acabou atirando a garrafinha de plástico inteira nele.

– Você é mesmo um canalha! – gritou, subindo a escada.

Subiu os degraus de dois em dois e bateu a porta do quarto.

Sozinho, Gaspard soltou um suspiro profundo. Claro que não era a primeira vez que o álcool o fazia dizer barbaridades, mas era a primeira vez que ele se arrependia tão rápido.

Envergonhado como uma criança, se serviu mais um copo de uísque, apagou as luzes e se esparramou na poltrona, soltando um grunhido mortificado.

Em seus pensamentos enevoados pelo álcool, repassou a cena da discussão. Seus argumentos, os de Madeline. Podia até ter sido inconveniente no final, mas fora sincero. Apesar de se arrepender da brutalidade de suas frases, não se arrependia do conteúdo. Depois de refletir sobre o que dissera, se dava conta de que tinha, contudo, uma certeza que não mencionara: as pessoas que desejam ter filhos se sentem capazes de protegê-los.

Mas Gaspard jamais se sentiria assim.

E isso o aterrorizava.

O PINTOR LOUCO

Quarta-feira, 21 de dezembro

5
Escapar ao destino

Na vida, nada vem de graça.

JACQUES BREL

1.

A cabeça zunindo. O coração palpitando, apertado. Um sono agitado que, de repente, chegou ao fim.

Gaspard acordou sobressaltado com a batida da porta. Levou mais alguns segundos para despertar completamente. Em um primeiro momento, não sabia onde estava. Mas então se rendeu à triste realidade: pegara no sono de lado, todo encolhido, na velha poltrona Eames de Sean Lorenz. Sua camiseta estava empapada de suor colada no couro do assento, e seu rosto estava todo amassado, no braço da poltrona. Levantou-se com dificuldade, piscando os olhos, esfregando a nuca e as costas. A ressaca em toda a sua atrocidade: dor de cabeça, gosto de cimento na boca, enjoo, articulações doloridas. Uma cena ritual, e, toda vez que acontecia, Gaspard jurava que nunca mais beberia uma gota de álcool. Mas sabia que essa resolução era fraca e que, ao meio-dia, já teria vontade de beber.

Olhou para o relógio: oito da manhã. Olhou através da porta envidraçada: céu claro, sem chuva. Concluiu que Madeline acabara de sair e ficou meio envergonhado por ela tê-lo visto naquele estado. Arrastou-se até o banheiro, ficou quinze minutos debaixo do chuveiro, bebendo o equivalente a meio litro de água quente direto da ducha. Pegou uma toalha, enrolou na cintura e saiu do box massageando as têmporas.

A dor de cabeça tinha piorado e martelava seu crânio com obstinação. Precisava urgentemente de dois comprimidos de ibuprofeno. Remexeu na bolsa de viagem, mas não encontrou nada que, direta ou indiretamente, lembrasse um remédio. Depois de um instante de hesitação, subiu até o andar onde Madeline se instalara, pegou a nécessaire dela e encontrou logo o que procurava. Felizmente, certas pessoas são mais organizadas do que outras.

Dois Advil depois, estava no quarto, enfiando as roupas que usara na véspera. Foi para a cozinha à procura de café preto. Sim, havia uma cafeteira, mas nada para alimentá-la. Abriu todos os armários, mas não havia nenhum pacote de café. Acabou preparando, resignado, uma tigela de caldo de galinha, que foi tomar no terraço. O ar frio, de início, lhe fez bem, mas depois o obrigou a bater em retirada, para se refugiar no calor da sala. Chegando lá, explorou a discoteca, procurando os discos que Pauline mencionara na noite anterior. Aqueles que Sean Lorenz escutava sem parar nos dias que antecederam sua morte.

O primeiro vinil era um *must have* em qualquer discoteca clássica: a *Quinta Sinfonia* de Beethoven, sob a regência de Carlos Kleiber. No verso da capa, um musicólogo comentava que o compositor, durante toda a vida, fora motivado pelo desejo de "escapar ao destino". De fato, a *Quinta* era toda baseada no confronto entre o homem e seu destino. "É assim que o destino bate à porta", disse Beethoven explicando as quatro notas que abrem a sinfonia.

A segunda gravação tinha bem a cara de anos 1980: um álbum duplo da Deutsche Grammophon com a *Sinfonia número 2* de Gustav Mahler, sob a regência de Leonard Bernstein. E com as *guest stars* Barbara Hendricks e Christa Ludwig. Gaspard não conhecia muito bem a segunda sinfonia do compositor austríaco, também chamada de "Ressurreição". Ao ler o encarte, descobriu que se tratava de uma obra religiosa. Mahler tinha se convertido ao cristianismo. A obra exalta os temas da vida eterna e da ressurreição dos mortos. Os comentários do encarte eram complementados pelas palavras de Leonard Bernstein: "A música de Mahler evoca, de modo muito sincero, nossas incertezas em relação à vida e à morte. É uma música muito verdadeira, que diz coisas difíceis de ouvir".

Coisas difíceis de ouvir...

Gaspard coçou a cabeça, intrigado. Por que Lorenz, grande amante do jazz e da música minimalista, tinha se apaixonado, no fim da vida, por duas sinfonias monumentais?

Derramou o que sobrou do caldo quente na pia e se instalou na mesa da sala, com um caderno espiral e uma caneta para refletir sobre sua peça de teatro. Teve dificuldade de se concentrar. Tivera uma noite estranha, quase uma viagem, flutuando em sonhos pelas paisagens psicodélicas tatuadas no corpo amarrado da bela vizinha. Não era uma visão violenta, mas era perturbadora.

Durante vinte minutos, conseguiu acreditar que trabalharia, mas essa ilusão não durou muito. Ficou o tempo todo com a sensação de que o grande retrato de Lorenz o observava, chamando, julgando.

Logo se cansou. Levantou e ficou, mais uma vez, parado diante da parede repleta de retratos. E então se deu conta de que não era o retrato do pintor que o perturbava. Eram as fotos do menino.

O menino morto... que, apesar disso, parecia tão cheio de alegria e vitalidade naquelas fotografias preto e branco.

"Droga!" A culpa era daquela tal de Madeline Greene, que o contaminara ao contar que estava incomodada com aquilo.

Ele se atirou no sofá e soltou um suspiro. O reflexo âmbar do uísque dentro da garrafa, na mesa de centro, já tentava seduzi-lo, mas Gaspard resistiu à tentação. Encarou por mais alguns minutos a imagem do menino Julian sentado em um cavalinho de madeira de um antigo carrossel, segurando a barra do brinquedo com um ar triunfante. Na frente do carrossel, distinguia-se a figura amorosa de Sean Lorenz, com os olhos fixos no filho. Gaspard tirou a carteira do bolso da calça jeans. No bolsinho de uma das abas, encontrou uma velha fotografia, de cores desbotadas, que não via há tempos: ele, aos três anos, com o pai, sentado em um dos animais do carrossel Garnier, no Jardim de Luxemburgo. A foto era de 1977. Quase quarenta anos separavam os dois retratos. Não era a mesma época, mas era o mesmo carrossel, a mesma luz que brilhava nos olhos das crianças e o mesmo orgulho refletido no olhar dos pais.

2.

Madeline parou sua scooter na esquina do bulevar de Montparnasse com a rua de Sèvres. Não eram nem nove horas, e o ar já estava saturado de uma umidade pegajosa. Ao tirar as luvas e o cachecol, percebeu que estava suando.

"E dizem que, supostamente, estamos no inverno..."

Mas, naquela manhã, havia algo mais preocupante do que o aquecimento global: o bairro estava irreconhecível. A manifestação do dia anterior vandalizara e destruíra tudo.

A cobertura das paradas de ônibus, as vitrines das lojas, as placas de sinalização. As calçadas e as ruas estavam repletas de cacos de vidro, paralelepípedos e pedaços de asfalto arrancados. Uma cena de guerra, surreal, que Madeline jamais imaginara ver em Paris. E, por todos os lados, centenas de pichações furiosas, que desfiguravam tudo: "Todo mundo odeia a polícia / Penso, logo destruo / A combustão faz a força / Morte ao capital / Viva o caos / Caguei para a sua lei".

Ficou desconcertada com a atitude das pessoas que passavam na rua. Algumas, como ela, estavam perplexas; outras, indiferentes; outras, ainda, sorriam e brincavam, parando para tirar selfies. Até o muro da entrada do Instituto Nacional dos Jovens Cegos fora danificado e pichado com frases de ódio. Aquela cena de destruição lhe deu vontade de chorar. Alguma coisa que ela não conseguia entender estava acontecendo naquele país.

Quando chegou ao centro médico onde marcara seus exames, Madeline constatou que as janelas do local também tinham sido estilhaçadas. Um funcionário da manutenção estava tentando tirar o estrado que servira de projétil para destruir a fachada. Quando ela já pensava em dar meia-volta, o homem percebeu sua hesitação e apontou para um cartaz improvisado que avisava que o estabelecimento funcionaria apesar dos acontecimentos recentes.

Madeline entrou no saguão e deu seu nome na recepção. Como chegara cedo para coletar o sangue, nem precisou ficar na sala de espera, e tudo foi resolvido em três minutos: a picada, o tubo que se encheu de vermelho, um curativo na dobra do braço. E então lhe pediram para pegar o elevador e ir até o segundo andar, especializado em radiologia e exames de imagem.

Enquanto fazia a ecografia, lembrou da conversa exaltada que tivera com Coutances na noite anterior. O dramaturgo até tinha razão em seus argumentos, mas estava errado ao ser tão resignado e niilista. Porque sempre há pessoas que resistem, que combatem a violência social e não se deixam abater pelas catástrofes anunciadas. E seu filho seria uma dessas pessoas.

Bem, falar era fácil, já que ela ainda não estava grávida.

Contudo, há quatro meses, durante suas férias na Espanha, dera o primeiro passo e consultara uma clínica de fertilização em Madri. Faria quarenta anos em breve e não havia nem sombra de um relacionamento sério no horizonte. O estrago poderia ser pior, mas não podia negar que seu corpo estava envelhecendo. Além do mais, seu coração não tinha mais forças para amar.

Se quisesse ter um filho algum dia, só lhe restava uma saída. Sendo assim, pesquisou, encontrou o médico, analisou bem a situação e se decidiu por uma fertilização in vitro. Em termos práticos, isso significava que extrairiam seus óvulos para fecundá-los com o esperma de um doador anônimo. Não era exatamente isso que Madeline sonhara, mas ela se agarrou a esse plano com todas as forças e todo o entusiasmo que lhe restavam. Para ter um filho, passava por um calvário diário. Começando pelo tratamento hormonal obrigatório: todas as noites, injetava uma dose de hormônios folículo-estimulantes na barriga. Além disso, a cada dois dias, se submetia a uma coleta de sangue seguida de uma ecografia para verificar a evolução da contagem e do tamanho dos folículos. E ela mesma tinha que comunicar os resultados para a equipe da clínica espanhola pelo telefone.

O tratamento a exauria. A barriga ficava inchada, o peito crescia, as pernas pesavam uma tonelada e a dor de cabeça e a irritabilidade não davam trégua.

A sala estava às escuras. Enquanto o médico passava a sonda da ecografia em seu abdômen, Madeline fechou os olhos. Convenceu-se de que tomara a decisão certa. Queria ter um filho para se apegar à vida. Durante muito tempo, por causa da profissão, investigou os mortos, mas os mortos acabam arrastando a gente para as suas trevas. E então ela abandonou tudo pelo amor de um homem. Mas o amor dos homens é fugaz, tênue e caprichoso. Para criar coragem, lembrou das palavras de despedida de uma pessoa que era importante para ela: Danny Doyle, seu primeiro amor dos tempos do colégio. Ele, ao se tornar um dos chefes da máfia de Manchester, enveredara por um caminho oposto ao dela. Danny Doyle, com quem bateu de frente quando se tornou policial, mas que, mesmo à distância, jamais deixou de protegê-la.

Sei que você é dominada pelo medo. Sei que suas noites são agitadas, povoadas por fantasmas, cadáveres e demônios. Conheço muito bem sua determinação, mas também conheço esse seu lado de trevas e autodestruição. Ele já existia quando nos conhecemos, no colégio, e o curso dos acontecimentos só o fez aumentar. Você passa ao largo da sua própria vida, Maddie. Precisa sair dessa roda-viva antes que caia em um precipício do qual não poderá mais sair. Não quero que você leve essa vida. Não quero que você enverede pelo mesmo caminho onde eu me perdi: aquele que se afunda nas trevas, na violência, no sofrimento e na morte...

Na vida, o que passou não tem volta. As oportunidades se perdem para sempre. Na vida, nada é de graça. A vida é um rolo compressor, um déspota que controla seus súditos fazendo reinar o terror com a ajuda de seu braço armado: o Tempo. E o Tempo sempre vence no final. O Tempo é o maior assassino da história. Um assassino que nenhum policial conseguirá pôr atrás das grades.

3.

Gaspard se levantou do sofá. Um celular – que Madeline devia ter esquecido – começou a vibrar em cima do balcão da cozinha. Como sempre se recusara a ter um aparelho daqueles, olhou com desconfiança no primeiro momento, mas resolveu atender. Era Madeline. O escritor disse algumas palavras, mas acabou desligando por engano ao apertar no lugar errado da tela.

Soltou um palavrão e pôs o celular no bolso.

Suspirou. A dor de cabeça passara, mas seus pensamentos ainda estavam confusos. Estava na hora de parar de enrolar: precisava de café! E não apenas de uma xícara.

Pegou um dos grands crus que comprara na véspera, saiu de casa e foi atrás de sua vizinha preferida.

Dessa vez, Pauline Delatour atendeu logo no primeiro toque do sino. Estava usando uma roupa leve de novo, como se fosse primavera: um short jeans desfiado e uma camisa militar cáqui aberta sobre uma regata.

– Troco um pinot noir por um expresso duplo – propôs Gaspard, sacudindo a garrafa.

A jovem sorriu e fez sinal para ele entrar.

4.

Depois dos exames, Madeline foi se refugiar na rua de Faubourg-Saint-Honoré, dentro do reconfortante Caravella, o restaurante italiano que Bernard Benedick lhe apresentara. Como precisava estar de jejum para a coleta de sangue, não comia nada desde a noite anterior e estava ficando tonta. Pediu um café com leite e *biscotti* e já ia ligar para a clínica de fertilização, quando se deu conta de que esquecera o celular na casa da rua do Cherche-Midi.

"Só me faltava essa!", irritou-se, batendo a palma da mão na mesa.

– Algum problema? – perguntou o garçom que trazia o seu pedido.

Madeline viu que era Gregory, o jovem gerente que o galerista lhe apresentara.

– Esqueci meu celular e preciso fazer uma ligação importante.

– Quer usar o meu? – sugeriu o rapaz, tirando do bolso um aparelho com capinha do Milan.

– Obrigada, é muita gentileza sua!

Ela ligou para Madri e pediu para falar com Louisa. Entre os membros da coordenação, simpatizara com a enfermeira, cujo irmão era policial. Sabia de todos os seus horários e, quando precisava, ligava diretamente para o celular dela para evitar que a Espanha inteira ficasse sabendo do tamanho de seus ovários. Louisa anotou os resultados para transmitir ao médico, que avaliaria a reação dos ovários e, caso necessário, mudaria a dose de hormônio. É claro que isso não chegava nem perto do modelo de medicina de família. Era uma medicina 2.0, globalizada, *uberizada*, meio *low cost* e meio deprimente. Mas, se fosse para ter um filho, estava disposta a passar por isso.

Madeline aproveitou o celular de Gregory e ligou para seu próprio número. Felizmente, Coutances atendeu:

– É você, Gaspard? Você pode trazer meu celular?

Gaspard murmurou coisas incompreensíveis, e então a ligação caiu. Certa de que não valeria a pena insistir, Madeline mandou um SMS:

> Você pode trazer o celular para mim? Se puder, nos encontramos ao meio-dia no restaurante Le Grand Café, na rua Delambre. Obrigada. Maddie.

Como o café já estava frio, ela pediu mais um e o tomou de um gole só. Dormira mal. As telas fascinantes de Lorenz povoaram seu sono. Passou a noite viajando em sonho por horizontes de cores intensas, florestas sensuais de cipós vivos, penhascos vertiginosos, cidades sacudidas por ventos escaldantes. Quando acordou, não soube dizer se essa longa divagação fora um sonho ou um pesadelo. Mas começava a entender que o segredo da obra de Sean Lorenz era justamente essa ambiguidade.

Madeline viu Bernard Benedick do outro lado da rua, subindo a cortina de ferro. Bateu no vidro do café para assinalar sua presença e, como esperava, o dono da galeria veio logo ao seu encontro.

– Eu sabia que veria você de novo – disse, triunfante, sentando-se na frente dela. – Não dá para resistir à obra de Sean Lorenz, não é mesmo?

Madeline respondeu com uma censura:

– Você não me contou que o filho dele foi assassinado.

– É verdade – admitiu o galerista com a voz trêmula. – Mas é que odeio falar desse assunto. Julian era meu afilhado. Todos nós ficamos arrasados com essa tragédia.

– O que aconteceu exatamente?

– Saiu tudo nos jornais – sussurrou ele.

– Pois é. E o que sai nos jornais raramente é verdade.

Benedick considerou esse argumento, balançando a cabeça.

– Para compreender a situação, é preciso voltar no tempo. Voltar muito no tempo...

Então levantou o braço para pedir um café e criar coragem.

– Eu já expliquei: desde que conheci Sean, fiz tudo o que estava ao meu alcance para divulgar seu trabalho e colocá-lo em evidência. Sean era ambicioso, queria contatos. Apresentei-o para diversas pessoas em Londres, Berlim, Hong Kong... Mas tinha um lugar em que ele não queria pôr os pés de jeito nenhum: Nova York.

– Não entendo.

– Toda vez que eu sugeria que ele conhecesse colecionadores de Manhattan, Sean se esquivava. Por mais inacreditável que isso possa parecer, de 1992 ao fatídico ano de 2014, Sean Lorenz não voltou para sua cidade natal.

– Ele ainda tinha família?

– Só a mãe, mas Sean a fez se mudar para Paris no final dos anos 1990. Ela já estava muito doente naquela época e morreu pouco depois.

Benedick mergulhou um crostini no café.

– Depois de um tempo e de muita insistência, Sean foi obrigado a me contar parte da verdade.

– As circunstâncias de sua partida? – perguntou Madeline.

O galerista balançou a cabeça.

– No outono de 1992, depois de seu "verão de amor" com Pénélope, Sean ficou sozinho em Nova York. Estava deprimido, e seu único objetivo era reencontrar a moça em Paris. O problema é que ele não tinha um centavo. Para conseguir o dinheiro da passagem, começou a cometer pequenos furtos, e LadyBird era sua cúmplice.

– A única mulher dos Pirotécnicos – lembrou Madeline.

– Seu nome verdadeiro era Beatriz Muñoz. Era filha de imigrantes chilenos que trabalhavam nas fábricas do North Bronx. Uma mulher estranha, fechada, bicho do mato, quase autista, atarracada, com corpo de boxeador. Não havia dúvida de que ela estava apaixonada por Sean e que seria capaz de se jogar da janela se ele tivesse pedido.

– Você acha que Lorenz se aproveitou dela?

– Sinceramente, não sei muita coisa a esse respeito. Sean era um gênio. Logo, por definição, um pé no saco, um sujeito difícil de conviver, mas não era má pessoa. Era impulsivo, colérico, obsessivo, mas nunca vi ele se aproveitar dos mais fracos. Acho que, durante aqueles anos todos, Sean nunca deu um fora em Beatriz para não a magoar.

– Só que Pénélope virou tudo do avesso.

– Com certeza. Muñoz deve ter ficado desesperada quando soube que Sean pretendia ir morar na França, mas até ajudou o amigo a arranjar dinheiro assaltando mercadinhos.

O lado policial de Madeline assumiu o controle.

– É isso que você quis dizer com "pequenos roubos"? Para mim, são assaltos à mão armada.

– Para! Eles só tinham pistolas de água e máscaras de borracha de Mário e Luigi!

Madeline não se convenceu:

– Com arma de brinquedo ou não, assalto é assalto. E, na minha experiência, isso não costuma acabar bem.

– "Não acabar bem" é eufemismo – admitiu Benedick. – Um dia, em Chinatown, encontraram um dono de mercadinho que não estava disposto a ser depenado. Ele tirou uma arma debaixo do balcão e abriu fogo. Enquanto Sean fugia com o dinheiro, Beatriz levou um tiro nas costas e caiu desmaiada.

Madeline se recostou na cadeira. Benedick continuou a história em um tom resignado:

– Quando os policiais prenderam a chilena eles tinham um dossiê da grossura do meu braço a respeito dela.

– Vídeos das câmeras de segurança dos assaltos anteriores – adivinhou a ex-investigadora.

– Sim. Era o quarto mercadinho que eles assaltavam naquele mês. As máscaras dos encanadores bigodudos apareciam em todos os vídeos. Em vez de proteger sua identidade, foi isso que permitiu o reconhecimento. Infelizmente para ela, Beatriz Muñoz já tinha sido presa antes por causa dos grafites. Tinha uma ficha corrida bem grande. Para os policiais e o procurador, foi como tirar a sorte grande, e eles fizeram questão de levar tudo muito a sério. O sistema de justiça dos Estados Unidos é assim: forte com os fracos, fraco com os fortes.

– E ela não dedurou Sean durante os interrogatórios?

— Jamais. A coitada foi condenada a oito anos de prisão e ainda mais quatro por tentativa de fuga e agressão a outras detentas.

— E Sean nunca foi indiciado?

Benedick soltou uma risada nervosa.

— No dia seguinte à prisão de Beatriz, ele já estava dentro de um avião para Paris, vindo ao encontro de Pénélope. Do ponto de vista de Sean, era tudo muito simples: jamais se sentiu em dívida com Beatriz, porque nunca lhe pediu nada. A amiga o acobertara, mas foi escolha dela.

— E então ele cortou todos os laços com seus amigos de infância?

— Completamente.

— E você acha que é por esse motivo que ele nunca quis voltar para Nova York?

— Me parece óbvio, não? De certa forma, ele se sentia ameaçado pela cidade. E tinha razão. Quando saiu da prisão, em 2004, Beatriz Muñoz era uma pessoa destruída. Física e psicologicamente. Fez alguns bicos aqui e ali e tentou voltar a pintar, mas não tinha contatos, não tinha marchand, seu trabalho não era valorizado. Enfim, sem contar para Sean, comprei algumas telas dela por intermédio de um centro social do Harlem. Se quiser, posso lhe mostrar esses quadros. A obra de Beatriz depois da prisão era meio zumbi, sem vida, assustadora.

— E ela sabia da fama de Sean?

Benedick deu de ombros.

— Não tinha como não saber! Hoje em dia, basta digitar um nome em um mecanismo de busca para descobrir quase toda a vida da pessoa. Beatriz conhecia a versão "páginas de revista" de Lorenz: o pintor de sucesso, milionário, casado com uma modelo e pai de um menino encantador. E ficou enfurecida com essa imagem.

— E o que foi que aconteceu exatamente?

105

– Em 2013, o MoMA entrou em contato com Sean. Queriam organizar uma retrospectiva da carreira dele nos Estados Unidos. Ele não tinha a menor vontade de voltar para Nova York, mas não se pode recusar um convite do MoMA. Em dezembro de 2014, pegou o avião para Nova York com a mulher e o filho para comparecer à abertura da exposição e dar algumas entrevistas. Tinha intenção de ficar apenas uma semana, mas foi aí que a tragédia aconteceu.

5.

Pauline Delatour era um espetáculo por si só, imprimia sensualidade em cada um dos seus gestos: colocar uma mecha de cabelo atrás da orelha, cruzar as pernas, lamber sutilmente uma gota de café que ficara nos lábios... Mas nada nela era ostensivamente provocante ou vulgar. Sempre primando pelo bom gosto, tinha um jeito alegre de despertar o desejo, uma espécie de celebração da vida e de sua juventude triunfal. Gaspard não precisou fazer nenhum esforço para reagir à sua sedução, mas, depois de duas xícaras de café, voltou a centrar a conversa no único assunto que realmente lhe interessava: Sean Lorenz. E teve dificuldade para refrear a curiosidade quando Pauline contou que trabalhara de babá para a família Lorenz durante sua estadia em Nova York, no inverno de 2014.

– Vivi a tragédia de perto e, passados dois anos, ainda tenho pesadelos – declarou a jovem. – Na época, eu ficava com Julian quase o dia todo. Sean estava ocupado da manhã à noite com a sua retrospectiva no MoMA. E Pénélope bancava a madame: shopping, manicure, sauna...

– Onde eles se hospedaram?

– Em uma suíte do Bridge Club, um hotel chique na região de Tribeca.

Pauline abriu a janela da cozinha, sentou no parapeito e acendeu um cigarro.

– No dia em que tudo aconteceu, Pénélope tinha planejado comprar umas iguarias no Dean & DeLuca e depois almoçar no ABC Kitchen, um restaurante perto da Union Square. Precisava levar o filho para comprar roupas, mas, de última hora, perguntou se eu podia ficar com ele.

Pauline deu uma tragada no cigarro. Em alguns segundos, sua alegria característica deu lugar a um nervosismo que ela não tentou dissimular.

– Era meu dia de folga. Como já tinha planos, eu disse que não podia. Ela falou que não tinha problema e que ia sair com Julian. Mas a verdade é que nunca foi para o Greenwich Village nem para a Union Square. Foi encontrar o amante do outro lado da cidade, na região do Upper West Side, em um hotel da Amsterdam Avenue.

– E esse amante, quem era?

– Philippe Careya, um especulador imobiliário de Nice, que tinha negócios na Côte d'Azur e em Miami. Um sujeito meio mala, que foi o primeiro namorado de Pénélope, da época do colégio.

– E o que ele estava fazendo em Nova York?

– Pénélope convenceu o cara a ir atrás dela. Naquela época, ela se sentia abandonada por Sean.

– E Lorenz sabia que estava sendo traído?

Pauline soltou um suspiro.

– Sinceramente, não faço ideia. O casamento deles era como aquela música, *La chanson des vieux amants*, sabe? O tipo de relacionamento que precisa de conflito e de brigas para existir. Nunca entendi direito a natureza do laço que unia os dois. Quem vestia as calças na casa, quem dominava quem, quem era prisioneiro de quem...

– Os dois não se acalmaram depois de ter um filho?

A jovem deu de ombros.

– Filho raramente dá jeito em um relacionamento.
– E Sean? Traía a mulher?
– Não sei.

Gaspard fez uma pergunta mais precisa:
– Sean traía a mulher *com você*?

Pauline o nocauteou:
– Um sujeito que come a babá é coisa de roteiro de pornô ruim, não?

Silêncio. Então, contra todas as expectativas, ela apelou para a franqueza:
– Para ser sincera, não foi por falta de tentativa, mas não.

Gaspard se levantou e, com a permissão de sua anfitriã, serviu-se de mais uma xícara de café.

– E então o que foi que aconteceu naquele famigerado dia em Nova York?

– No começo da noite, ao ver que Pénélope não voltara nem dera notícia, Sean começou a ficar preocupado, mas não avisou a polícia logo em seguida. Não conseguia falar com a mulher simplesmente porque ela esquecera o celular no hotel. As horas foram passando, e a angústia só aumentava. Às onze da noite, Sean resolveu entrar em contato com a segurança do hotel, que ligou diretamente para a NYPD. Eles levaram o caso a sério imediatamente, por causa do desaparecimento do menino e da notoriedade de Sean. Durante toda a noite, passaram alertas para diferentes patrulhas e começaram a assistir aos vídeos das câmeras de segurança dos lugares onde Pénélope supostamente teria ido. Claro que não encontraram nada.

Pauline apagou o cigarro no pires da sua xícara. Estava lívida.

– Às sete horas da manhã, um entregador deixou no hotel uma caixa de papelão com um dedinho de criança, acompanhado de um pedido de resgate manchado de sangue. Uma coisa monstruosa. Foi aí que o FBI entrou na jogada. Aumentaram o perímetro das buscas, fizeram um alerta de sequestro, acionaram toda aquela parafernália da polícia científica... Finalmente, encontraram uma câmera de segurança na Amsterdam Avenue que tinha filmado o sequestro de Pénélope e do filho.

Pauline piscou e soltou um suspiro.

– Na época, pude ver as imagens. Nada de pornô: era um filme de terror. Dava para ver uma espécie de monstro com força de touro atirando Pénélope e Julian na parte de trás de uma van caindo aos pedaços.

– Como assim, uma espécie de monstro?

– Uma apache corcunda, de ombros largos e braços fortes.

Gaspard fez cara de desconfiado. Pauline prosseguiu:

– As digitais que os policiais conseguiram coletar na caixa eram de uma pessoa que já fora fichada. Pertenciam a Beatriz Muñoz, ex-presidiária, também conhecida como LadyBird, que fora amiga de Sean na juventude.

Ao ouvir o nome da "mulher pássaro", Gaspard lembrou das fotos que vira no dia anterior no livro sobre o pintor: dos jovens Pirotécnicos grafitando vagões do metrô no começo dos anos 1990. Sean, com seu casaco grande demais para ele; NightShift, o latino arrogante de orelhas de abano, e LadyBird, a índia bem pouco aerodinâmica apesar do pseudônimo, com seus cabelos de ébano presos com uma faixa à la Gerônimo.

– Assim que o FBI foi informado, as coisas correram bem rápido. Antes do meio-dia, conseguiram localizar o cativeiro onde Beatriz Muñoz mantinha suas vítimas. Um depósito abandonado de uma fábrica no Queens. Mas, quando entraram, já era tarde demais: Julian estava morto.

6.

– E esse resgate, significava o quê? – perguntou Madeline.

Bernard Benedick piscou.

– A quantia, você quer dizer? Quatro milhões, duzentos e noventa mil dólares?

– Sim.

– Era o preço do sofrimento: o número de dias que Beatriz Muñoz passou na prisão, multiplicado por mil. Onze anos e nove meses de inferno: quatro mil, duzentos e noventa dias. Pensando por esse lado, a quantia parece quase irrisória.

– Lorenz tentou conseguir o dinheiro, suponho.

– Claro, mas Muñoz jamais quis o dinheiro.

– E o que ela queria, então? Vingança?

– Sim, a tal "justiça selvagem", de que fala Francis Bacon. Beatriz queria atrapalhar a vida de Sean, infligir a ele o mesmo sofrimento atroz que ela sentira.

– E no entanto ela poupou a vida da esposa de Lorenz?

– Ela escapou por pouco. O FBI encontrou Pénélope amarrada com arame farpado a uma cadeira. Ela tem as cicatrizes até hoje. Mas o mais terrível foi que Beatriz esfaqueou Julian na frente da mãe.

Madeline ficou toda arrepiada. Lembrou da expressão que seu amigo Danny usara: o caminho "das trevas, do sofrimento e da morte". Aonde quer que fosse, por mais que fizesse, todos os caminhos sempre levavam àquela encruzilhada e àquela procissão de cadáveres.

– Beatriz Muñoz está presa hoje em dia?

– Não, ela fugiu do local antes que a polícia o invadisse e se jogou na frente de um vagão do metrô na Harlem-125th Street, uma estação a que ela e Sean costumavam ir para grafitar vagões.

Fatalista, Benedick deixou escapar um suspiro desolado.

Madeline procurou um remédio para azia no bolso da jaqueta.

– Tem uma pergunta que não sai da minha cabeça desde ontem – disse, depois de ter tomado o comprimido. – Sean Lorenz estava em Nova York quando morreu, há um ano, não estava?

– Exatamente. Morreu de um ataque cardíaco no meio da rua.

– E o que ele foi fazer lá? Para que voltar àquela cidade tão carregada de lembranças macabras?

– Ele tinha uma consulta com um cardiologista. Pelo menos, foi isso que ele me disse quando falamos pelo telefone. E tenho bons motivos para acreditar que é verdade.

– Que motivos?

Benedick abriu a pasta de pelica que colocara em cima da cadeira que havia ao seu lado.

– Como eu tinha certeza de que você voltaria, trouxe isso comigo – declarou, tirando dela uma caderneta marrom-clara e entregando para Madeline.

Ela examinou o caderno com atenção. Na verdade, era uma agenda da marca Smythson, de couro *croco*.

– Eu estava em Paris quando fiquei sabendo da morte de Sean. Peguei o primeiro avião para Nova York para cuidar da repatriação do corpo. Eu que recolhi os pertences dele que estavam no hotel. Havia apenas uma mala pequena com algumas roupas e essa agenda.

Madeline folheou a caderneta. Uma coisa era certa: durante o ano em que falecera, os únicos compromissos de Sean Lorenz foram consultas médicas. No dia da sua morte, 23 de dezembro de 2015, estava escrito: "Consulta dr. Stockhausen 10h".

– E o que ele tinha, exatamente?

– Infartos recorrentes. No último ano de vida, Sean fez angioplastias e pontes de safena. Sabe aquela canção de

Léo Ferré: "Quando o coração bate mais forte, não adianta mais procurar..."?

– Posso ficar com essa agenda?

Benedick hesitou, mas acabou concordando, balançando a cabeça.

– E as três últimas telas? Você acha mesmo que elas existem?

– Eu tenho *certeza* – respondeu o galerista, olhando Madeline nos olhos. – Assim como tenho certeza de que você vai encontrá-las.

Madeline preferiu ser prudente.

– Para isso, preciso que você me diga onde procurar. Quem são as pessoas com quem posso conversar...

Benedick refletiu por alguns instantes.

– Dê uma passada no consultório de Diane Raphaël. É uma psiquiatra muito competente e simpática. Uma das raras pessoas que Sean respeitava. Ela o conheceu alguns meses depois de ele se mudar para a França, nos tempos do Hôpital Éphémère. Naquela época, Diane dirigia uma pequena equipe itinerante de ajuda a toxicômanos, se interessava por novas formas de arte e foi uma das primeiras pessoas a comprar suas telas. Adquiriu duas. Sean a considerava como que seu anjo da guarda.

Madeline memorizou essas informações e lembrou que Gaspard mencionara esse nome na noite anterior.

– Quem mais?

– Jean-Michel Fayol, quem sabe, dono de uma loja de tintas. Fica na região dos *quais*. Sean ia muito lá quando pintava.

– Pénélope Lorenz ainda mora em Paris?

Benedick balançou a cabeça sem responder diretamente.

– Você pode me passar o endereço dela?

O galerista tirou uma caneta do bolso e arrancou uma página da agenda.

– Vou anotar, mas você não vai conseguir arrancar nada dela. Conhecer Pénélope foi, ao mesmo tempo, a grande sorte e o grande azar de Sean. A faísca que revelou sua genialidade para, depois, dar início ao incêndio que destruiu sua vida.

Ele entregou o papel dobrado para Madeline. Em seguida, com um olhar distante, pensou em voz alta:

– Existe coisa mais triste do que ver sua alma gêmea se transformar em uma alma perdida?

6
Um conjunto de destruições

> *Um quadro antes era um conjunto de adições.*
> *Para mim, um quadro é um conjunto de destruições.*
>
> Pablo Picasso

1.

O bulevar Saint-Germain se espichava sob o sol pálido. Plátanos desfolhados, casas de cantaria, cafés que eram verdadeiros museus, lojas de um luxo despretensioso.

Madeline ultrapassou um carrinho elétrico e ligou o pisca-pisca para entrar na rua Saint-Guillaume. Uns vinte metros depois, parou a scooter em uma vaga oblíqua, entre um Smart amassado e um SUV reluzente. O endereço que Bernard lhe dera era de um dos prédios mais bonitos da rua, de fachada grandiosa, com placas em alto-relevo recentemente restauradas. Ela apertou o interfone de um pórtico monumental de madeira envernizada.

— Sim? — sussurrou uma voz.
— Senhora Lorenz?

Como ninguém respondeu, Madeline lançou mão da ambiguidade:

– Bom dia, senhora. Sou policial. Estou investigando o desaparecimento das últimas telas que seu ex-marido pintou. A senhora poderia me receber por alguns minutos para...

– Vá se foder, sua jornalista filha da puta!

Madeline deu um passo para trás, surpresa com a virulência do xingamento. Não valia a pena insistir. Se Pénélope Lorenz estava com aquele humor, ela não chegaria a lugar nenhum.

Voltou para sua Vespa com outra ideia na cabeça. Rua de l'Université, rua du Bac, bulevar Raspail até Montparnasse. Foi na rua d'Odessa que Madeline encontrou o cibercafé que procurava, espremido entre uma creperia e um sexshop. E, ao abrir a porta, jurou que não sairia dali enquanto não concluísse sua tarefa.

2.

Gaspard chegou cedo ao restaurante. Situado ao lado de uma peixaria, o Le Grand Café era uma brasserie de bairro com decoração meio ultrapassada, mas aconchegante: painéis de madeira, cadeiras Baumann de madeira torneada, mesinhas de bistrô, espelho grande, chão de ladrilho. Um toque mediterrâneo completava o cenário: uma falsa videira se esparramava pelo teto, como se fosse um caramanchão.

Ao meio-dia e meia, o salão ainda estava quase vazio, mas começava a encher. Gaspard pediu uma mesa para dois e, sem se sentar, colocou o celular que deformava seu bolso em cima dela e pendurou a jaqueta nas costas da cadeira. Então foi até o balcão, pediu uma taça de quincy e perguntou se podia usar o telefone. O garçom lhe lançou um olhar surpreso, quase desconfiado, e apontou para o celular que ele abandonara em cima da mesa:

– Está quebrado?

Gaspard sequer se virou.

– Não. Não sei mexer. Posso utilizar o seu?

O garçom balançou a cabeça e lhe alcançou um telefone à moda antiga. Gaspard pôs os óculos para conseguir ler o número que Pauline anotara.

Que sorte: Diane Raphaël atendeu no terceiro toque e foi logo pedindo desculpas pela péssima qualidade da ligação. A psiquiatra não estava em Paris, mas dentro de um trem em direção a Marselha, para visitar um paciente no Hospital Sainte-Marguerite. Gaspard se apresentou e explicou que fora Pauline Delatour que lhe dera seu número. Diane Raphaël, que ia muito a Nova York, contou que assistira *Asylium*, uma de suas peças mais sombrias, uma crítica aos abusos da psicanálise. Com esse texto, Gaspard fez alguns inimigos na comunidade "psi", mas Diane não foi rancorosa e garantiu que "rira muito".

Como não sabia mentir, Gaspard pôs as cartas na mesa. Explicou que alugara a antiga casa de Sean Lorenz e estava ajudando uma amiga policial que estava determinada a encontrar as últimas três telas do pintor.

– Se existem, tenho a maior curiosidade de vê-las!

– Pauline me disse que você tratou de Sean durante o último ano de vida dele.

– Durante as duas últimas décadas, você quer dizer! Eu fui amiga e psiquiatra dele por mais de vinte anos!

– Achei que essas duas coisas eram incompatíveis.

– Não sou muito fã de dogmas. Tentei ajudar Sean como pude. Mas, pelo jeito, existe mesmo uma maldição entre os gênios.

– O que você quer dizer com isso?

– É o velho princípio da "destruição criativa". Para construir uma obra como a dele, talvez fosse inevitável que Sean destruísse a si mesmo e aos outros.

Apesar da péssima qualidade da ligação, Gaspard foi seduzido pela voz de Diane Raphaël: melodiosa, grave, com um tom simpático.

– De acordo com Pauline, Lorenz ficou perdido depois que o filho faleceu...

– Isso não é nenhum segredo – disparou a psiquiatra. – Sean praticamente morreu junto com Julian. Como não tinha mais ninguém a quem se apegar, nem se dava o trabalho de fingir que vivia. E, além disso, estava destruído fisicamente. Passou por duas operações complexas nos últimos meses de vida. Mais de uma vez ele foi reanimado à beira da morte. Mas encarava esse sofrimento como uma penitência.

– A pintura não lhe trazia nenhum conforto?

– A pintura nada pode diante da morte de um filho.

Gaspard fechou os olhos por um instante e tomou o último gole de sua taça de vinho branco. Em seguida, fez sinal para o garçom servir mais.

– Nem todos os pais que perdem um filho se suicidam – argumentou.

– Você tem razão – admitiu Diane. – Cada indivíduo tem uma maneira de reagir. Não vou dar detalhes do histórico médico de Sean, mas nele tudo era amplificado. Sempre teve um lado ciclotímico que tinha impacto sobre sua criatividade.

– Ele era bipolar?

– Digamos que, como acontece com muitos artistas, suas reações e seus estados de espírito eram exacerbados. Assim como dava provas de ter uma sede de viver inacreditável durante os períodos de euforia, também podia afundar na depressão quando passava por uma fase de melancolia.

Gaspard desabotoou um botão da camisa. Por que fazia aquele calor de enlouquecer em pleno mês de dezembro?

– Lorenz era viciado em drogas?

Diane se irritou pela primeira vez:

– O senhor faz muitas perguntas, sr. Coutances.
– Admito que sim – desculpou-se.

Do outro lado da linha, ouviu o anúncio da SNCF avisando que o trem já ia entrar na Gare Saint-Charles.

– Sean só queria se anestesiar e esquecer – respondeu a psiquiatra. – Tinha uma dor imensa, proporcional ao amor que sentia pelo filho, e não queria ser curado nem ser sensato. Assim, qualquer coisa servia: soníferos, ansiolíticos e tudo o mais. Eu prescrevia, porque sabia que ele acabaria tomando de qualquer jeito. Pelo menos, assim, eu podia ficar de olho no que Sean andava consumindo.

A qualidade da ligação foi ficando cada vez pior. Gaspard arriscou, mesmo assim, uma última pergunta:

– E você acredita nessa hipótese das telas escondidas?

Infelizmente, a resposta da psiquiatra se perdeu na balbúrdia da estação ferroviária.

Gaspard desligou e esvaziou o copo de novo. Quando se virou, viu que Madeline acabara de entrar no restaurante.

3.

– Aceita uma bebida? – perguntou o garçom, depois de colocar a grande lousa que listava os pratos do dia ao lado da mesa.

Madeline pediu uma garrafa de água com gás, e Gaspard, uma terceira taça de vinho.

Em seguida, com um sorriso, o dramaturgo empurrou o telefone que Madeline esquecera ao sair de casa.

– Obrigada por trazer meu celular – disse ela, pegando o aparelho.

Gaspard achou que seria de bom-tom tentar se redimir:

– Desculpe por ontem à noite. Eu me exaltei.

– Tudo bem, deixa para lá.

– Eu não sabia que você estava tentando engravidar.

Madeline ficou vermelha.

– Por que você diz isso?

– É... é que eu deduzi – balbuciou, dando-se conta de que fora inconveniente. – Você recebeu um SMS hoje de manhã, de uma clínica de Madri, acusando o recebimento dos resultados do seu...

– Vai cuidar da sua vida, caramba! Por acaso acha que estou a fim de falar disso com você aqui na mesa do restaurante?

– Sinto muito, li sem querer.

– Sem querer como?

Os dois não trocaram mais nenhuma palavra ou olhar até que trouxessem as bebidas e o gerente aparecesse para anotar o pedido. Madeline aproveitou a presença dele para mostrar a caixa de fósforos do restaurante que Benedick lhe dera.

– Sean Lorenz era um freguês assíduo do seu estabelecimento, não era?

– Mais que um freguês, era um amigo da casa! – respondeu o gerente, com uma ponta de orgulho.

Era um homem baixinho, falastrão, de cabeça raspada, que usava um terno grande demais e uma gravata branca com bolas pretas. Suas caretas expressivas lhe davam um certo ar de Louis de Funès.

– Durante anos, o sr. Lorenz vinha almoçar conosco quase todos os dias.

De repente, o brilho nos olhos do gerente do restaurante deu lugar às lágrimas.

– Obviamente, passamos a vê-lo menos depois que seu filho morreu. Uma noite, depois de fechar, eu o encontrei podre de bêbado, encolhido em um banco. Levei o sr. Lorenz para casa, na rua do Cherche-Midi. Era mesmo de dar pena.

Como se não quisesse continuar falando daquela lembrança triste, o homem estalou a língua e foi logo completando:

— Nos últimos dois ou três meses de vida, ele estava melhor. Vinha mais ao restaurante e...

— Você acha que ele voltou a pintar? – interrompeu Gaspard.

— Com certeza! Enquanto almoçava, enchia as páginas do caderno de desenhos. Um sinal indiscutível.

— Você sabe o que ele desenhava?

De Funès deu um sorriso sugestivo.

— Como sou curioso, sempre aproveitava para dar uma olhadinha quando vinha lhe trazer o prato. Ele desenhava labirintos.

— Labirintos?

— Sim, labirintos kafkianos, sem entrada nem saída. Dédalos de ramificações infinitas, que davam tontura.

Madeline e Gaspard trocaram um olhar desconfiado, mas o gerente ainda tinha uma carta na manga.

— Alguns dias antes de morrer, o sr. Lorenz nos deu um presente for-mi-dável: fez um mosaico no restaurante.

— Aqui? – surpreendeu-se Gaspard.

— Isso mesmo – confirmou o homem, todo orgulhoso. – Nos fundos do outro salão. É um dos raros mosaicos de Sean Lorenz e, além de tudo, o maior que ele já fez. Os amantes da arte fazem peregrinação até aqui para vê-lo e tirar fotos, sobretudo os asiáticos.

O gerente do restaurante não se fez de rogado e levou os dois até o salão, onde havia um mural multicolorido na parede dos fundos.

— O sr. Lorenz se inspirou em *O crocodilo enorme*, de Roald Dahl. Era a história preferida de seu filho. A história que ele pedia para o pai contar todas as noites, antes de dormir. É uma bela homenagem, não é?

O mural era formado por centenas de pequenos ladrilhos que lembravam os pixels dos videogames dos anos 1980. Assim que bateu os olhos nele, Madeline reconheceu os personagens do livro que marcara sua infância: um crocodilo, um macaco, um elefante e uma zebra, que se sacudia na savana.

À sua maneira, a obra era sensacional e divertida, por mais superficial que fosse. Madeline pediu permissão para tirar uma foto e depois voltou para a mesa com Gaspard.

4.

– Pelo jeito, você gostou muito dessa tal Pauline.

Como haviam feito no dia anterior, os dois compartilharam as informações que tinham conseguido reunir.

– Ela é fácil de conviver, não é do contra.

– E por acaso eu sou?

Gaspard virou o rosto para escapar do olhar de Madeline.

– Vamos mudar de assunto, por favor.

E então ela propôs uma divisão de tarefas:

– Agora à tarde, pretendo interrogar Jean-Michel Fayol, que fornecia tintas para Sean. Enquanto isso, quero que você faça uma visita a Pénélope Lorenz.

Com um ar cético, Gaspard coçou o queixo.

– E por que logo eu tenho que encarar essa bronca? Você acabou de dizer que ela bateu a porta na sua cara.

– Com você, vai ser diferente.

– E o que a leva a crer nisso?

– Primeiro, porque você é homem. Segundo, porque eu tive uma ideia genial.

Com um sorriso satisfeito, Madeline explicou seu plano para se aproximar da mulher de Sean.

Em um cibercafé, criara um e-mail para Gaspard e enviara um pedido de empréstimo – ou melhor: de locação

– de *Naked*, um quadro do ex-marido de Pénélope que ainda lhe pertencia.

– Não entendi nada – resmungou Gaspard. – E por que eu ia querer alugar um quadro? Isso não faz sentido.

Madeline empurrou o prato e colocou sobre a mesa a cópia de uma reportagem do *Daily Telegraph* anunciando que, na próxima primavera, haveria em Londres trinta sessões de *O juramento de Hipócrates*, uma peça de teatro assinada por... Gaspard Coutances.

– Você vai alugar esse quadro para compor o cenário da estreia da sua peça.

– Grotesco.

Madeline prosseguiu sem se abalar:

– No e-mail, propus para Pénélope a soma de vinte mil euros. Benedick me garantiu que ela precisa de dinheiro e está pensando em leiloar o quadro em breve. Se tiver uma oportunidade de divulgar o quadro antes do leilão, não vai perder. Com certeza.

Furioso, Gaspard franziu o cenho.

– Você roubou minha identidade!

– Calma, foi por uma boa causa.

– Então os valores morais só servem para os outros, é isso? Odeio gente como você.

– Gente como eu? Sabe o que quer dizer com isso?

– Sei muito bem.

– É o único que sabe.

Ainda furioso, ele deu de ombros.

– De todo modo, a mulher de Lorenz nunca vai acreditar nessas bobagens.

– É aí que você se engana – retrucou Madeline, triunfante. – Fique sabendo que ela *já* me respondeu e espera você dentro de meia hora, na casa dela, para conversar sobre o assunto.

Gaspard abriu a boca para protestar, mas se contentou em soltar um suspiro resignado. Madeline aproveitou para completar:

– Depois que eu interrogar Fayol, vou encontrar uma amiga que está fazendo escala em Paris. Quando sair da casa de Pénélope, me encontre no Sémaphore para fazermos um balanço da situação.

– Que droga é essa de Sémaphore?

– Um café na esquina da rua Jacob com a rua de Seine.

Fazia tanto calor que o restaurante até abrira as portas envidraçadas do terraço. Como Madeline queria fumar, os dois foram tomar o café na parte de fora. Pensativa, Madeline enrolou o cigarro em silêncio, enquanto Gaspard, perdido em seus pensamentos, queimava a garganta tomando o armanhaque que o dono do restaurante oferecera.

Mesmo que não tivessem coragem de dizer em voz alta, tinham de admitir que formavam uma insólita dupla de investigadores.

A obra magnética de Lorenz contagiara os dois. Exercia sua influência em ambos. Tudo o que, direta ou indiretamente, cercava o pintor – o significado de sua pintura, as circunstâncias nebulosas de sua vida – se revestia de uma aura de mistério, da esperança irracional de que, uma vez revelados, os segredos de Lorenz se tornariam segredos *deles*. Sem admitir, Madeline e Gaspard se agarravam à crença disparatada de que esses segredos revelariam uma verdade, pois, ao procurar esses quadros, também estavam em busca de uma parte de si mesmos.

7
Aqueles que ardem...

> *A arte é como um incêndio, nasce daquilo que arde.*
>
> Jean-Luc Godard

1.

O luxuoso prédio antigo em que Pénélope Lorenz morava tinha a atemporalidade e a elegância austera dos belos edifícios do entorno da igreja Saint-Thomas-d'Aquin: fachada clara e sóbria em mosaico de pedra, mármore polido nos degraus da escadaria, pé-direito gigantesco, piso de madeira em espinha de peixe.

O interior do apartamento, contudo, era o oposto da austeridade do imóvel. Era o próprio reino da cafonice. Parecia que uma espécie de sub-Philippe Starck tinha escolhido a decoração, incluindo todos os itens da check-list do mau gosto. Havia sofás capitonê cor-de-rosa, cheios de almofadas de pele falsa, ao redor de uma grande mesa de acrílico, um lustre barroco desproporcional, bibelôs por toda parte e abajures escandalosos.

O homem mal-encarado que abriu a porta para Gaspard se apresentou, de má vontade, como Philippe Careya. Gaspard lembrou que Pauline contara que Careya fora o primeiro namorado de Pénélope; que, portanto, ainda estava com ele. O especulador imobiliário natural de Nice era um homem baixinho e barrigudo, bem diferente do amante de Pénélope imaginado por Gaspard: calvo, barba riscada, bolsas debaixo dos olhos, camisa larga e aberta deixando à mostra os pelos grisalhos e uma corrente de ouro com um dente de tubarão. Era difícil entender o que naquele homem poderia ter atraído a jovem no auge da beleza. Será que, naquela época, ele era diferente? Será que tinha outros atributos? A explicação mais provável talvez fosse a de que a atração entre duas pessoas sempre escapa à razão.

O homem de Nice se instalou em uma saleta que dava para um pátio interno e continuou olhando anúncios de imóveis em seu MacBook dourado. Gaspard ficou ali, esperando, por uns bons dez minutos, até a dona da casa aparecer. Quando a ex-modelo entrou na sala, ele mal conseguiu disfarçar sua surpresa.

Pénélope Lorenz estava irreconhecível. Desfigurada pelas cirurgias plásticas, não passava de uma caricatura disforme da mulher que fora. A fisionomia paralisada, lisa como cera, parecia prestes a derreter. A boca deformada lembrava um balão a ponto de explodir. As pálpebras inchadas e as maçãs do rosto desproporcionalmente salientes tinham encolhido seus olhos. Entumecido e disforme, o rosto contrastava com a silhueta, quase esquelética. Com exceção do peito, inflado a hélio.

– Bom dia, sr. Coutances. Obrigada pela visita – cumprimentou, ofegante, com a voz anasalada, depois de assoar o nariz na frente dele.

Tinha um olhar de animal acuado, consciente de sua aparência e do efeito que ela causava nos outros.

Como chegara àquele ponto? Como explicar tamanha metamorfose? Gaspard lembrou das fotos da top model nos tempos em que ela saía nas capas de revista. Altiva, esbelta, com um porte atlético, radiante. Por que se infligira tamanha overdose de lifting e injeções de botox? Quem fora o cirurgião que bancara o pintor amador e destruíra os belos traços do seu rosto? Ele procurou alguma coisa naquela mulher, algum vestígio de sua beleza perdida, e encontrou em seus olhos. Concentrou-se nas íris, de um tom verde-água, cheias de pintas castanhas e douradas. A brasa incandescente que devia ter feito o coração de Sean pegar fogo no verão de 1992.

Gaspard a cumprimentou. Mas, quando chegou a hora de abrir a boca, abandonou o plano que traçara com Madeline. Não pôde evitar. Jamais se sentiria à vontade contando uma mentira. Primeiro, por questões éticas. Mas, sobretudo, porque sabia que era péssimo ator, incapaz de dissimular a verdade por muito tempo. Resolveu ir direto ao assunto.

– Vou ser sincero, sra. Lorenz. Não estou aqui pelos motivos que você pensa. Sou, sim, Gaspard Coutances, e realmente escrevi uma peça que será encenada em Londres na primavera. Mas essa proposta de locação do seu quadro não passa de uma artimanha de uma amiga para conseguir falar com você.

– Que amiga?

– A mesma que você expulsou daqui hoje de manhã.

O clima ficou tenso. Gaspard percebeu que Pénélope estava a ponto de pedir socorro para Careya. Com uma atitude firme, tentou dissuadi-la de gritar.

– Me dê três minutos para explicar a situação. Se, depois disso, resolver que não quer responder às minhas perguntas, vou embora sem causar nenhum transtorno, e nunca mais vou importuná-la.

Como Pénélope não reagiu, ele se sentiu encorajado a prosseguir:

– Estamos procurando as três telas que Sean Lorenz pintou nas semanas que precederam seu falecimento. É...

Pénélope o interrompeu:

– Quando morreu, já fazia anos que Sean não pegava em um pincel.

– Temos, contudo, bons motivos para acreditar que essas telas existem.

Ela deu de ombros.

– Se isso for verdade, foram pintadas depois do nosso divórcio, o que significa que não tenho nenhum direito sobre elas. Por que isso seria do meu interesse, então?

Ao compreender que aquela mulher consumida pela amargura não daria o braço a torcer, Gaspard improvisou:

– Porque estou aqui para lhe propor um trato.

– Que trato?

– Se você responder às minhas perguntas e encontrarmos os quadros graças à sua ajuda, um deles será seu.

– Ah, vá se foder! Por acaso você acha que os quadros de Sean já não me enlouqueceram o que chega?

E então seu medo se transformou em raiva. Ela se levantou do sofá e foi até um pequeno refrigerador embutido na estante, como um frigobar de hotel. Pegou duas garrafinhas de vodca e tomou a primeira diretamente do gargalo. Gaspard lembrou da frase de Bukowski: "*Find what you love and let it kill you*".* O veneno de Pénélope se chamava Grey Goose. Ela serviu a segunda garrafinha em um copo baixo de cristal e colocou em uma mesa lateral de vidro e ferro forjado, ao alcance da mão.

– Sean Lorenz não existiria sem mim, sabia? Fui *eu* que desbloqueei sua criatividade e abri as comportas de seu

---

* "Encontre o que você ama e deixe que isso te mate", em inglês no original. (N.T.)

talento. Antes de *mim* ele era um grafiteirozinho qualquer do Harlem, que passava os dias vagabundeando e fumando maconha. E, durante mais de dez anos, durante todos os anos em que ele não conseguiu vender uma tela sequer, eu é que pus comida na mesa. Foi graças à minha beleza, às minhas fotos, às minhas campanhas, às minhas capas de revista, que ele pôde se tornar um pintor reconhecido.

Ao ouvir aquele monólogo, Gaspard lembrou da atriz decadente interpretada por Gloria Swanson em *O crepúsculo dos deuses*. A mesma veneração pela mulher que fora, a mesma explicação patética.

– Durante anos, fui o fogo que alimentava sua criação. Sua *Kryptonite Girl*. Era assim que ele me chamava, porque estava convencido de que não seria capaz de pintar nada genial se eu não estivesse por perto.

– Nisso ele não se enganou – concordou Gaspard. – Os seus retratos feitos por ele são magníficos.

– Você está falando das "21 Pénélopes", é isso? Vou lhe dizer uma coisa: no primeiro momento, fiquei lisonjeada com as telas, é verdade. Mas, depois, isso se tornou um peso.

– Por quê?

– Por causa do olhar dos outros. A fonte da maioria dos nossos problemas. Eu percebia muito bem como as pessoas me olhavam. Mais do que isso: tinha a sensação de que conseguia ouvir seus pensamentos. Diziam que eu era bonita, mas não tão fascinante quanto a mulher do quadro. Você sabe qual é o segredo das telas de Sean Lorenz, sr. Coutances?

– Me conte.

2.

– Era estimulante trabalhar com Sean Lorenz, ele era um mestre no uso da cor.

Só Deus sabe por que, quando Bernard Benedick lhe falou de Jean-Michel Fayol, Madeline imaginou um senhor de jaleco cinza, cabelo branco, que há muito passara da idade de se aposentar. Na realidade, o homem que a recebeu em sua loja do Quai Voltaire era um negro mais jovem do que ela, grande como um armário, com cabelo rasta e anéis de prata em todos os dedos compondo um insólito zoológico mefistofélico: cobra, aranha, caveira mexicana, cabeça de bode. Usava tênis surrado, calça jeans *slim fit*, colete de nylon estofado aberto e camiseta justa. Descontraído e simpático, Fayol lhe ofereceu café e biscoitos, que colocou em cima do largo balcão de carvalho salpicado de manchas de tinta. Com suas paredes de pedras aparentes, seus arcos e pé-direito alto, a loja mais parecia um empório medieval. Essa impressão era reforçada pelas estantes de madeira polida que iam do teto até o chão, repletas de frascos de tinta.

Apaixonado pelo assunto, Fayol parecia disposto a responder às perguntas de Madeline sem sequer saber quem ela realmente era.

– Conheço muitos artistas – disse. – A maioria não passa de sujeitos egoístas e megalomaníacos que se julgam a reencarnação de Picasso ou Basquiat só porque lambuzam umas telas, encontram galerias que as expõem e um público complacente que aplaude as merdas que fazem.

Ele tirou um biscoito Petit Écolier de uma lata e continuou:

– Apesar de seu sucesso, Sean não era assim. Era até bem humilde. E, por mais que fosse obcecado pela pintura, não deixava de se interessar pelas pessoas.

Fayol deu uma mordida no biscoito e mastigou lentamente, como se quisesse ganhar tempo para beber na fonte de suas lembranças.

– Por exemplo: quando ficou sabendo que eu estava penando para pagar a casa de repouso da minha mãe, assinou um cheque e nunca me cobrou.

– Então ele era mais um amigo do que um simples cliente – comentou Madeline.

Ele olhou para Madeline como se ela tivesse acabado de afirmar que a Terra é plana.

– Os verdadeiros artistas nunca são amigos de ninguém – declarou Fayol. – E também é por isso que se tornam artistas. Ajudei Sean como pude, tentando encontrar as tintas que ele procurava. E também lhe prestava alguns serviços. Emoldurar suas telas, especificamente. Ele era muito exigente a esse respeito: só aceitava molduras tipo caixa de uma nogueira clara muito rara, que só existe no Irã.

– Por que você disse que ele era um mestre no uso das cores?

– Porque ele era, ora! E há muito tempo. Apesar de ter passado a juventude grafitando tapumes e vagões com spray, Sean passou por uma transformação radical no começo dos anos 2000. Estava disposto a aprender e se tornou um verdadeiro especialista na história dos pigmentos. Mais do que isso: um verdadeiro purista. Era engraçado ver um ex-grafiteiro se recusar a utilizar pigmentos sintéticos!

Madeline arriscou uma pergunta:

– Qual é a principal diferença entre a tinta sintética e os pigmentos naturais?

O rasta a olhou atravessado mais uma vez.

– A mesma diferença entre beijar e fazer amor, entre o som de um arquivo mp3 e um vinil, entre um vinho californiano e um borgonha... *You got it?*

– Você quer dizer que os pigmentos naturais são mais autênticos?

– Eles têm cores mais profundas, mais intensas. E, principalmente, são únicos porque carregam uma história, muitas vezes milenar.

Fayol levantou de supetão e foi para os fundos da loja.

– Estes pigmentos estão entre os mais raros e mais preciosos do mundo – exibiu-se, mostrando, em uma das prateleiras, um conjunto de pequenos frascos de vidro que continham pós coloridos.

De tamanhos e formas diferentes, as minúsculas ampolas transparentes formavam uma impressionante paleta de cores, que iam das mais claras e pastel a nuances bem mais escuras.

À primeira vista, Madeline não percebeu nenhuma diferença em relação aos demais vidros, mas se absteve de manifestar sua perplexidade. Jean-Michel Fayol pegou um frasquinho e sacudiu perto do seu rosto.

– Veja, por exemplo, o lápis-lazúli, também conhecido como azul-ultramarino: o mítico azul utilizado por Fra Angelico, Leonardo da Vinci e Michelangelo. Extraído de uma rocha do Afeganistão, o pigmento era tão raro que, na Renascença, valia mais do que ouro.

Madeline lembrou de ter lido, no romance *Moça com brinco de pérola*, que Vermeer utilizara o pigmento para pintar o turbante da jovem retratada em seu famoso quadro.

Fayol colocou a ampola no lugar e, em seguida, pegou outro pigmento: um pó violeta de um brilho intenso.

– A púrpura de Tiro, cor da toga dos imperadores romanos. Sabia que, para produzir um único grama, era preciso extrair o muco da glândula de dez mil caramujos *murex*? Imagina só a carnificina.

Empolgado, o rapaz continuou falando:

– Este amarelo-indiano é obtido por meio da destilação de urina de vacas criadas e alimentadas exclusivamente de folhas de mangueira. Óbvio que sua fabricação é proibida hoje em dia.

O rasta sacudiu os dreads e pegou outra amostra, de um vermelho intenso e alaranjado.

– O sangue de dragão, conhecido desde a Antiguidade. Reza a lenda que a cor surgiu da mistura de sangue de dragão com sangue de elefante, depois de uma batalha homérica em que ambas as criaturas perderam a vida.

Fayol era inesgotável. Parecia possuído pelas cores e continuou sua aula magistral, sob medida para sua mais nova aluna:

– Talvez essa seja minha cor preferida! – anunciou, pegando uma outra ampola que continha um pigmento em pó com um tom ocre, próximo do conhaque. – É a mais fantástica, pelo menos.

Madeline se aproximou para ler a etiqueta:

– *Mummy brown*?

– Sim, o marrom-múmia, de origem egípcia. Um pigmento obtido de múmias moídas para retirar a resina que ficava impregnada nas ataduras utilizadas para embalsamar os corpos. É melhor nem pensar na quantidade de sítios arqueológicos que foram saqueados para obter esse pigmento! Aliás...

Madeline interrompeu a empolgação do rasta para voltar ao assunto que a trouxera até ali:

– Nas últimas vezes que você falou com Sean Lorenz, que tipo de tinta ele estava procurando?

3.

– Toda vez que Sean pintava alguém, roubava alguma coisa que a pessoa jamais conseguia recuperar – afirmou Pénélope, tomando mais um gole de vodca.

Sentado na frente dela, Gaspard continuou circunspecto.

– Ele arranca a beleza dos outros para colocar nos quadros – insistiu a ex-modelo. – Você se lembra da história de *Retrato de Dorian Gray*?

– O retrato que envelhecia no lugar de seu modelo.

– É, bem... Com Sean acontecia o contrário. Sua pintura era predatória. Alimentava-se da vida e do brilho das pessoas. Matava para poder existir.

Por um bom tempo, Pénélope continuou desenvolvendo essa ideia, com um certo rancor. Gaspard não lhe deu ouvidos. Pensou na célebre frase de Serge Gainsbourg: "A feiura tem algo de superior à beleza, pois não desaparece com o tempo". E tornou a fazer a mesma pergunta para si mesmo: qual fora o mecanismo que levara aquela mulher a chegar àquele ponto? Madeline contara que Sean tinha conhecido Pénélope em Manhattan, em 1992, e que, na época, ela tinha apenas dezoito anos. Fez um rápido cálculo de cabeça. A mulher com quem conversava tinha, naquele momento, 42 anos. A mesma idade que ele. Na casa da rua du Cherche-Midi, havia poucas fotos de Pénélope, mas Gaspard lembrou especificamente de uma, da época do nascimento de Julian. Quando viu a foto, achou Pénélope deslumbrante. Os estragos da cirurgia plástica eram, portanto, recentes.

– Depois de alguns anos, Sean acabou entendendo que sua genialidade não dependia da minha modesta pessoa. Fiquei com medo de perdê-lo, é claro. Minha carreira estava chegando ao fim. Para fugir da tristeza, comecei a apelar mais para o álcool e para as drogas do que para a razão: maconha, cocaína, heroína, remédios... Era uma maneira de obrigar Sean a prestar atenção em mim. Ele me levou dez vezes para clínicas de reabilitação. Preciso dizer que Sean tinha um grande defeito. Uma fraqueza, na verdade: era um cara legal.

– Não consigo entender por que isso seria uma fraqueza.

– Mas é, e essa é outra discussão. Enfim, ele nunca teve coragem de me largar. Porque pensava que tinha uma dívida eterna comigo. Sean era meio doido. Ou melhor, tinha sua própria lógica.

Gaspard desviou o olhar do rosto de Pénélope e se deteve em uma cicatriz em forma de estrela do lado direito do pescoço. E então percebeu que ela tinha uma segunda marca, quase simétrica, embaixo da orelha esquerda. E ainda uma terceira, no peito. Em um piscar de olhos, entendeu tudo: aquelas cicatrizes não eram resultado de cirurgias plásticas, mas sequelas dos ferimentos causados pelo arame farpado, usado quando Pénélope foi sequestrada. Foi então que teve uma certeza: Pénélope entrou naquele círculo vicioso de cirurgias depois da morte do filho. Primeiro, provavelmente, para se livrar das lesões causadas pela agressão. Mas depois deve ter se tornado uma espécie de penitência. Sean não era o único a ter passado por uma via-crúcis. Sua mulher seguira o mesmo caminho de autodestruição. Quis sofrer justamente pelo que havia pecado: a beleza.

– E o nascimento do seu filho não aproximou vocês dois?

– Esse filho foi um milagre. A esperança de um recomeço. Em um primeiro momento, era nisso que eu queria acreditar, mas foi só uma ilusão.

– Por quê?

– Porque nada mais existia aos olhos de Sean. Nem eu nem a pintura. Ele só se importava com Julian...

Parecia que Pénélope caíra em um transe letárgico ao lembrar do filho. Gaspard tentou fazê-la voltar:

– Se você me permite fazer uma última pergunta...

– Pode fazer.

– Só uma...

– Anda logo! – gritou ela, como se tivesse acordado sobressaltada.

– Quando foi a última vez que você falou com seu marido?

Ela soltou um suspiro. Ficou novamente com o olhar perdido, remexendo em suas lembranças.

– A última vez... foi... no dia em que ele morreu. Poucos minutos antes. Sean estava em Nova York. Ligou de um telefone público no Upper East Side. Falou coisas incoerentes. Por causa do fuso horário, me acordou no meio da noite.

– E por que ele ligou para você?

– Não lembro.

Com o rosto desfigurado, Pénélope começou a chorar. Gaspard insistiu:

– Por favor, tente lembrar! O que ele disse?

– ME DEIXA EM PAZ!

Depois desse grito, a ex-modelo voltou a cair na prostração. Ficou imóvel, largada no sofá branco, desconectada da realidade, com um olhar fugidio. Como se tivesse sido nocauteada.

Ao se dar conta da situação, Gaspard morreu de vergonha. O que estava fazendo ali, torturando aquela mulher cuja história não lhe pertencia? Que sentido fazia aquela investigação?

Foi embora em silêncio.

Dentro do elevador, pensou que Godard tinha razão: "A arte é como um incêndio. Nasce daquilo que arde". A história sinistra da família Lorenz era marcada por cadáveres, fantasmas, mortos-vivos. Destinos destruídos, queimados, carbonizados pelo fogo da paixão e da criatividade.

A arte é um incêndio que nasce *daqueles* que ardem.

4.

Jean-Michel Fayol não precisou procurar muito longe em sua memória.

– Depois de ficar muito tempo sem aparecer, Sean voltou a vir aqui com frequência, nos seus dois últimos meses de vida. Foi há um pouco mais de um ano. Em novembro e dezembro de 2015. Estava à caça.

– À caça de quê? – perguntou Madeline, um pouco perdida.

– De tintas, é claro.

– Então, na sua opinião, ele voltou a pintar?

A resposta de Fayol foi debochada.

– Mas isso é óbvio! E eu pagaria um bom dinheiro para saber o que passava pela cabeça dele.

– Por quê?

– Primeiro, porque ele estava obcecado pelo branco.

– Pela cor branca?

O rasta balançou a cabeça e apelou para o lirismo:

– Sim, a cor dos espectros e dos fantasmas. A cor básica da luz e do ofuscamento. Da pureza da neve, da inocência, da virgindade. A cor total que, por si só, simboliza tanto a vida quanto a morte.

– Que tipo de branco ele procurava?

– No começo, ele estava tateando às cegas e fazia pedidos contraditórios: era tanto fosco quanto brilhante. Tanto liso quanto rugoso. Tanto parecido com giz quanto com reflexos metálicos. Eu ficava perdido.

– Ele estava meio maluco ou tinha ideias claras?

O vendedor de tintas franziu o cenho.

– Eu diria que ele estava exaltado, transtornado por algum motivo.

Os dois voltaram para perto do balcão. Pingos de chuva começaram a bater nos vidros.

– Sean falava o tempo todo dos pigmentos brancos minerais. Mas eles desbotam e ficam transparentes quando são misturados a um aglutinante. Fiquei arrasado por não poder ajudá-lo. Por fim, sugeri que ele tentasse começar por um *Gofun Shirayuki*.

– Um branco japonês? – arriscou Madeline.

– Sim, um pigmento branco nacarado, cor de pérola, obtido de conchas de ostras. Sean tentou trabalhar com ele, mas voltou pouco tempo depois e disse que não era aquilo que estava procurando, que não era com essa cor que conseguiria "reproduzir" aquilo que tinha na cabeça. E esse termo me surpreendeu, aliás.

– Por quê?

– Artistas como Sean não "reproduzem", eles "produzem". Não "retratam", eles "pintam", para usar a expressão de Soulages. Foi por isso que fiquei com a impressão de que Sean tinha algo muito específico na cabeça, mas era algo que simplesmente não existia na realidade.

– E ele não lhe contou o que era?

Fayol fez uma careta e deu a entender que não sabia com um gesto. Madeline insistiu:

– E você finalmente conseguiu encontrar a cor que ele queria?

– Claro – respondeu Fayol, todo sorrisos. – Fiz um pigmento à base de um extrato de gesso raro, que só é encontrado em um único lugar.

– Onde?

Orgulhoso como Artaban, Fayol fez ar de mistério.

– White Sands. Isso significa alguma coisa para você?

Madeline pensou por alguns segundos até que uma imagem lhe veio à mente: dunas brancas, cintilantes, prateadas, que se estendiam até perder de vista. Um dos mais belos parques nacionais dos Estados Unidos.

– O deserto do Novo México?

O rasta balançou a cabeça.

– Onde fica uma base militar, na qual o exército testa armas e tecnologias secretas. É nessa região que existe uma reserva de uma gipsita muito rara. Um mineral alterado do qual se pode extrair um pigmento muito resistente: uma espécie de branco acinzentado com nuances rosas.

– Mas se a pedreira está na base militar, como você conseguiu ter acesso a ela?

– Segredo.
– Você tem uma amostra?

Fayol se virou para a estante e pegou um frasco de vidro. Madeline observou o conteúdo primeiro com excitação, depois com uma certa decepção. O pigmento parecia um mero pó de giz.

– Para pintar, é preciso misturar isso com óleo?
– Com óleo ou qualquer outro aglutinante, sim.

Perplexa, Madeline pegou seu capacete de cima do balcão e agradeceu a Fayol pela ajuda.

O rasta a acompanhou até a porta, mas parou por alguns instantes, como se tivesse lembrado de algo.

– Sean também me pediu para encontrar pigmentos fosforescentes de excelente qualidade. O que me deixou surpreso, porque essas coisas são um truque meio barato.

– E o que é isso, exatamente? Pigmentos que armazenam luz?

– Sim. E depois brilham no escuro. Antigamente, as indústrias usavam rádio para produzir essas tintas, que eram utilizadas, sobretudo, nos painéis de instrumentos dos aviões.

– Imagina a radioatividade!

Fayol concordou.

– Depois, passou-se a utilizar sulfeto de zinco, mas era pouco eficaz e se deteriorava muito rápido.

– E hoje?

– Agora, usam aluminato de estrôncio, que não é radioativo nem tóxico.

– Era isso que Lorenz estava procurando.

– Sim. Mas, mais uma vez, Sean rejeitou todos os meus pigmentos. Como eu não estava entendendo o que ele queria, coloquei Sean em contato com uma empresa suíça que fabrica uma pasta luminosa utilizada na alta relojoaria, em relógios de mergulho. O pessoal foi receptivo, mas não sei se Sean acabou fechando negócio com eles.

Por via das dúvidas, Madeline anotou o nome da empresa suíça e agradeceu mais uma vez ao "colorista".

Quando saiu do Quai Voltaire, já era quase noite. A chuva não fazia mais questão de se disfarçar, e nuvens densas como uma fumaça negra baixavam sobre o Louvre e o Sena prestes a transbordar. Redemoinhos de poeira se erguiam fustigados por cavaleiros hostis.

Madeline subiu na Vespa e foi em direção à ponte Royal, para voltar pelo bulevar Saint-Germain e encontrar sua amiga. Levou um susto com o estrondo do trovão. No céu salpicado de raios, pensou ter visto o rosto anguloso de Sean Lorenz. Um rosto contrariado, que lembrava o de Cristo e emanava uma luz branca.

Gaspard

Saint-Germain-des-Prés.

Céu cor de zinco. Construções enegrecidas com grafite. Silhuetas minerais de plátanos. Impressão de caminhar no vazio. De ser engolido, laminado pelo movimento, pela poluição e pelos gritos abafados do bulevar.

Não consigo me livrar da imagem de Pénélope Lorenz. Sua beleza destruída, sua voz rouca, a lembrança de seu frescor perdido me fazem pensar na minha própria deformação, na minha própria fadiga, na minha própria queda.

Eu precisava de ar puro, de céu claro, de um sopro de vento redentor, do sol da minha ilha grega ou da pureza gelada dos cumes nevados de Montana. Na falta do ar puro das montanhas, me atiro no primeiro bistrô que vejo pela frente, um café na esquina do bulevar Saint-Germain com a rua des Saints-Pères.

O lugar evoca a imagem ultrapassada de uma Paris que agrada aos estrangeiros, mas que já não existe mais há muito tempo: sofazinhos de couro sintético, luminárias de neon, mesas de fórmica, cinzeiros de baquelite com propaganda da Ricard, antigas jukeboxes Scopitone Cameca. Sob a claraboia, turistas e alunos das escolas próximas comem seus sanduíches *jambon-beurre* ou *croque-monsieur*. Abro caminho até o balcão. Sem tentar fazer o menor esforço para me conter, peço dois *old fashioned*, que bebo um atrás do outro e saio em seguida.

O álcool que eu tinha consumido no almoço já havia entorpecido meus pensamentos, e sei que o uísque vai prolongar esse estado. Quero mais. Na próxima brasserie, bem chique, mando mais dois *scotchs*. E volto para o bulevar Saint-Germain.

Chove. Ao meu redor, tudo se torna difuso. As cores somem da paisagem. Só restam silhuetas cinzentas que somem por trás das lentes dos meus óculos, respingadas de chuva. Vou me arrastando até a rua Bonaparte. Cada passo é um suplício, parece que sou um elefante de circo, obrigado a andar me equilibrando em uma corda esticada. Entre meus ouvidos, parece que alguém aumentou o volume, amplificando a balbúrdia dolorosa da cidade.

Palpitações, tremores, vontade de mijar. Meu peito está arfando. Fico cambaleando, tiritando, arrepiado. A chuva se infiltra pelo meu pescoço, se mistura com a transpiração. Uma coceira no peito, os braços dormentes, me dá vontade de arrancar a pele. Nem sequer tento entender o motivo do meu desânimo. Sou íntimo dele. Sei que meu corpo abriga uma legião de demônios que nunca hibernam por muito tempo. Sei também que a vontade de beber toma conta de mim com uma brutalidade que raramente senti.

Na rua de l'Abbaye, vejo um restaurante, mas parece ser mais um bistrô, com fachada de ladrilhos, cortininhas de tecido xadrez vermelho. Feito cachorro molhado, entro no café, vacilando. O horário do almoço já encerrou, os garçons limpam o salão e arrumam as mesas para o jantar. Pingando, pergunto se posso "tomar uma". Mas, depois de me olharem de cima abaixo, se recusam a me servir. Xingo todo mundo e sacudo as notas na cara deles, como se o dinheiro pudesse comprar tudo. Eles se dão conta de quem eu realmente sou e me expulsam.

A chuva cai ainda mais forte e percebo que meus passos me trouxeram à rua Furstenberg. Mais um clichê da eterna Paris. Uma pracinha com paulownias gigantes e postes de iluminação com cinco globos de vidro.

É claro que conheço este lugar, mas faz uma eternidade que não ponho os pés aqui. Sob efeito do álcool, a paisagem se distorce, se dilata, ao passo que meu corpo parece inchar e se desdobrar. Uma voz estridente martela em meus ouvidos. Levo as mãos às têmporas. Silêncio. Em seguida, ouço uma voz:

– Papai?

Então me viro.

"Quem está me chamando?"

– Estou com medo, papai.

Ninguém me chama. Eu é que estou falando. De uma hora para a outra, tenho seis anos. Estou sentado nesta praça com meu pai. É claro que conheço esta praça. Esta praça é meio "lá em casa". Meu pai está com a mesma roupa da foto que eu nunca tiro da carteira: calça clara, camisa branca, jaqueta de operário de algodão e sapato de verniz. No bolso do meu casaco, estão meu carrinho Majorette e minha caneta de quatro cores. Levo nas costas a pasta escolar Tann's com a etiqueta preenchida à mão, com meu nome, por baixo do plástico.

Àquela época, estou na classe de alfabetização da escola primária da rua Saint-Benoît. Quando tem aula, meu pai vai me buscar um dia sim, um dia não. Hoje é quarta-feira à tarde. Saímos do cinema da rua Christine, onde acabamos de assistir a *O rei e o pássaro*. Estou triste e não é por causa do filme. De repente, não consigo mais conter minha tristeza e caio no choro. Meu pai tira do bolso um dos lenços de tecido que sempre leva com ele. Seca meus olhos, assoa meu nariz, garante que vai ficar tudo bem, que vai encontrar uma solução. Ele sempre cumpre suas promessas, mas tenho a vaga impressão de que, desta vez, a situação é mais complicada.

O temporal me faz voltar à realidade. Meus óculos estão encharcados. Não enxergo mais nada, e meus tímpanos estão prestes a estourar. Não quero mais pensar nisso. Por que cometi o erro de voltar aqui? Como pude baixar tanto a guarda? Descuido? Cansaço extremo? Necessidade inconsciente de confronto? Mas com quem?

"Com você, imbecil."

– Estou com medo, papai! – repito.

– Não precisa, amigão. Nunca vamos nos separar por muito tempo, prometo.

Já naquela época, não acreditei muito nesse juramento, e o futuro me deu razão.

No presente, estou aos prantos. As mesmas lágrimas da minha infância.

Hesito. Quero sentar, mas os bancos que um dia existiram na praça foram retirados. Esta época é assim: não tolera mais ataques de cansaço nem oferece abrigo aos feridos. Fecho os olhos com a sensação de que nunca mais vou abri-los. Por um instante, acho que vou desmaiar, mas continuo de pé, imóvel, pingando de chuva. O tempo deixa de existir.

Quanto tempo passa até eu abrir os olhos de novo? Cinco minutos, dez minutos, meia hora? Quando desperto, não está mais chovendo. Estou gelado. Enxugo os óculos e, por um instante, chego a pensar que a crise já passou, que a água que caiu do céu me purificou. Quase decidido a esquecer esse episódio, volto a caminhar, pego a rua Jacob e continuo pela rua de Seine.

Mas, de repente, viro uma estátua. Na vitrine de uma galeria de esculturas, vejo meu reflexo. Aquilo me faz parar de supetão. Uma certeza: não posso continuar a viver assim. Não é que eu não queira estar em lugar nenhum. É mais do que isso: o único lugar em que desejo estar é "em qualquer lugar fora do mundo".

Meu reflexo idiota e cansado no vidro. Insuportável. Tenho a sensação de estar afundando, arrastado pelo desejo de que tudo isso termine. Já.

Cerro os punhos e explodo. Soco a vitrine com uma fúria ensandecida. *Jab* de direita, gancho, *uppercut*. Descarrego minha raiva. As pessoas que passam ficam com medo e se afastam. *Jab* de direita, gancho, *uppercut*. Cacos de vidro. Meus punhos estão sangrando. O coração frágil, o corpo do avesso. Bato sem parar até perder o equilíbrio. Até cair na calçada.

É aí que um rosto emoldurado por cabelos loiros se inclina na direção do meu.

Madeline.

8
A mentira e a verdade

A arte é uma mentira que nos faz compreender a verdade.

Pablo Picasso

1.

– Você me deve uma explicação!

– Eu não te devo nada.

Já era noite. No saguão do Hospital Pompidou, Madeline e Gaspard esperavam o táxi que tinham acabado de chamar. Dois vultos sinistros e febris que se destacavam diante daquele barco de vidro ancorado à margem do Sena. Gaspard estava com uma expressão séria e meio zonzo. Uma mão enfaixada, a outra em uma tala.

– Devo lembrar que foi graças a mim que o dono da loja não prestou queixa contra você! – declarou Madeline, exasperada.

– Foi mais graças ao cheque exorbitante que eu dei para ele – retrucou Gaspard.

– Caramba! Mas o que foi que deu em você para atacar aquele vidro que não te fez nada?

A piada não deixou Gaspard mais animado.

O táxi, uma Mercedes branca, ligou o pisca-pisca e parou na frente deles. Ao ver que um dos passageiros estava ferido, o motorista desceu e abriu a porta.

O carro deu partida, se afastou do Quai de Grenelle e atravessou o 15º *arrondissement* pela rua de la Convention. Quando pararam em um sinal vermelho, Gaspard ficou mais falante. Com o nariz grudado no vidro, fez uma confidência estranha:

— Nasci a três quadras daqui, sabia? Na maternidade Sainte-Félicité, em 1974.

Madeline expressou surpresa:

— Sempre achei que você fosse norte-americano.

— Minha mãe era americana – explicou, quando a Mercedes voltou a andar. – Na época, tinha acabado de se formar em Yale e conseguiu um trabalho em Paris, no Coleman & Wexler, um grande escritório nova-iorquino de advogados que acabara de abrir uma filial em Paris.

— E seu pai?

— Ele se chamava Jacques Coutances e era de Calvados. Tinha certificado profissional de pedreiro e "subiu" para Paris para trabalhar como mestre de obras em uma empresa de serviços públicos.

— Um par insólito...

— No mínimo... Meu pai e minha mãe não tinham absolutamente nada em comum. Para ser sincero, nem consigo imaginar como pude ser concebido. Minha mãe deve ter achado emocionante se envolver com um homem do povo. Enfim, eles tiveram um relacionamento-relâmpago. Alguns dias durante o verão de 1973.

— Foi sua mãe que criou você?

— Desde que nasci, ela fez de tudo para excluir meu pai da jogada, chegando até a oferecer dinheiro para que ele não me registrasse, mas meu pai não aceitou. Depois disso, minha mãe inventou todas as artimanhas e mentiras possíveis e imagináveis para reduzir ao mínimo o direito de visita dele. Resumindo: eu tinha direito a ver meu pai duas horas por semana, no sábado à tarde.

– Isso é vergonhoso.

– Acho que é por aí mesmo. Felizmente, na maior parte do tempo, eu ficava com uma babá incrível. Uma argelina chamada Djamila, que ficou com pena do sofrimento do meu pai.

O táxi deu uma guinada e xingou dois turistas que andavam em bicicletas de aluguel Vélib – visivelmente perdidos – que estavam no meio da pista.

– Como minha mãe raramente ficava em casa – prosseguiu Gaspard –, Djamila deixava meu pai me ver escondido, à tardinha depois da aula e nas quartas depois do almoço. Era a oportunidade de termos momentos só nossos. A gente ia jogar futebol no parque, ia ao cinema. Ele estudava comigo nos cafés ou nos bancos da Place de Furstenberg.

– Mas como sua mãe não se deu conta de nada?

– Porque meu pai e Djamila eram muito cautelosos. Eu era pequeno, mas consegui guardar segredo, até que...

A voz de Coutances ficou embargada. O carro em que eles estavam diminuiu e seguiu as instruções de um policial fardado, que comandava a circulação na frente da delegacia central do 15º *arrondissement*, onde havia diversas viaturas paradas em fila dupla, de motor ligado, com as luzes giroflex acesas.

– Foi no domingo seguinte ao meu aniversário de seis anos – continuou. – Apesar de já ter dito que não, minha mãe resolveu voltar atrás e atender a um pedido que eu tinha feito havia três semanas. Ir assistir a *O império contra-ataca* no Grand Rex. "Eu já fui com o papai!" A frase escapou da minha boca feito um desabafo. Eu me dei conta na mesma hora, mas o estrago já estava feito. Em três segundos, assinei a sentença de morte do meu pai.

– Como assim, sentença de morte?

– Minha mãe resolveu investigar e atormentou Djamila até ela revelar a verdade. Quando ficou sabendo de tudo, entrou em um estado de fúria assustador, demitiu a babá e indiciou meu pai por sequestro de menor. Uma juíza condenou meu pai a cumprir uma ordem de afastamento que proibia qualquer contato comigo. Como não suportou tamanha injustiça, ingenuamente ele tomou a iniciativa de ir até a casa da mulher para tentar se defender.

– Péssima ideia – sussurrou Madeline.

– Meu pai errou ao acreditar na justiça. A juíza não pegou leve. Em vez de escutá-lo, chamou a polícia, fingindo ter sofrido ameaças e alegando se sentir em perigo. Meu pai foi preso e levado para a cadeia. Na mesma noite, se enforcou dentro da cela.

Madeline ficou olhando para ele, chocada. Recusando-se à autopiedade, Gaspard não permitiu que o silêncio se instaurasse.

– Esconderam isso de mim, óbvio. Só fiquei sabendo desse episódio anos mais tarde. Na época, eu tinha treze anos e estava em um colégio interno, em Boston. A partir daquele dia, nunca mais dirigi a palavra à minha mãe.

Gaspard se sentia surpreendentemente tranquilo naquele momento. Quase aliviado. Apaziguado por ter revelado aqueles detalhes de sua história. Fazer confidências a uma desconhecida tinha lá suas vantagens: as palavras saíam mais soltas, sem obstáculos nem julgamentos.

– Então não era na vitrine da loja que você queria bater, era?

Ele esboçou um sorriso triste.

– Óbvio que não. Era em mim.

Quando chegaram à esquina do bulevar du Montparnasse com a rua du Cherche-Midi, Gaspard reparou em um luminoso com o tradicional cálice de Hígia que clareava a noite com seu brilho verde-menta. Pediu para o táxi deixá-los na frente da farmácia para comprar os analgésicos prescritos no hospital.

Madeline desceu com ele. Enquanto esperavam na fila, tentou deixar o clima mais leve e acabou optando pela brincadeira:

– Está bem feio esse machucado. Por enquanto, você não vai poder cozinhar.

O dramaturgo olhou para ela sem saber como responder. Madeline completou:

– O que é mesmo uma pena, porque estou morrendo de fome. Eu bem que comeria um dos seus risotos.

– Se você quiser ir a um restaurante, é por minha conta. Isso, admito que lhe devo.

– Concordo.

– E onde você quer ir?

– E se a gente fosse de novo no Grand Café?

2.

Mais uma vez, fizeram uma refeição tão agradável quanto inesperada. Feliz de revê-los, o gerente deixou que escolhessem a mesa em que queriam sentar: no salão dos fundos, de frente para o mosaico de Sean Lorenz.

Gaspard não estava mais pálido. Contou da visita traumatizante que fizera a Pénélope Lorenz e do porre delirante que tomara depois de sair de lá. Bem-humorada, Madeline relatou todos os detalhes de seu encontro apaixonante com Jean-Michel Fayol, que lhe revelara a busca obcecada de Lorenz por tintas que se adaptassem às exigências de sua visão. Sean queria pintar "algo que não existia na realidade": essa frase do vendedor a marcara. Aguçara sua curiosidade. O que será que o pintor queria representar em suas últimas telas? Algo que vira? Um sonho? Um fruto de sua imaginação?

Louis de Funès entrou no salão, em versão *O grande restaurante*.

– Mil-folhas de pombo – anunciou o "senhor Septime", colocando dois pratos quentes diante deles.

Como Gaspard estava com as mãos enfaixadas, Madeline se sentou ao seu lado e cortou a comida para ele. O escritor aceitou de bom grado que ela fizesse isso, e Madeline reconheceu, em pensamento, que ele tinha o mérito de não ficar o tempo todo bancando o macho. Como era de se esperar, passaram boa parte da refeição observando o painel de Lorenz. Madeline colocou, ao lado do seu copo d'água, a caixa de fósforos do restaurante com a citação de Apollinaire, o último legado de Lorenz a Bernard Benedick. E seu último desaforo: "Chegou a hora de acender as estrelas". Que mensagem o pintor tentara transmitir ao amigo? Será que o significado estava expresso no mosaico? Queriam acreditar que sim. Mas, quanto mais olhavam para o mural, menos entendiam. Na opinião de Madeline, a obra lembrava algumas paisagens de selva pintadas por Henri Rousseau. Gaspard recordava muito bem do livro de Roald Dahl ilustrado por Quentin Blake, que Djamila lia para ele quando era criança. Madeline também tinha memórias bem vivas de *O crocodilo enorme*. Cedendo à nostalgia, os dois resolveram tentar lembrar dos nomes dos personagens. Finorino, o macaco; o Pássaro Rocambole; e Roldão, o hipopótamo, logo lhes vieram à mente.

– E o elefante...

– Essa é fácil: Troncoso – respondeu Gaspard. – E a zebra?

– A zebra não sei.

– Zebra?

– Não, isso não me diz nada. Nem lembro qual era o papel dela na história.

Depois de alguns minutos de discussão, Madeline pegou o celular e pesquisou na internet a tal zebra da qual nenhum dos dois conseguia lembrar. Enquanto ela digitava, Gaspard levantou de repente e disparou, com absoluta certeza:

– Deixa pra lá. Não tem nenhuma zebra em *O crocodilo enorme*.

Madeline também levantou, empolgada. Nesse caso, por que Lorenz – que conhecia perfeitamente a história, já que a lia todas as noites para o filho – tinha colocado uma zebra no mural? Ainda não era o momento de dizer "eureca!", mas, pelo menos, tinham uma pista promissora. Tiraram uma mesa e duas cadeiras do lugar para observar a zebra mais de perto.

Que, aliás, era o animal menos caprichado da cena. O mamífero tinha uma pose estática, em um ângulo três quartos, sem graça nenhuma. Uma aglomeração de ladrilhos brancos e pretos de dois centímetros de lado. Gaspard contou os ladrilhos, imaginou diferentes possibilidades de criptografia: código morse, notas musicais e cifras de substituição ou transposição, como as que ele decifrava quando era escoteiro...

– Pode esquecer – disparou Madeline. Não estamos no *Código Da Vinci*.

Contrariada, saiu para fumar na calçada. Gaspard se juntou a ela debaixo do toldo que protegia a fachada do restaurante. Voltara a chover. Uma chuva contínua. Impiedosa. E o vento, por sua vez, não demorou a soprar.

Gaspard protegeu Madeline das rajadas para que ela conseguisse acender o cigarro.

– E deu tudo certo no encontro com a sua amiga? Espero que você não tenha encurtado a conversa por minha causa.

– Fique sabendo que eu tinha acabado de encontrá-la quando vi você prestes a se acabar aos socos com aquela pobre vitrine.

Um tanto envergonhado, Gaspard baixou a cabeça.

– Era para você ter passado a tarde inteira com ela...

– Jul' só veio fazer uma escala curta em Paris. Ia pegar um avião para passar o Natal em Marraquexe com o namorado. Certas pessoas têm muita sorte, não é mesmo?

– Sinto muito, muito mesmo.

Madeline não fez questão de tripudiar.

– Não se preocupe. Fica para a próxima. Jul' é a minha amiga mais antiga, e a única. Já salvou minha vida duas vezes.

Com o olhar perdido, Madeline deu uma longa tragada no cigarro. Demorou para retomar o assunto, mas, por fim, falou:

– A última vez foi há oito meses. De certa maneira, aconteceu comigo a mesma coisa que aconteceu com você hoje.

De olhos arregalados, Gaspard ficou encarando Madeline sem entender nada.

– Era um sábado de manhã. Eu estava em uma loja de departamentos de Londres quando vi um menininho sorridente. Um anjinho, loiro até dizer chega, com óculos de armação redonda e colorida. Dava uns sorrisos que me pareciam conhecidos. Aquela sensação estranha de já conhecer a pessoa, sabe?

– Sei, sim.

– Quando ele se atirou nos braços do pai, entendi por que tive essa sensação. Era o filho de um homem que amei há alguns anos, um homem que me largou, voltou para a ex-mulher e teve outro filho.

– Um cara perturbado?

– Não exatamente. Era um cara legal, e isso que era desesperador. Foi um relacionamento sério, em que eu acreditava muito. Ele se chama Jonathan Lempereur. Você já deve ter ouvido esse nome. É um dos chefs franceses mais respeitados do mundo.

Gaspard soltou um grunhido cujo significado foi difícil de interpretar.

– Eu não sabia por que ele tinha me largado. Não sabia qual era o meu problema. Não sabia o que tinha feito de errado. Enfim, naquela manhã, perdi o chão e desmoronei. Quando cheguei em casa, estava no fundo do poço. Mas, em vez de socar uma vitrine, cortei os pulsos na banheira. Ou seja: comparando comigo, você não passa de um amador.

– E foi essa sua amiga que te salvou?

Ela balançou a cabeça, dando uma última tragada no cigarro.

– Eu ia me encontrar com ela naquele dia. Quando não apareci nem respondi às ligações, Jul' teve um mau pressentimento e resolveu ir até a minha casa. Se a zeladora não tivesse a chave, acho que eu teria batido as botas. Foi por pouco mesmo. Fiquei hospitalizada por uma semana. Depois, passei uma temporada de dois meses em um desses simpáticos estabelecimentos que as pessoas chamam de hospital psiquiátrico. Para clarear as ideias, retomar minha vida e definir prioridades. O resto você já sabe...

Gaspard queria fazer uma pergunta, mas Madeline não deu chance:

– Vamos pedir uma sobremesa. Fiquei de olho na torta de maçã: tem cara de ser "de matar", como dizem os parisienses.

3.

Gaspard voltou para o interior barulhento, mas aquecido, do Grand Café. Madeline jogou a bituca no chão, apagou com a ponta da bota e foi atrás dele. O celular vibrou dentro do bolso do casaco. Como já ignorara várias chamadas nas últimas duas horas, deu uma olhada na tela. Era um SMS da clínica espanhola:

> Boa noite, Madeline.
> O desenvolvimento folicular está perfeito! Está na hora de passar aqui na clínica! Esperamos você em Madri amanhã.
> Tenha uma ótima noite.
> Sofia.

A enfermeira anexara uma receita escaneada, para que Madeline pudesse comprar um antibiótico e um hormônio para estimular a liberação dos óvulos.

Ela demorou para se dar conta do que aquilo realmente significava.

Voltou para o lado de Gaspard e, depois de alguns instantes de hesitação, contou a novidade.

– Fico feliz por você.

– Desculpe, mas preciso comprar a passagem – disse, pegando o cartão de crédito e entrando no site da Air France pelo smartphone.

– Claro.

Gaspard fez uma careta, balançando a mão direita. A dor voltara, e aqueles machucados estavam lhe causando um sofrimento dos diabos. Tirou os analgésicos do bolso e foi logo tomando três comprimidos. Por desencargo de consciência, deu uma olhada na caixa para conferir a posologia.

– Que negócio é esse? – gritou, de repente, quase exaltado.

Madeline tirou os olhos da tela para ver o que tanto intrigava Gaspard: um código de barras 2D impresso na caixa do remédio.

E então ela teve um estalo:

– A zebra é um QR code!

Saiu imediatamente do site da companhia aérea, entrou na loja de aplicativos e baixou um leitor gratuito de QR codes.

– E o que é um QR code? – perguntou Gaspard, que ignorava absolutamente todas as novidades tecnológicas.

– É isso que você está vendo: uma imagem composta de quadrados pretos e brancos que, depois de escaneada, abre uma mensagem, um site ou coordenadas geográficas.

Gaspard sacudiu a cabeça. Então Lorenz teve a ideia de inserir um QR code no mosaico, disfarçando-o no desenho da zebra. Nada mal.

– Sei que você vive no seu mundinho – provocou Madeline –, mas isso é muito comum hoje em dia. Estão por tudo: em embalagens, museus, mapas e passes de transporte público...

Quando o download terminou, ela abriu o aplicativo, levantou da mesa e se aproximou do mural. Com a câmera do celular, escaneou a zebra. Na mesma hora, uma mensagem apareceu na tela:

We are all in the gutter but some of us are looking at the stars.

"Estamos todos na sarjeta, mas alguns de nós olham para as estrelas." A famosa frase de Oscar Wilde deixou os dois um tanto desapontados. Esperavam encontrar algo menos hermético. Uma coordenada de GPS, um vídeo...

– Não podemos dizer que avançamos muito – resmungou Gaspard.

Madeline ficou em silêncio. Precisava contextualizar aquela mensagem. Era, obviamente, endereçada a Bernard Benedick, complementando a citação de Apollinaire: "Chegou a hora de acender as estrelas". O ponto em comum das duas citações era óbvio, talvez até demais: a referência às estrelas.

– A estrela é o símbolo mais vago que existe – disparou Gaspard. – Pode ser encontrado na maioria das religiões e crenças esotéricas. Pode significar um monte de coisa: a ordem cósmica, a luz celeste, um ponto de referência para não se perder...

Madeline concordou. Para ir mais fundo em sua investigação, ligou para Benedick. Apesar de ser tarde, o galerista atendeu no segundo toque. Sem revelar muito a respeito do que tinham descoberto, perguntou se a expressão "as estrelas" tinha algum significado específico para Sean.

– Não que eu saiba, por quê? Você descobriu alguma coisa?

– Lorenz pintou estrelas?

– Acho que não. Não nos últimos dez anos, pelo menos. Estrelas seriam um símbolo "significativo" demais para ele.

– Obrigada.

Madeline foi logo desligando, para não dar tempo de ele fazer mais perguntas. Naquele momento, a euforia já tinha passado. Durante uns dois minutos, ela e Gaspard ficaram perdidos em seus próprios pensamentos. Até que o celular vibrou em cima da mesa. Era Benedick de novo. Depois de um instante de hesitação, ela atendeu e pôs no viva voz.

– É só uma ideia que me ocorreu – disse o galerista. – Pode não ter nada a ver. Mas Julian, filho de Sean, frequentava a Escolinha das Estrelas, em Montparnasse.

Gaspard matou a charada na mesma hora. Foi para trás com a cadeira e, com as mãos enfaixadas, fez o gesto de pedir um tempo, dando a entender que era para Madeline desligar. Assim que ela encerrou a ligação, o escritor comentou sobre duas fotos que havia na casa, que mostravam

Lorenz pintando com crianças, e lembrou do que Pauline lhe contara: mesmo depois que Julian morreu, Sean continuou a dar aula de pintura na escola do filho.

Madeline ainda estava com o celular na mão. Navegador. Google Maps. A Escolinha das Estrelas era um estabelecimento de ensino privado, de pedagogia inovadora, que aceitava crianças a partir dos dois anos e meio de idade. Era uma escola alternativa – com influência de Montessori e Freinet –, daquelas que ficavam cada vez mais comuns na França de 2016.

Madeline observou o mapa. Não ficava muito longe. Lógico: o casal Lorenz matriculara o rebento em uma escola perto de casa.

– Vamos! – falou, pegando o casaco e deixando o dinheiro para pagar a conta em cima da mesa.

Ao sair do restaurante atrás dela, Gaspard quase derrubou o senhor Septime, que vinha trazendo as duas tortas de maçã.

9
Uma maneira de enganar a morte

A arte me parece uma maneira de enganar a morte.

Hans Hartung

1.

Chovia.

O aguaceiro se arrastava, obstinado, contínuo, melancólico. Madeline andava no meio da noite, com Gaspard no seu encalço. Com a esperança renovada, tinha a sensação de que, enfim, haviam chegado a algum lugar. A Escolinha das Estrelas era mesmo logo ali. Saíram da rua Hyughens e chegaram ao bulevar, na frente do cemitério de Montparnasse. O lugar estava quase deserto, com exceção de alguns sem-teto abrigados debaixo de barracas improvisadas. Por exigência do plano Vigipirate de segurança nacional antiterrorismo, tinham instalado barreiras diante do portão da escola para impedir que os carros parassem ali. Mas, fora isso, não havia nenhum outro dispositivo de segurança especial. O acesso ao estabelecimento de ensino era feito por um portão, ladeado por um muro de cimento de quase três metros de altura.

– Me dá um pezinho, Coutances.

– Com o quê? Estou sem mãos! – queixou-se Gaspard, mostrando seus ferimentos.

– Então se abaixa! – ordenou ela.

Sem reclamar, ele se acocorou na calçada.

Um pé na coxa de Gaspard, outro no ombro. Com um só movimento, contínuo e ágil, Madeline pegou impulso, se segurou no muro, ergueu o corpo, se reequilibrou e pousou do outro lado.

– Tudo bem? Você não se machucou?

Ela não respondeu. Inquieto e incomodado, Gaspard esperou cinco minutos até que o portão finalmente se abriu com um rangido.

– Anda logo – sussurrou Madeline.

– Caramba! Onde é que você estava?

– Para de reclamar! Não dava para abrir sem a chave, mesmo por dentro. Fica feliz por eu ter encontrado tão depressa.

– Onde ela estava escondida?

– No quadro elétrico, dentro do quartinho das lixeiras.

Gaspard tentou fechar o portão fazendo o mínimo de ruído possível, mas o barulho da tranca ecoou no silêncio. A escola estava mergulhada em trevas. Apesar da escuridão, dava para ver um pequeno pátio pavimentado, rodeado de construções singulares. Madeline ligou a lanterna do celular, com Gaspard o tempo todo atrás dela, e fez um reconhecimento rápido das instalações. No prédio histórico – que, de acordo com as placas, abrigava a parte administrativa e o laboratório de informática – havia anexos com salas de aula em construções modulares. Prédios pré-fabricados melhorados, que tinham um certo charme por causa das treliças metálicas de cores vivas. Cruzaram o corredor, passaram pela cantina e subiram pela escadinha externa que levava às salas de aula do primeiro andar.

2.

Madeline estava à vontade naquela situação. Afiada, rápida, capaz de tomar decisões acertadas apenas por instinto. Os dez anos que passara trabalhando em cenas de crime lhe renderam reflexos rápidos.

No final de um corredor a céu aberto, havia uma espécie de porta de PVC que barrava o acesso às salas de aula. Sem pensar duas vezes, ela enrolou o braço na jaqueta jeans e estilhaçou a vidraça mais próxima com o cotovelo. A escola provavelmente tinha um alarme barato, que só protegia as instalações do térreo, onde ficavam os computadores e tudo o que pudesse interessar a eventuais ladrões.

Surpreso, quase em pânico, Gaspard levou um susto e deu um passo para trás.

– Você acha mesmo que...

– Cala boca, Coutances – disparou, passando a mão por entre os cacos de vidro para abrir a porta.

Então ela entrou na sala, direcionando o facho da lanterna. Apesar da reputação progressista da escola, aquela era uma sala de quarto e quinto ano do fundamental versão "hussardos negros"*, com carteiras de madeira bruta, um mapa da França plastificado e uma linha do tempo ao estilo "nossos ancestrais, os gauleses".

Nos fundos, havia uma outra porta, que abria para um corredor onde ficavam as salas das outras turmas: fundamental dois e três e classe de alfabetização. Na última sala, a maior, eram dadas as aulas de educação infantil. Provavelmente, era essa a sala que Julian devia ter frequentado.

O facho da lanterna iluminou a noite escura até Madeline encontrar o interruptor. Contrariando a prudência, ela apertou o botão para acender a luz.

---

* Apelido pejorativo dado aos professores da França do começo do século XX. (N.T.)

– Você só pode estar louca! – inquietou-se Gaspard, entrando na sala.

Com o dedo em riste, Madeline lhe mostrou três quadros pendurados na parede.

À primeira vista, pareciam desenhos infantis bastante comuns: homens-palito, castelos e fortalezas sem perspectiva, príncipes e princesas desproporcionais voando pelos cenários de cores vivas manchados de tinta. Mas Madeline reconheceu as molduras tipo caixa de nogueira que Fayol mencionara.

Os dois trocaram um olhar ao compreender que tinham encontrado o que estavam procurando. Na mesma hora, Madeline pensou nos pentimentos, que só podem ser vistos por meio de raios infravermelhos. Lembrou-se de ter lido que diversas obras de Van Gogh escondiam, sob as camadas de tinta, outras obras, pintadas anteriormente pelo mestre holandês. Gaspard pensou em *A origem do mundo*, o famoso quadro de Courbet que, para não chocar a burguesia, passara anos escondido atrás de um painel de madeira pivotante que retratava uma paisagem nevada qualquer.

Ele encontrou um estilete na gaveta da mesa de metal da "professora". Com o coração acelerado, fez um corte grande na borda exterior de uma das telas, revelando um plástico da grossura de uma toalha impermeável. Uma espécie de lona, que protegia uma outra pintura. O *verdadeiro* quadro.

Madeline fez a mesma coisa com a ponta de uma tesoura.

Levaram uns dez minutos para "desembalar" os quadros escondidos. Assim que terminaram, foram um pouco para trás e, sentados lado a lado no tampo inclinado de uma das carteiras, contemplaram o resultado de sua busca.

3.

Os três últimos quadros pintados por Sean Lorenz eram ainda mais sublimes, fascinantes e desconcertantes do que Madeline e Gaspard poderiam imaginar.

Mesmo sob a iluminação fraca da única lâmpada amarelada da sala, pareciam emitir sua própria luz.

O primeiro quadro retratava um labirinto preto sobre um fundo cinza-grafite. Lembrava algumas obras de Pierre Soulages. Apesar do preto profundo, a tela parecia se apagar para deixar que a luz jorrasse. Por meio de uma misteriosa alquimia, a superfície preta refletia a pálida luminosidade da sala, transformando-a em reflexos prateados, em fragmentos encantadores e fascinantes.

No segundo, o negro cedia lugar a tons mais serenos: um branco de alvaiade com reflexos de um rosa-acinzentado, que se tornava cada vez mais intenso e luminoso à medida que se aproximava do centro do quadro. Os truques de luz e sombra pareciam traçar uma passagem, um túnel, uma trilha luminosa e resplandecente, aberta no meio de uma floresta de sombras brancas.

O terceiro quadro era o mais belo, o mais extraordinário, o mais inesperado. Uma tela quase vazia, que dava a impressão de ser líquida ou estar embebida em mercúrio. Uma obra desconcertante, quase um monocromático branco, que se abria a qualquer interpretação. Gaspard viu nela os raios de um grande sol de inverno refletidos em uma paisagem nevada que se estendia a perder de vista. Uma natureza purificada, eterna, livre do câncer da humanidade, na qual o céu e a terra não tinham mais fronteiras.

Madeline pensou em uma grande espiral branca, um campo luminoso e vertiginoso, que sugava, absorvia, penetrava nas profundezas escondidas do seu ser.

Ficaram por muito tempo imóveis, petrificados, dois coelhos assustados pela luz dos faróis. Uma luz movediça, que exercia uma fascinação hipnótica e dava a impressão de que acabaria engolindo tudo.

O ruído estridente de uma sirene de polícia subindo a rua interrompeu o transe dos dois.

Preocupado, Gaspard foi logo apertando o interruptor. Ficou parado e lançou um olhar através da janela, por prudência. Lá embaixo, a viatura passou correndo e desapareceu na esquina do bulevar Raspail.

– Alarme falso – disse ele, virando para Madeline.

Ela não havia se mexido. Ainda estava parada, de frente para a terceira tela, que brilhava no meio da noite. Agora sabiam qual fora o destino que Lorenz dera aos pigmentos fosforescentes que Fayol mencionara. Na escuridão, a tela tinha outra dimensão. O monocromático branco era, na verdade, um minucioso trabalho de caligrafia, centenas de letras luminescentes se destacavam nas trevas. Madeline se aproximou do quadro. Quando Gaspard voltou para seu lado, percebeu que as letras formavam uma mensagem que se repetia *ad infinitum*.
JULIAN ESTÁ VIVO JULIAN ESTÁ VIVO JULIAN ESTÁ VIVO JULIAN ESTÁ VIVO JULIAN ESTÁ VIVO JULIAN ESTÁ VIVO JULIAN ESTÁ VIVO...

# O CHAMADO DA LUZ

Quinta-feira, 22 de dezembro

10
Atrás da luz

O preto não é uma cor.

GEORGES CLEMENCEAU

1.

Estou a caminho. Encontro você em 10 minutos.
Diane Raphaël.

Madeline leu o SMS da psiquiatra de Lorenz ao chegar diante das torres gêmeas da basílica de Sainte-Clotilde. Eram oito e meia da manhã. O ar estava mais frio e seco do que na véspera. Como estava órfã da scooter, que ainda não fora buscar na rua de Seine, tinha ido a pé da rua du Cherche Midi. Uma caminhada saudável para despertar o organismo.

Fora dormir às três da madrugada e acordara às seis da manhã. As últimas horas tinham sido difíceis. Primeiro, fisicamente, porque precisara dar um jeito discreto de levar as telas da escola até a casa. Mas intelectualmente e emocionalmente também. Por causa de uma pergunta que, por ora, não tinha sequer sinal de resposta: por que, alguns dias antes de morrer, Sean Lorenz se convencera de que seu filho ainda estava vivo?

Com as mãos apoiadas nos joelhos, Madeline recuperou o fôlego, pensando em Gaspard. Desde o momento em que os dois descobriram a mensagem do pintor, escrita em letras luminescentes, o dramaturgo não sossegara. Logo ele, que não entendia nada de internet, passara parte da noite fuçando nos sites dos grandes veículos de comunicação dos Estados Unidos. E o que Gaspard descobriu deixou Madeline desconcertada: diversas reportagens que saíram nos dias seguintes à tragédia indicavam que, de fato, o corpo do menino Julian nunca foi encontrado no depósito que servira de cativeiro para Pénélope.

Ao reconstituir a fuga mortal de Beatriz Muñoz, os investigadores concluíram que a chilena tinha jogado o corpo da criança no estuário de Newtown Creek, na região ao sul do Queens. Os policiais encontraram o cachorrinho de pelúcia manchado de sangue do menino em uma das margens do afluente. Chegaram a acionar alguns mergulhadores, mas o local – um dos mais poluídos de Nova York – era de difícil acesso e, naquele nível do rio, a corrente era forte demais para que tivessem esperanças de encontrar um corpo tão pequeno.

Ainda assim, a versão de Pénélope Lorenz – que sempre afirmou que o filho foi esfaqueado diante de seus olhos – nunca foi questionada. E Madeline não tinha nenhum motivo concreto para duvidar. De acordo com as reportagens que ela havia consultado, tudo levava a crer que Muñoz agira sozinha, sem ajuda de um cúmplice. Não havia dúvidas a respeito da morte do menino. Seu sangue fora encontrado por todos os lados. Na caminhonete que usaram no sequestro, no depósito do Queens, na margem do Newtown Creek.

Madeline resolveu esperar a psiquiatra na parte de fora do café que havia nos jardins da Basílica. Há uma hora, tinha enviado um SMS para Diane Raphaël com várias fotos dos quadros de Sean Lorenz, pedindo para encontrá-la no seu consultório. Instalou-se debaixo da cúpula do aquecedor e pediu um expresso duplo. Na tela do celular, apareceu um e-mail da Air France que solicitava seu check-in no voo para Madri, saindo às 11h30 do Charles-de-Gaulle, chegando à capital espanhola duas horas depois. Efetuou os procedimentos on-line, engoliu o café curto demais que lhe trouxeram e pediu, meio irritada, mais um, que degustou pensando na expedição da noite anterior.

Ao contrário de Gaspard, o que mais lhe perturbou não foi a mensagem em letras fosforescentes – que achara delirante –, foi... todo o resto. Principalmente a viagem quase espiritual descrita por Sean Lorenz em seu tríptico. Uma viagem que ela conhecia muito bem, porque a fizera havia alguns meses.

No tempo em que ficou na banheira com os pulsos cortados, Madeline passou por um momento de deriva antes de perder completamente a consciência. Foi perdendo sangue devagar, ficando zonza por causa do vapor quente. Apagou, percorreu às cegas uma paisagem enevoada. E tinha certeza de que era essa mesma deriva que Sean Lorenz tentara reproduzir em suas últimas pinturas.

Para começar, o PRETO. O interruptor que é desligado e desconecta a pessoa do mundo, conduzindo-a, por breves momentos, aos próprios tormentos. O labirinto do seu próprio desespero. O calabouço que sua existência se transformou.

Depois, a travessia de um túnel comprido e escuro, que acaba conduzindo a uma luz quente, suave, difusa. Aquela maravilhosa sensação de flutuar envolta em uma musseline nacarada. De chegar a uma *no man's land** feita de algodão.

---

* "Terra de ninguém", em inglês no original. (N.T.)

De se deixar levar pelo zéfiro em uma noite de verão, guiada por milhares de luzes com um brilho perolado.

Em seguida, Madeline teve a sensação desconcertante de se libertar do próprio corpo, a ponto de conseguir enxergar os socorristas que, debruçados em cima dela, tentavam reanimá-la antes de levá-la para a ambulância. Ficou por alguns instantes com eles e com Jul', no trajeto para o hospital.

E, logo depois, reencontrou a luz. Estava em uma espiral resplandecente que a engolia, atirando-a em uma corrente impetuosa e opalina, quando foi tomada pela vertigem panorâmica do filme de sua vida. Distinguiu a silhueta e o rosto de seu pai, de sua irmã Sarah, de seu tio Andrew. Teve muita vontade de parar para conversar com eles, mas não podia parar a corrente que a arrastava.

Uma corrente quente, envolvente e terna. Mais forte do que tudo. Nos seus ouvidos, um sussurro muito suave, que evocava campos celestes e suprimia qualquer vontade de voltar atrás.

Entretanto, Madeline não foi até o fim do túnel. Quase encostou o dedo no seu limite. Aquele que só se ultrapassa em um único sentido. Mas algo a chamou de volta. Uma intuição de que a história de sua vida poderia merecer um outro fim.

Quando abriu os olhos, estava em um quarto de hospital. Entubada, cheia de acessos e curativos.

Madeline sabia muito bem que, por si só, sua experiência não tinha nada de extraordinário. Existem diversos relatos parecidos com o seu. As "experiências de quase morte" são descritas na cultura popular, em uma porção de livros e filmes. É claro que ela saiu transformada dessa viagem. Não necessariamente mais inclinada a acreditar na vida após a morte, mas com vontade de viver o tempo que lhe restava em toda a sua plenitude. De se livrar de tudo que não era importante. De dar um outro sentido à vida. E, portanto, de ter um filho.

A lembrança da EQM ficara perfeitamente gravada em sua memória. Como se tivesse sido ontem. Nada se apagara. Pelo contrário: as sensações eram até mais apuradas, as imagens, mais precisas. A serenidade da "viagem", o chamado inebriante da luz. E era essa luz que Lorenz tinha conseguido pintar.

Em todas as suas nuances, em toda a sua intensidade. Essa merda de luz que, inexplicavelmente, brilhava como os raios enganosos de um amor radiante.

– Madeline Greene?

A pergunta tirou-a de seu devaneio. Uma mulher sorridente estava sob a cúpula do aquecedor, na parte externa do café. Devia ter uns quarenta anos e usava uma jaqueta perfecto de couro bege e óculos escuros cor de mel.

– Diane Raphaël – declarou, estendendo a mão.

2.

Dessa vez, Coutances não precisou insistir muito para ser recebido por Pénélope. Bateu na casa da rua Saint-Guillaume, na primeira hora da manhã, com um pesado quadro debaixo do braço. Assim que se anunciou pelo interfone, a ex-mulher de Lorenz abriu a porta sem sequer perguntar o que ele queria.

Gaspard saiu do elevador ofegante. Philippe Careya não estava lá para recepcioná-lo. Provavelmente, ainda nem acordara. A porta estava destrancada. Gaspard entrou no corredor e foi deslizando pelo piso de madeira o quadro com moldura de nogueira que ele protegera com um cobertor.

Pénélope estava à sua espera, sentada no sofá da sala, sob a luz fria da manhã. A iluminação natural, azulada e pálida, tinha a dupla vantagem de tornar a decoração cafona menos visível e apenas delinear a silhueta da viúva Lorenz, favorecendo-a mais do que a luz direta.

– Promessa é dívida – declarou, depositando o quadro no sofá de couro, ainda protegido pela manta grossa de lã xadrez.

– Café? – ofereceu Pénélope, fazendo sinal para ele se sentar em uma otomana.

De calça jeans clara e uma camiseta velha da marca Poivre Blanc, Pénélope parecia ter ficado presa nos anos 1990. Ao vê-la pela segunda vez, Gaspard a achou menos monstruosa. Seu rosto plastificado parecia menos paralisado do que da última vez que a vira. A boca de pato não dava mais a impressão de que explodiria a cada palavra que ela pronunciava.

"O homem se acostuma com tudo", pensou, pegando a cafeteira italiana que havia na mesa de centro.

– Então você encontrou o que estava procurando – afirmou ela, apontando para o quadro.

A voz, contudo, não havia mudado: abafada, apagada, rouca. Parecia que havia um ninho de gatos em sua garganta.

– Conseguimos encontrar as telas, e tem uma que você precisa ver.

Ela soltou um suspiro.

– Pelo menos me diga que não é um retrato de Julian.

– Não exatamente.

– Eu não ia conseguir suportar.

Gaspard levantou e, sem mais delongas, tirou o cobertor e apresentou para Pénélope o último quadro de seu ex-marido.

Encostada perto de dois janelões, a tela se revelou em todo o seu esplendor. Gaspard até teve a impressão de que a via pela primeira vez. Parecia que uma luz fascinante e encantadora saía da tela e dançava *diante* da pintura.

– É privilégio dos artistas continuar vivendo através de suas obras – constatou Pénélope.

Lentamente, Gaspard fechou as quatro cortinas, para que a sala ficasse na penumbra.

– O que você está fazendo? – inquietou-se Pénélope.

E então ela reparou nas letras luminescentes e na misteriosa mensagem:

JULIAN ESTÁ VIVO.

– Já chega! Abre já essas cortinas! – ordenou.

Pénélope foi tomada por uma verdadeira fúria, que deixou seu rosto vermelho e deformado, destacando as sobrancelhas altas demais, o nariz fino demais e suas bochechas de hamster.

– Por que Sean estava convencido de que seu filho ainda estava vivo? – indagou Gaspard, impiedoso.

– Não sei absolutamente nada a esse respeito! – gritou Pénélope, que levantara do sofá e estava de costas para a tela.

Levou mais de um minuto para ela se acalmar e conseguir encarar o quadro novamente.

– Ontem, quando você me perguntou, fingi que não lembrava do que Sean me disse quando me ligou de Nova York, minutos antes de morrer.

– Por quê?

– Porque eu não queria pronunciar aquelas palavras, mas...

– Sim?

– Foi exatamente isso que ele me disse: "Nosso filho está vivo, Pénélope!".

– Como você reagiu?

– Eu xinguei Sean e bati o telefone na cara dele. Com morte de criança não se brinca!

– Você não tentou descobrir se o que ele...

– Descobrir o quê? Eu vi meu filho ser esfaqueado. Eu vi Julian ser assassinado pelo diabo em pessoa, entende? Eu vi. Eu VI! EU VI!

E, pelo olhar de Pénélope, Gaspard pôde perceber que ela estava falando a verdade.

A ex-modelo chorou, mas se recusou a fazer escândalo. Foi logo engolindo as lágrimas e fez questão de esclarecer:

– Não havia outra saída para meu relacionamento com Sean. Ele não parava de dizer que eu era responsável pela morte de Julian.

– Por você ter mentido sobre seu paradeiro no dia em que ele foi sequestrado?

Ela balançou a cabeça.

– Talvez, se a polícia tivesse começado a busca por aquela área, teria chegado a tempo de salvá-lo. De todo modo, era isso que Sean achava. E, por muito tempo, eu carreguei essa culpa. Mas, se é para pôr os pingos nos is, a culpa foi de Sean.

Gaspard se deu conta de que Pénélope estava rememorando um conflito que já devia ter revivido milhares de vezes durante aqueles dois anos.

– Se Sean não tivesse convencido Muñoz a participar dos assaltos, ela não teria alimentado aquele ressentimento criminoso!

– E ele não reconhecia isso?

– Não. Porque fingia que tinha feito tudo isso por *minha causa*. Para conseguir dinheiro e vir me encontrar em Paris. Eu já disse: é um beco sem saída. Tudo era culpa minha.

Gaspard foi tomado por uma estranha tristeza. Levantou e se despediu de Pénélope.

– Eu percebi na hora que você é honesto, sr. Coutances.

– Por que você diz isso?

– Porque você não fica fingindo.

E, do nada, Pénélope completou:

– Na vida, existem os caras legais e os outros. O limite entre eles é bem claro. Você é um dos caras legais. Assim como Sean era.

Gaspard aproveitou a deixa. Apesar de já estar com a mão na maçaneta, deu meia-volta e se aproximou de Pénélope.

– Sei que é extremamente doloroso falar disso, mas eu gostaria de saber o que *realmente* aconteceu no dia em que Julian foi sequestrado.

Ela soltou um suspiro de exaustão.

– Isso já foi contado em dezenas de reportagens de jornal.

– Eu sei, mas gostaria de ouvir da sua boca.

3.

O consultório de Diane Raphaël era uma sala grande e retangular, que ia de um lado ao outro do prédio, com vistas privilegiadas de Paris. De um lado, a basílica de Sainte-Clotilde; do outro, a igreja Saint-Sulpice, a abóbada do Panthéon e o alto de Montmartre.

– Aqui em cima, tenho a impressão de estar na gávea de um navio pirata: o olhar vai tão longe que dá para enxergar as tormentas, as tempestades e as mudanças na pressão atmosférica. Coisa muito útil para uma psiquiatra.

A médica sorriu com a própria metáfora, como se tivesse acabado de inventá-la. Como acontecera na visita que fizera a Fayol, Madeline imaginara tudo errado. Visualizara uma professora de escola primária velhinha, de óculos e coque grisalho. Diane Raphaël, na verdade, era uma mulher baixa, de olhar travesso, cabelo curto e esvoaçante. Usando jaqueta de couro parda, jeans justo e tênis Adidas Gazelle novinhos, parecia uma estudante boêmia.

Perto da porta, havia uma mala rígida prateada de rodinhas.

– Você vai sair de férias? – perguntou Madeline.

– Vou para Nova York – respondeu a psiquiatra. – Passo metade do tempo lá.

Diane apontou para as diversas fotografias penduradas na parede. Fotos aéreas de uma construção de vidro entre uma floresta e o mar.

– São do Lorenz Children's Center, uma clínica para crianças que fundei graças a Sean. Fica em Larchmont, no condado de Westchester, ao norte de Nova York.

– Lorenz financiou diretamente esse hospital?

– Direta e indiretamente – explicou Diane. – Os fundos vieram de parte da renda obtida com a venda de duas grandes telas que comprei dele em 1993, por uma ninharia, e me desfiz quando suas obras começaram a ficar valorizadas. Depois, ele ficou sabendo do meu projeto e doou mais três telas, permitindo que eu as leiloasse. Ficava muito orgulhoso por sua pintura servir para alguma coisa concreta: tratar de crianças necessitadas.

Madeline guardou essas informações em algum lugar da memória enquanto a psiquiatra se sentava atrás da mesa. Diane mudou de assunto:

– Então você encontrou as três últimas telas de Sean. Parabéns. E obrigada pelas fotos. Os quadros parecem magníficos. A essência de Lorenz! – afirmou, convidando Madeline para sentar na frente dela, em uma cadeira Wassily.

Toda a sala era decorada com móveis estilo Bauhaus: cadeiras de aço tubular, poltronas Cube e Barcelona, divã capitonê, mesa de centro cromada com tampo de madeira laminada.

– Você sabe o que essas telas reproduzem? – perguntou Madeline, acomodando-se na poltrona Cube.

– A pintura de Sean não reproduz, ela...

– ...ela produz, eu sei. Já aprendi o refrão. Mas, tirando isso, quer dizer o quê?

A psiquiatra ficou envergonhada. Constrangida em um primeiro momento, logo achou graça e acabou contemporizando:

– Por meio dos quadros, Sean quis compreender suas duas EQM: suas duas experiências de quase morte.

– Então você sabia?

– Dos quadros, não. Mas não fiquei nada surpresa. Sean era meu paciente havia vinte anos! Como já expliquei para o sr. Coutances, Sean sofreu dois graves ataques cardíacos em 2015, em um intervalo de poucos meses. Dois infartos que o fizeram entrar em coma antes que pudesse ser reanimado. A segunda parada cardíaca foi acompanhada de um choque séptico...

– Uma septicemia?

– Sim, uma infecção bacteriana muito grave, que por pouco não o matou. Ele até chegou a ser declarado clinicamente morto, mas despertou milagrosamente.

– E foi depois desses dois incidentes que Lorenz começou a pintar o que ele tinha vivido?

– Acho que sim. Sean ficou muito perturbado com essa experiência. A passagem das trevas à luz o marcou muito. Interpretava isso como algo sublime, um renascimento. Daí a vontade de reencontrar essa sensação por meio da pintura.

– Isso a surpreende?

A psiquiatra deu de ombros.

– Eu trabalhei quinze anos em hospital. Pacientes reanimados que afirmam ter atravessado um túnel de luz depois de um coma são uma coisa corriqueira, sabia? As EQM são um fenômeno que existe desde a Antiguidade.

– Sean ficou com sequelas físicas dessas operações?

– Obviamente. Problemas de memória, cansaço extremo, dificuldades de coordenação motora...

Diane parou no meio da frase. Seus olhos brilhavam, sugestivos e inteligentes.

– Você não me contou tudo, não é mesmo?

Madeline fez cara de paisagem, torcendo para que a psiquiatra continuasse falando.

– Se você insistiu tanto para me ver, é porque descobriu alguma outra coisa... Um outro quadro, talvez?

Madeline pegou o celular e mostrou para Diane a foto do último quadro, tirada no escuro, registrando a mensagem em letras luminosas que afirmava: JULIAN ESTÁ VIVO.

– Ah, então é isso.

– Pelo jeito, você não ficou surpresa.

Diane apoiou os cotovelos na mesa e cruzou as mãos, como se fosse rezar.

– Você sabe por que Sean ficou tão perturbado com as duas viagens às fronteiras da morte? Primeiro, porque, dentro do famoso túnel de luz, encontrou todas as pessoas falecidas que foram importantes na vida dele: a mãe, os amigos do Harlem que morreram de overdose ou foram vítimas da violência das guerras de gangue dos anos 1990. Viu até Beatriz Muñoz.

– É um clássico das EQM – comentou Madeline. – A pessoa revê toda a sua existência e todas as pessoas importantes que já morreram.

– Parece que você está falando por experiência própria.

– Vamos nos concentrar em Lorenz, por favor. Não sou sua paciente.

A psiquiatra não insistiu.

– E teve uma pessoa que Sean não viu dentro do túnel...

Madeline entendeu na hora e ficou toda arrepiada.

– O filho.

Diane balançou a cabeça.

– Foi aí que tudo começou, na verdade. Sean passou a desenvolver uma teoria delirante: se não encontrara Julian, era porque ele ainda estava vivo.

– E você não acredita nisso?

– Acredito nas explicações racionais desse fenômeno. Uma menor oxigenação do cérebro que prejudica o córtex visual, o efeito das medicações que alteram a consciência.

No caso de Sean, isso era bem nítido: para combater a septicemia, tomou injeções com doses cavalares de dopamina, uma substância que pode causar alucinações.

– E você não tentou fazer Lorenz voltar à razão?

Diane fez um gesto de impotência.

– O pior surdo é aquele que não quer ouvir. Sean *precisava* acreditar que o filho ainda estava vivo. Não há nada que a gente possa fazer quando alguém não está disposto a ouvir.

– E a que conclusão ele chegou?

– Acho que queria reabrir o inquérito do sequestro de Julian, mas a morte o impediu.

– Na sua opinião, não existe nenhuma chance de o menino estar vivo?

– Não. Julian está morto, infelizmente. Não sou muito fã de Pénélope, mas não há nenhum motivo para ela não ter dito a verdade. Tudo o mais são delírios de um homem que era meu amigo, mas estava destruído pela dor e incapacitado pelos remédios.

4.

"O embarque do voo AF118 com destino a Madri vai ter início pelo portão de número 14. Famílias com crianças de colo e passageiros com poltronas numeradas entre as fileiras 20 a 34 têm prioridade."

Madeline verificou o número de sua poltrona no cartão de embarque, que acabara de imprimir em um dos totens da Air France. O Natal seria dentro de dois dias. Havia atrasos monstruosos, e o terminal E do Charles-de--Gaulle estava lotado.

– Obrigada por me acompanhar, Gaspard. Sei que você não é muito fã de aeroportos...

Ele ignorou a provocação.

– Então você vai embora assim?

Madeline ficou só olhando, sem compreender onde ele queria chegar.

– O que você gostaria que eu fizesse de diferente?

– Você acha que cumpriu sua missão só porque encontrou os quadros?

– Sim.

– E o restante da investigação?

– Que investigação?

– A investigação da morte de Julian.

Madeline sacudiu a cabeça.

– A gente não é policial, Coutances. Nem eu nem você. E a investigação foi concluída há muito tempo.

Ela tentou ir para o portão de embarque, mas Gaspard a impediu.

– Não fala comigo como se eu fosse débil mental.

– Até parece!

– Todas aquelas circunstâncias nebulosas estão longe de serem esclarecidas.

– No que você está pensando?

– Em um detalhe, apenas – debochou. – Nunca encontraram o corpo da criança.

– Isso é normal. Deve ter afundado no East River. Sinceramente, você tem mesmo alguma sombra de dúvida a respeito da morte do menino?

Como Gaspard não respondeu, Madeline insistiu:

– Por acaso você acha que Pénélope Lorenz mentiu para você?

– Não – admitiu ele.

– Então para de pôr minhoca na sua cabeça. O menino morreu faz dois anos. É uma tragédia, mas não temos nada que ver com isso. Volta para as suas peças de teatro, é o melhor que você tem a fazer.

Gaspard não disse nada e a acompanhou até o controle de segurança. Madeline tirou o cinto, colocou em uma das caixas, depois tirou o casaco e o celular.

– Tchau, Gaspard. Agora vai ficar com a casa inteira só para você. Não estou mais lá para te incomodar. Vai poder escrever sossegado!

Ele pensou no conceito grego de *kairos*: o instante crucial. E na arte de saber aproveitar esse momento. Ser capaz de não perder a oportunidade quando ela se apresenta, direcionar a vida para um sentido ou para o outro. O tipo de reviravolta com o qual Gaspard nunca soubera lidar muito bem. E, mesmo assim, o dramaturgo ficou procurando palavras que pudessem dissuadir Madeline de ir embora, mas desistiu. Que direito ele tinha? Para que fazer isso? Ela já tinha a própria vida, um plano que era muito importante, pelo qual lutar muito. Gaspard até se arrependeu de ter pensado nisso e lhe desejou boa viagem.

– Boa sorte, Madeline. Você me manda notícias?

– E como é que eu vou fazer isso, Gaspard? Você não tem celular.

Ele pensou que, através dos séculos, as pessoas sempre se comunicaram sem ter celular, mas se absteve de fazer esse comentário.

– Me dá o seu número, eu é que vou te ligar.

Na sua cabeça, isso significava que ela não lhe tinha muito em alta conta, mas acabou cedendo. Estendeu o pulso da mão engessada para que Madeline anotasse o número na tala, como se ele tivesse catorze anos.

E então Madeline passou pelo portão da segurança, acenou uma última vez e foi embora sem virar para trás. Gaspard a seguiu com os olhos até onde pôde. Era estranho se separar dela assim. Estranho pensar que tudo tinha acabado e não voltaria a vê-la. Tinham passado apenas dois dias juntos, mas ficara com a impressão de que a conhecia há muito tempo.

Quando Madeline desapareceu, Gaspard ficou ali parado por mais alguns minutos, como se estivesse hipnotizado. E o que faria agora? Estava tentado a aproveitar que estava ali, no aeroporto, para ir até o balcão da Air France e comprar uma passagem para Atenas. Por alguns segundos, considerou a ideia de fugir do inferno parisiense, daquela civilização que tanto abominava e que não queria saber dele. Se pegasse o avião naquele mesmo dia, à noite já estaria em sua ilha grega, levando uma vida solitária, longe de tudo o que poderia feri-lo: as mulheres, os homens, a tecnologia, a poluição, os sentimentos, a esperança. Hesitou por um bom tempo, mas acabou desistindo desse plano. Gaspard não sabia exatamente o que era, mas alguma coisa o prendia em Paris.

Saiu do terminal e entrou na fila para pegar um táxi. A espera foi bem menor do que ele imaginava. Pediu para o motorista levá-lo até o 6º *arrondissement*. E, quando deu por si, estava dizendo uma frase que jamais imaginou que pronunciaria um dia:

– O senhor pode me deixar na frente de uma loja da Orange? Preciso comprar um celular.

Durante todo o trajeto, ficou absorto em seus pensamentos e, com um aperto no coração, repassou em pensamento a terrível história que Pénélope Lorenz lhe contara.

Um relato repleto de cadáveres, de lágrimas e de sangue.

Pénélope

1.

– Julian! Anda logo, por favor!

Manhattan. Upper West Side. 12 de dezembro de 2014. Dez horas da manhã.

Meu nome é Pénélope Kurkowski, Lorenz de casada. Se você é mulher, já deve ter me visto, há alguns anos, na capa da *Vogue*, da *Elle* ou da *Harper's Bazaar*. E deve ter me odiado. Porque eu era mais alta, mais magra, mais nova do que você. Porque eu tinha mais classe, mais dinheiro, mais charme. Se você for homem, deve ter me visto na rua e virado a cabeça quando passei. E, qualquer que seja a sua educação ou o respeito que teoricamente você diz ter pelas mulheres, nos recônditos da sua mente de canalha deve ter pensado algo do tipo "ela é gostosa" ou "porra, eu bem que comeria".

– Julian, anda logo!

O táxi nos deixou na esquina da Central Park West com a 71. Não faltam nem duzentos metros para chegar no hotel onde Philippe me espera, mas o chato do meu filho está enrolando.

Dou meia-volta. Usando um casaco estilo marinheiro, Julian está sentado nos degraus de pedra de um dos belos *brownstones*, os prédios de arenito avermelhado da rua. Com a cara apatetada, está maravilhado com a umidade que se condensa no vento gelado toda vez que abre a boca. Dá aquele seu sorriso ingênuo que deixa seus dentes separados à mostra e segura, como sempre, aquele cachorro de pelúcia velho, fedido, caindo aos pedaços.

– Agora chega!

Chego perto dele e o pego pela mão para obrigá-lo a levantar. Julian cai no choro assim que encosto nele. Sempre essa manha, essa choradeira.

– Para com isso!

Esse menino me irrita! Todo mundo fica encantado com Julian, mas ninguém tem ideia de como é ser obrigada conviver com ele todos os dias. Às vezes, é lerdo e desligado. Outras, agressivo e manhoso, egoísta até não poder mais. Nunca reconhece quando alguém faz alguma coisa por ele.

Estou prestes a ameaçar castigar o cachorro dele quando uma van branca para em cima da calçada, bem atrás de nós. O motorista sai do veículo, e tudo acontece tão rápido que não tenho tempo nem presença de espírito para oferecer a menor resistência. Um vulto se apodera de mim, me dá um soco na cara, outro no estômago, um terceiro nas costelas e então me atira na parte de trás do furgão. Fico sem ar. Toda encolhida. Sinto tanta dor que não consigo nem gritar. Quando levanto a cabeça, o corpo do meu filho cai bem na minha cara, porque acabaram de atirá-lo dentro da van. A parte de trás da cabeça dele bate bem na ponte do meu nariz. O sangue escorre pelo meu rosto. Sinto meus olhos arderem e minhas pálpebras se fecharem.

2.

Quando recobro a consciência, estou em um lugar meio escuro, trancada em uma cela com grades enferrujadas.

Uma verdadeira jaula para animais, apertada, suja, imunda. Julian está meio sentado, meio deitado, em cima de mim. Está sangrando e chorando. Eu o abraço e vejo que o sangue no rosto dele é meu. Eu o tranquilizo, garanto que tudo vai ficar bem, que papai virá nos salvar, e o beijo, beijo, beijo. Na mesma hora, me arrependo de todo o ódio que senti dele, e pressinto que o que está acontecendo conosco talvez seja consequência dos meus pecados.

Aperto os olhos e sondo as trevas que nos cercam. Duas lanternas de sinalização penduradas em vigas de metal emitem uma luz fraca, que me permite ver que estamos em uma espécie de armazém ou depósito de material de um zoológico ou de um circo. Vejo outras jaulas, rolos de tela de metal, uma pilha de cadeiras de ferro, rochas falsas, estrados de madeira podre, arbustos de plástico.

– Fiz pipi, mamãe – choraminga Julian.

– Não tem problema, meu amor.

Eu me ajoelho ao lado dele no chão de concreto duro e gelado. O ar está empesteado de mofo, do cheiro pungente e rançoso do medo. Pego o cachorro de pelúcia que está no chão e finjo que ele é uma marionete.

– Olha o au-au, ele quer beijinho!

Por alguns minutos, me obrigo a brincar com ele, tentando criar uma bolha de afeto para protegê-lo daquela loucura. Olho para o relógio. Não são nem onze e meia. Não ficamos muito tempo no carro. Não podemos estar muito longe de Manhattan. Talvez em Nova Jersey, no Bronx ou no Queens. Estou convencida de que a pessoa que nos sequestrou não nos escolheu por acaso. Correu riscos enormes ao nos atacar em pleno coração da cidade. Sendo assim, somos *nós* que ela procura. Somos nós que ela quer atingir: a família Lorenz. Mas por que motivo? Um resgate?

Me agarro a essa ideia porque ela me tranquiliza. Sean dará qualquer coisa para nos tirar daqui. Enfim, talvez não para me tirar, mas para tirar o filho, com certeza. Seja qual for a quantia exigida, ele vai dar um jeito. Sean tem sua própria máquina de fazer dinheiro: três pinceladas em uma tela e aparece um rebanho de ovelhas dispostas a lhe entregar seus milhões. Especuladores, corretores da bolsa, multimilionários, investidores, oligarcas russos, novos-ricos chineses, todos querem ter um Lorenz em sua coleção. Um Lorenz! Um Lorenz! Um Lorenz vale mais que ouro. Mais que mil carreiras de pó. Mais que um jatinho particular ou uma *villa* nas Bahamas.

– Sua putinha.

Surpresa, solto um grito que faz Julian chorar.

Uma mulher tinha se aproximado da jaula sem que eu percebesse.

Obesa, corcunda, manca. Na minha opinião, envelheceu de forma prematura. Cabelos longos, escorridos e grisalhos. Um nariz exageradamente aquilino, olhos injetados de fúria. Cheio de rugas, seu rosto assustador é coberto de tatuagens: ziguezagues, cruzes, triângulos, círculos, raios, como nas pinturas faciais dos ameríndios.

– Quem... é você?

– Cala a boca, putinha! Você não tem direito à palavra!

– Por que você está fazendo isso?

– CALA A BOCA! – grita, apertando minha garganta.

Com a força de um touro, ela me puxa para a frente e bate minha cabeça na grade de ferro, diversas vezes. Meu filho grita. Meu nariz volta a sangrar. Levo os golpes sem resistir, mas percebo que ela não tem noção da sua força física.

Por fim, a mulher me solta. Com o rosto ensanguentado, me encolho no chão. Quando Julian vem se aninhar no meu pescoço, percebo que a índia está mexendo em uma caixa de ferramentas velha, meio enferrujada.

– Vem aqui! – berra.

Seco o sangue que pinga nos meus olhos e faço sinal para Julian ficar no fundo da jaula.

"Não posso contrariá-la."

Ela continua separando seu material, tirando da caixa um alicate de eletricista, um formão, um grampo sargento, um alicate de corte.

– Pega isso aqui! – gritou, estendendo uma tenaz para mim.

Como não me mexo, ela se irrita e tira, da bainha que tem presa à cintura, uma faca de caça serrilhada de trinta centímetros.

Então segura meu braço e, com um único golpe, corta a pulseira do meu relógio. Em seguida, sacode o mostrador na minha cara e aponta para o ponteiro dos segundos.

– Presta atenção, sua putinha. Você tem exatamente *um minuto* para me trazer um dedo do seu filho. Se não trouxer, entro na jaula e degolo o menino. E, em seguida, mato você.

Fico aterrorizada. Meu cérebro se recusa até a registrar o que ela está me pedindo.

– Olha, você não...

– Corta logo! – grita ela, atirando a tenaz na minha cara.

Estou quase perdendo a consciência.

– SÓ FALTAM QUARENTA SEGUNDOS! NÃO ESTÁ ACREDITANDO EM MIM? OLHA SÓ!

Ela entra na jaula e segura Julian, que soluça, apavorado. A mulher arrasta meu filho para a frente, segurando a faca serrilhada na garganta do menino.

– VINTE SEGUNDOS.

Fico com o estômago revirado. Suplico:

– Nunca vou conseguir fazer isso!

– VAI À MERDA!

Então me dou conta de que ela vai cumprir suas ameaças e que não tenho escolha.

Pego a tenaz e me aproximo da mulher e de Julian, que se põe a gritar.

– Não, mamãe! Não, mamãe! Não faz isso! NÃO FAZ ISSO!

Quando vou em direção ao meu filho, com uma arma na mão, me dou conta de duas coisas.

O inferno é aqui.

O inferno é longo.

3.

E o inferno é ainda pior do que o seu pior pesadelo.

Depois de me fazer cometer algo impensável, o monstro arrasta meu filho. Para conter minha fúria ensandecida, a índia me enche de socos, até me nocautear. Na barriga, na garganta, no peito. Quando recobro a consciência, percebo que ela tinha me colocado em uma cadeira de metal e está enrolando meu peito com arame farpado, prendendo bem apertado.

Passam-se horas, sem que eu saiba dizer quantas. Tento apurar os ouvidos, mas não escuto mais a voz Julian. A mais curta respiração me dói.

As pontas afiadas do arame farpado dilaceram minha pele.

Eu pego no sono, acordo, perdi a noção do tempo. O sangue pinga. Estou chafurdando na minha própria merda, no meu mijo, nas minhas lágrimas, no meu medo.

– Olha só, sua putinha!

Saio da minha letargia, sobressaltada.

A índia surge debaixo da luz. Segura Julian pelo braço. Na outra mão, a faca de caça. Nem tenho tempo de gritar. A lâmina se ergue, brilhando com um reflexo febril, e então desce sobre meu filho, uma vez, duas vezes, dez vezes. O sangue jorra. Eu soluço. Eu grito. Os dentes de metal perfuram todos os músculos do meu corpo. Fico sem ar. Engasgo. Quero morrer.

– SUA PUTINHA!

11
Cursum Perficio

O eu não é senhor de sua própria morada.

SIGMUND FREUD

1.

De volta à casa da rua du Cherche-Midi, Gaspard ficou cara a cara com Sean Lorenz.

O enorme retrato do pintor – em preto e branco, tirado pela fotógrafa inglesa Jane Bown – impunha sua presença severa, mergulhava a sala em um silêncio pétreo, dando a impressão de que ele não tirava os olhos de Gaspard.

O escritor resolveu ignorá-lo e foi para a cozinha abrir a cafeteira que comprara ao sair da loja de celulares. Para tomar uma injeção de ânimo, tirou um *ristretto* à italiana e engoliu de um gole só, e depois um *lungo*, que prolongou seu prazer.

Com a xícara na mão, voltou para a sala e se deparou de novo com o olhar do pintor. Na primeira vez que viu a fotografia, teve a impressão de que o rosto de Sean dizia: "vá se foder". Naquele instante, tinha a sensação de que os olhos do pintor, brilhantes e penetrantes, tinham outra expressão e suplicavam: "me ajuda".

Depois de resistir à tentação por alguns instantes, disparou:

– Como você quer que eu te ajude? Seu filho morreu, você sabe muito bem disso.

Gaspard tinha plena consciência de que era ridículo falar com uma foto, mas a necessidade de se explicar o atormentava. E também a necessidade de organizar suas ideias e fazer um balanço da situação.

– OK: não encontraram o corpo dele – continuou. – Mas isso não quer dizer que Julian ainda esteja vivo. Essa história de EQM não faz o menor sentido. Você há de convir.

O rosto sério continuava fitando Gaspard em silêncio. Mais uma vez, inventou uma fala para o pintor: "Se fosse o seu filho que tivesse morrido, você acha que...".

– Não tenho filho – argumentou.

"Me ajuda."

– Para de encher meu saco.

A resposta que lhe veio à cabeça foi uma frase da entrevista que Lorenz dera a Jacques Chancel. No fim da conversa, o jornalista perguntou para o pintor qual seria o objetivo principal de todo artista. "Se tornar imortal", respondeu Sean, sem pestanejar. O que poderia passar por uma tirada megalomaníaca logo adquiriu outro sentido quando Lorenz se explicou: "Ser imortal possibilita que você cuide das pessoas que ama por mais tempo".

De tanto encarar o retrato, Gaspard foi acometido por uma espécie de vertigem e teve uma alucinação: o rosto do pintor se sobrepôs brevemente ao rosto do seu próprio pai e repetiu a mesma súplica: "me ajuda". O escritor piscou para se livrar do mal-estar. Aquela alteração na visão logo sumiu.

Livre do fantasma dos dois homens, Gaspard voltou para o seu quarto no térreo, tirou a roupa, desfez os curativos e foi para baixo do chuveiro. Raramente tomava banho no meio da tarde, mas a inquietude e a agitação dos acontecimentos da noite anterior não o tinham deixado dormir. Foi surpreendido por um ataque de cansaço, mas a água fria dissipou um pouco da sensação de esgotamento. Ao secar a tala com todo o cuidado, não gostou nem um pouco do reflexo que olhava para ele do espelho cheio de manchas pretas: barba demais, cabelo demais, pelos demais, gordura demais.

Nas gavetas do banheiro, Gaspard encontrou um pincel, uma lâmina e espuma de barbear esquecidos ali. Apesar das mãos enfaixadas, começou eliminando o grosso da barba cheia com a tesoura, depois se barbeou e cortou o cabelo. A tosa lhe deu a impressão de respirar melhor. E também acabou com a vontade de enfiar, mais uma vez, a camisa de lenhador e a calça de veludo de guarda-florestal.

Só de cueca e camiseta, entrou no closet contíguo ao maior quarto da casa. Assim como Steve Jobs e Mark Zuckerberg, Sean Lorenz era adepto do *capsule wardrobe* – o guarda-roupa invariável. No seu caso, consistia em uma dúzia de paletós da marca Smalto que iam do preto ao cinza-claro e camisas brancas de popeline com colarinho inglês e botões de madrepérola. Apesar do sobrepeso, o físico de Gaspard não era muito diferente do que o pintor tinha. Ele vestiu uma camisa e um terno e se sentiu, para sua surpresa, imediatamente à vontade, como se tivesse acabado de se livrar de vários quilos.

Dentro de uma gaveta, ao lado de cintos de couro enrolados, encontrou vários frascos de colônia. Cinco vidros de *Pour un Homme* de Caron ainda na caixa de papel amarelado, alguns até com o celofane. Lembrou-se da história que Pauline lhe contara para ilustrar o temperamento obsessivo de Lorenz. O perfume fora o primeiro presente que Pénélope dera ao futuro marido, no começo do relacionamento. Sean nunca mais parou de usá-lo. Mas, convencido de que a colônia, naquele meio-tempo, mudara de formulação, ficou rastreando no eBay vidros da safra de 1992 e comprava todos os que via pela frente.

Gaspard abriu um deles e borrifou o perfume no corpo. A fragrância com notas de lavanda e baunilha tinha um ar simples e atemporal que lhe agradou. Saindo do closet, viu seu reflexo no espelho de pé e teve a impressão de estar olhando para um outro homem. Uma versão de Lorenz mais rechonchuda e menos exaltada. Para completar a transformação, deixou os óculos na gaveta dos perfumes. Naturalmente, não pôde deixar de lembrar de um de seus filmes favoritos – *Um corpo que cai* – e da louca obsessão de Scottie, personagem interpretado por James Stewart. Um homem que tentava transformar a nova namorada, deixando-a parecida com seu grande amor perdido. Tentar tomar o lugar dos mortos pode ser uma coisa muito perigosa, alerta Hitchcock no fim da história. Mas, naquele momento, Gaspard não tinha mais jeito. Alisou as rugas do paletó e saiu do cômodo sacudindo os ombros.

2.

Desde o primeiro dia, Gaspard ficou com uma pulga atrás da orelha. Por que Bernard Benedick, herdeiro e testamenteiro de Sean, resolvera alugar a casa deixando ali tantos pertences pessoais do pintor? A pergunta voltara à tona enquanto ele andava de um lado para o outro no quarto que pertencera a Lorenz e Pénélope. Aquilo lhe causou sensações contraditórias. Uma agradável, de estar em um lugar conhecido; outra perturbadora, de ter encarnado, sem querer, um voyeur. Gaspard optou por esquecer um pouco os escrúpulos e assumir – por uma boa causa, justificou-se – sua condição de profanador da intimidade alheia. Fez uma revista exaustiva no cômodo, abrindo todo os armários, as gavetas, batendo nas paredes, verificando até os tacos do parquet, apesar da dor que isso causava nas suas mãos machucadas. O resultado foi pífio. Mas, debaixo da escrivaninha de jacarandá, encontrou um gaveteiro de rodinhas cheio de papéis e de envelopes.

Examinou atentamente seu conteúdo, encontrou reportagens impressas de sites de notícias *mainstream* que, direta ou indiretamente, falavam da morte de Julian. As mesmas matérias do *New York Times*, do *Daily News*, do *Post* e do *Village Voice* que Gaspard já lera na tela do computador de Madeline. Nada de novo além de confirmar que, antes de morrer, Lorenz mergulhara na investigação da morte do filho. Um pouco mais surpreendente foi ter encontrado também correspondências que o pintor continuara a receber mesmo depois de morto. As tradicionais contas de luz e de celular, pilhas de propagandas, as intimações do ministério da Fazenda que perseguem as pessoas *ad vitam aeternam...*

A porta contígua ao quarto do casal era do quarto de Julian. Parado na soleira, Gaspard hesitou por alguns instantes antes de encarar aquele desafio.

"Me ajuda."

Tentou pôr suas emoções entre parênteses e entrou no quarto. Localizado no nível do jardim, era um belo quarto quadrado e bem iluminado, com chão de taco envernizado e móveis pintados em cores pastel. No mais absoluto silêncio, os raios de sol atravessavam as janelas, iluminando uma cama de criança com um cobertor bege, atingindo a superfície de madeira encerada de uma estante que servia de vitrine para livros ilustrados e carrinhos de coleção. Um verdadeiro quadro de Norman Rockwell.

Já que não esperava encontrar nada naquele quarto, Gaspard ficou ali, parado, por um bom tempo, como se estivesse em um local de peregrinação secreto. O cômodo não tinha nada de mórbido. Pelo contrário: parecia estar à espera da volta do menino. Logo mais, a criança chegaria da escola e abriria os armários para pegar suas caixas de Lego, sua lousa mágica, seus bonequinhos de dinossauro... Essa impressão permaneceu na mente de Gaspard até que ele reparou em um cachorro de pelúcia salpicado de sangue que havia em cima do travesseiro.

Gaspard congelou. Seria aquele o brinquedo que estava com Julian quando o menino foi sequestrado? Se sim, como aquele bicho de pelúcia – uma evidência do caso – poderia estar ali?

Pegou o brinquedo com as mãos doloridas. O cachorro tinha uma cara sorridente, de bonzinho, que não combinava nem um pouco com a mancha de hemoglobina seca em seu focinho. Gaspard trouxe o boneco mais para perto do rosto e, de repente, se deu conta de que aquilo não era sangue, mas provavelmente chocolate. E então o mal-entendido se desfez: a clássica estratégia dos pais que dão um jeito de arrumar um brinquedo substituto. No focinho do cachorro, não havia nenhum traço do odor pungente do medo. Só daquele outro, doce e quente, de infância, e devia ser por isso que Lorenz guardara aquele brinquedo como se fosse uma relíquia: aroma de biscoito saindo do forno que evoca imagens tranquilas de livro de histórias, um ramo de trigo maduro, um fruto marrom e espinhoso da castanheira, folhas de plátano voando na brisa cálida. Lembranças que deixaram Gaspard com uma certeza absoluta: um caminho se abrira diante dele, e ele ia percorrê-lo até o fim, custe o que custar.

3.

"Nove meses de inverno, três meses de inferno." O velho ditado espanhol era, na maioria das vezes, injusto: em Madri, só devia chover *de verdade* dez dias por ano. Por azar, 22 de dezembro de 2016 foi um desses dias. E, ao desembarcar na capital espanhola, Madeline encontrou um clima ainda mais inclemente do que o de Paris.

Depois de um voo sofrido – no Charles-de-Gaulle, seu avião perdeu a vez quando estava prestes a decolar por causa de um passageiro que passou mal e teve de desembarcar –, Madeline aterrissou no Madrid-Barajas com quase duas horas de atraso, só para completar as alegrias inerentes às viagens do gênero. O tipo de complicação que tirava Gaspard do sério: aeroporto lotado, turistas exaltados, espera interminável, a sensação humilhante de ser reduzido à condição de gado humano. Depois de aguentar o ônibus obrigatório logo na saída do avião, teve que suportar o táxi caindo aos pedaços que fedia a cigarro e suor. Uma carroça de vidros embaçados com ar viciado, na qual teve que ficar durante quase uma hora por causa dos engarrafamentos da última semana de compras antes do Natal, ouvindo a litania sem fim dos hits pop ibéricos cuspidos pelo aparelho de rádio sintonizado na Chérie FM local. O Top 50 versão Movida*: *Mecano, Los Elegantes, Alaska y Dinarama*...

"Coutances me contaminou!", desesperou-se Madeline, chegando à Calle Fuencarral, no epicentro de Chueca, reduto da comunidade gay madrilenha. Ela pressentiu o perigo. Não podia ceder a essa visão pessimista do mundo de jeito nenhum. Se começasse a ver a vida pelo prisma sombrio de Gaspard Coutances, não teria mais nada a que se apegar.

Então se obrigou a adotar uma postura positiva. O motorista do táxi era execrável. Mas, mesmo assim, lhe deu uma gorjeta. No hotel, ninguém a ajudou a carregar a mala. Mas ela se convenceu de que não precisava de ajuda. O quarto, reservado de última hora, era abafado, tinha vista para um

---

* Movimento cultural nos anos 1980 que teve início em Madri, do qual as bandas citadas fizeram parte. (N.T.)

canteiro de obras e um guindaste enferrujado. Mas Madeline não deixou de pensar que tinha um certo charme. Depois do procedimento, ficaria em repouso e teria todo o tempo do mundo para procurar uma acomodação mais pitoresca.

Encarar a realidade. Não desistir. Esquecer o caos que sua vida se tornara até aquele momento. Esquecer a loucura de Sean Lorenz, a tragédia que aconteceu com o filho dele, o comportamento de esquiva de Coutances e se concentrar na construção do futuro que ela havia escolhido para si.

4.

Às quatro da tarde, Gaspard almoçou, de pé na cozinha, uma lata de sardinha e fatias de pão de forma. Comeu o lanchinho com a mão, regado a Perrier sabor limão.

Em seguida, como já se tornara um hábito, pôs para tocar um dos velhos vinis de jazz da coleção de Sean Lorenz. Então levou para a sala o gaveteiro de rodinhas que continha a correspondência do pintor e tentou esmiuçar o seu estranho conteúdo.

Já estava fuçando havia uma hora, sentado no chão de pernas cruzadas, quando encontrou um exemplar ainda embalado da revista *Art in America*. Gaspard rasgou o plástico. A data da publicação era janeiro de 2015. Como atestava o cartão de visita grampeado na capa, fora o próprio diretor de redação que enviara a revista para Sean, com um bilhete de agradecimento e condolências.

Dentro da revista, havia dez páginas sobre a noite de abertura da exposição *Sean Lorenz: a life in painting*, realizada no MoMA no dia 3 de dezembro de 2014, dias antes do sequestro de Julian. Ao folhear a revista, Gaspard percebeu que o evento fora muito mais um acontecimento social do que uma celebração da arte. Patrocinada por uma marca de luxo, a festa atraiu uma multidão de convidados importantes.

Nas fotos da revista, Gaspard reconheceu Michael Bloomberg, ex-prefeito da cidade, assim como Andrew Cuomo, governador de Nova York. Em outras fotos, viu os marchands Charles Saatchi e Larry Gagosian. De roupa bem decotada, Pénélope Lorenz, ainda no auge de sua beleza, conversava com Sarah Jessica Parker e Julian Schnabel. As legendas também mencionavam um bando de modelos e jovens socialites das quais Gaspard nunca ouvira falar.

Nas fotos, Sean Lorenz dava a impressão de estar distante e um tanto constrangido. Gaspard presumiu que o pintor estava incomodado com a superficialidade e o fausto da recepção. O ascetismo e a pureza de suas últimas pinturas eram o oposto daquele tipo de evento, onde as pessoas só iam para serem vistas. Seu rosto estava paralisado em uma expressão de angústia, como se tivesse consciência de que a consolidação de sua carreira também representava o prenúncio de sua queda. Como se enxergasse, à sombra do Capitólio, a rocha Tarpeia. Como se a morte de Julian já estivesse escrita na discreta decadência daquela festa.

Justiça seja feita: Sean até sorria em uma das fotos. A que estava em companhia de um policial usando a vestimenta da NYPD: uniforme azul-escuro e quepe de oito pontas. Um box da reportagem esclarecia que o policial, um tal de Adriano Sotomayor, era amigo de infância de Sean Lorenz, e que os dois não se viam havia 22 anos. Observando com mais atenção, Gaspard reconheceu o latino pretensioso que se exibia nas fotos da juventude de Lorenz impressas na obra que lera. Então se levantou para conferir a informação no livro que estava na estante. Não havia a menor dúvida: Sotomayor era mesmo o terceiro integrante dos Pirotécnicos, o que assinava seus grafites com o pseudônimo de NightShift. Com o passar dos anos, seu rosto ficou mais inchado, a arrogância de antes deu lugar à simpatia, mas seus traços ainda guardavam aquele aspecto "cinzelado" que o deixava parecido com o ator Benicio del Toro.

Gaspard guardou essa informação na memória e fechou a revista. Quando se levantou para fazer mais um café, a necessidade de beber que há mais de 24 horas o poupava se impôs de maneira fulgurante. Por experiência, sabia que tinha que agir rápido se quisesse ter alguma chance de vencer seus demônios. E foi isso que ele fez, esvaziando na pia as três garrafas de grand cru e o resto de uísque que havia na casa. Durante alguns instantes de incerteza, teve vários tremores rápidos. O suor escorria pela testa. Mas então ele sentiu que a onda de angústia amainava e se deu conta de que tinha conseguido conter o incêndio antes que ele se alastrasse. Como se fosse uma recompensa, pegou um cigarro já enrolado no pacote de tabaco que Madeline esquecera no balcão da cozinha. Um veneno para combater outro. O famoso "coeficiente da adversidade das coisas" de Sartre, considerando que o homem precisa "de anos de paciência para obter o mais ínfimo dos resultados". Cada um tem as vitórias que merece.

Com o cigarro na boca, Gaspard pôs o lado B do LP no toca-discos – um velho Joe Mooney de excelente qualidade –, depois voltou ao trabalho, relendo algumas reportagens no seu novo smartphone antes de atacar o restante da correspondência ainda fechada.

Entre as contas, demorou-se nas faturas detalhadas da linha telefônica. Lorenz não ligava para muita gente, mas aqueles registros funcionavam como verdadeiros relatórios da operadora que permitiam saber exatamente como o pintor empregara o tempo nos dias que antecederam sua morte. Alguns números eram da França; outros, dos Estados Unidos. Gaspard foi metódico e ligou para todos os números em ordem cronológica. Foi atendido no departamento de cardiologia do Hospital Bichat, no consultório do dr. Fitoussi, um cardiologista do 7º *arrondissement*, e depois em uma farmácia do bulevar Raspail. Dos números estrangeiros, um chamou especialmente sua atenção, porque Lorenz tentara ligar para ele duas vezes, sem sucesso. Insistira no dia seguinte e, dessa vez, fora atendido. Gaspard caiu na caixa postal de um tal Cliff Eastman, cuja mensagem impessoal era gravada por uma voz rouca, mas animada, que devia pertencer a um grande fumante ou um grande consumidor de uísque (ou, o que era mais provável, a uma mistura dos dois, porque os vícios adoram andar aos pares).

Por via das dúvidas, deixou uma mensagem pedindo que lhe ligasse, e então continuou a esmiuçar os arquivos de Sean, vasculhando a biblioteca, abrindo todas as obras, cortando alguns textos ou fotos e colando no seu grande caderno espiral, no qual tinha planejado escrever a peça de teatro. Entre uma edição luxuosa de Salgado e o *Maus* de Spiegelman, encontrou um mapa velho de Nova York, que usou para entender melhor as distâncias e os deslocamentos de Sean, desenhando cruzes de cores diferentes para marcar os lugares relacionados à investigação: o local onde Julian foi sequestrado, onde ficara preso com a mãe, a ponte de onde supostamente Beatriz Muñoz jogou o corpo do menino no rio, a estação de metrô onde ela se suicidou...

Dominado pela empolgação, Gaspard não viu o tempo passar. Quando levantou os olhos, já era noite. Joe Mooney parara de cantar há muito tempo. Olhou para o relógio e lembrou que tinha um compromisso.

12
Black hole

Apenas quando se está só é que se está livre.

Arthur Schopenhauer

1.

O escritório da agência de Karen Lieberman ficava na rua de la Coutellerie, no 1º *arrondissement*, não muito longe do Hôtel de Ville e do Centro Pompidou.

Gaspard só estivera ali uma vez, há doze anos, logo no início de sua parceria com Karen. Depois disso, era a agente que se deslocava até o escritor. E Gaspard se arrependeu por não ter exigido que ela fizesse isso de novo: o trajeto da rua du Cherche-Midi até ali o obrigara a mergulhar novamente no clima agressivo e sinistro daquela Paris cinzenta. Estava com os nervos à flor da pele. Tinha a sensação de estar em território inimigo, e a abstinência não ajudava em nada.

O lugar estava igualzinho ao que ele lembrava: uma portaria meio decrépita – coberta de placas de profissionais liberais – que levava a um pátio pequeno sem estilo definido onde havia um segundo imóvel, bem menos chamativo do que aquele que dava para a rua. O elevador, do tamanho de um caixão, era de uma lentidão aflitiva. Além disso, parecia que ia dar seu último suspiro a qualquer momento. Gaspard refletiu por alguns instantes e resolveu subir os seis andares a pé.

Chegou sem fôlego, tocou a campainha e esperou que abrissem a porta para entrar na sala com mansardas. Constatou com satisfação que não havia mais ninguém na entrada – onde havia algumas cadeiras para fazer as vezes de sala de espera. Como Karen era agente de mais de vinte escritores, dramaturgos e roteiristas, Gaspard temia encontrar alguns dos seus pseudocolegas e ser obrigado a passar cinco minutos contando vantagem e falando amenidades. "A solidão tem duas vantagens: a primeira, é estar consigo mesmo. A segunda, é não estar com os outros."

"Schopenhauer deve ter dito algo assim", pensou, enquanto se aproximava da mesa do assistente de Karen.

Era um jovem que se jurava estiloso – barba de hipster, tatuagens falsamente rebeldes, cabelo *undercut*, botina de camurça e camisa jeans acinturada –, mas não passava de um clone de todos os seus amigos que tentaram reproduzir Williamsburg e Kreuzberg perto do canal Saint-Martin. Para piorar, o sujeito ficou encarando Gaspard antes de perguntar seu nome com cara de desconfiança. Uma afronta, já que, sozinho, ele era responsável por três quartos dos rendimentos da agência!

– Sou eu que pago seu salário, imbecil! – irritou-se, já se dirigindo à mesa de Karen, sob o olhar perplexo do assistente.

– Gaspard? – chamou a agente.

Assustada com os gritos, ela saiu de trás da mesa e foi ao encontro de Gaspard. Com seu corpinho de sílfide e seu cabelo loiro curto, Karen Lieberman já fizera 45 primaveras, mas se vestia da mesma maneira desde a época do liceu Janson-de-Sailly: jeans 501, camisa branca, pulôver decote

V e mocassins cor de vinho. Era a agente de Gaspard, mas também sua advogada, contadora, assistente, assessora de imprensa, consultora fiscal e corretora de imóveis. Em troca de vinte por cento dos seus ganhos, Karen era sua interface com o mundo externo. O escudo que lhe permitia viver como queria e mandar todo mundo à merda. O que Gaspard fazia com certa frequência.

– Como vai o mais selvagem dos meus autores?

Ele a cortou, curto e grosso:

– Não sou *seu* autor. Você é que é minha empregada, o que é muito diferente.

– Gaspard Coutances em todo o seu esplendor! – retrucou ela. – Grosso, rabugento, mal-humorado...

Karen o convidou para sentar.

– Não temos reserva no restaurante?

– Antes, preciso que você imprima alguns documentos importantes – explicou, tirando o smartphone do bolso. – Umas reportagens que eu peguei na internet.

– Mande para Florent, ele...

– É importante, já falei! Quero que *você* imprima, não esse seu gigolô.

– Como quiser. Ah! Falei com Bernard Benedick pelo telefone. Ele me garantiu que tudo já está resolvido com relação à casa. Pelo jeito, a moça foi embora. Você vai poder aproveitá-la. Sozinho.

Ele sacudiu a cabeça.

– Como se eu já não soubesse! De todo modo, não quero mais ficar lá.

– Claro, isso seria fácil demais – disse Karen, soltando um suspiro. – Quer um uísque?

– Não, obrigado. Resolvi pegar leve com a bebida.

A agente arregalou os olhos.

– Está tudo bem, Gaspard?

Ele declarou sem fazer rodeios:

– Não quero escrever a peça este ano.

Gaspard quase pôde enxergar, passando pela cabeça de Karen, a avalanche de consequências de sua decisão: quebra de contratos, desistência de salas de teatro, cancelamento de viagens... Apesar disso, a agente levou menos de dois segundos para perguntar, com um tom neutro:

– Sério? Por quê?

Ele deu de ombros e sacudiu a cabeça.

– Uma peça de Coutances a mais ou a menos... acho que não mudará muito a história do teatro...

Como Karen ficou em silêncio, Gaspard insistiu:

– Sejamos honestos, acho que já dei o que tinha que dar. Nesses últimos anos, tenho me repetido um pouco, não?

Dessa vez, ela reagiu:

– Em relação ao tema "o mundo é feio, as pessoas são um lixo", talvez. Mas você pode tentar escrever sobre outra coisa.

Gaspard franziu o cenho.

– Não sei direito sobre o quê.

Então levantou, pegou um cigarro do maço que havia sobre a mesa e foi fumar na sacada.

– Você está apaixonado, é isso? – gritou Karen, indo ao seu encontro.

– Não. Do que você está falando?

– Eu temia que isso fosse acontecer um dia – lamentou-se a agente.

Gaspard se defendeu:

– Só porque eu não quero mais escrever você chega à conclusão de que estou apaixonado? Que raciocínio distorcido.

– Você comprou um celular. *Você!* Não bebe mais, fez a barba, está sem óculos, de terno e cheirando a lavanda! Então, sim, acredito de verdade que você esteja apaixonado.

Com o ar perdido, Gaspard tragou o cigarro. A cidade zunia naquela noite agradável e úmida. Apoiado no parapeito, ficou olhando para a torre Saint-Jacques, solitária e incompleta, que brilhava logo depois do Sena.

– Por que você me deixou ficar neste buraco? – perguntou de repente.

– Que buraco?

– Neste, onde estou vegetando há tantos anos.

Foi a vez de Karen acender um cigarro.

– Acho que foi você que se enfiou nesse buraco sozinho, Gaspard. Você organizou tudo meticulosamente, todo o funcionamento da sua vida, para garantir que jamais saísse dele.

– Sei disso, mas, mesmo assim, somos amigos, você...

– Você é dramaturgo, Gaspard. Seus únicos amigos são os personagens das suas peças.

Ele insistiu:

– Você poderia ter tentado fazer alguma coisa...

Karen pensou por alguns instantes, e então falou:

– Quer saber da verdade? Eu o deixei nesse buraco porque era o lugar onde você podia escrever suas melhores peças: na solidão, na insatisfação, na tristeza.

– Não consigo entender o que uma coisa tem a ver com a outra.

– Muito pelo contrário: você sabe muito bem qual é a relação. Pode acreditar na minha experiência: a felicidade é agradável de viver, mas não é muito boa para criar. Você conhece algum artista feliz da vida, por acaso?

Já que começara a falar, Karen desenvolveu seu raciocínio de modo apaixonado, encostada no vão da janela:

– Assim que um dos meus autores diz que está feliz, começo a me preocupar. Lembre-se do que Truffaut repetia: "A arte é mais importante do que a vida". E isso tem tudo a ver. Porque, até hoje, você não gostava de muita coisa nesta vida, Gaspard. Você não gosta de gente, não gosta da humanidade, não gosta de criança, não gosta...

Na mesma hora em que ele levantou a mão para interrompê-la, seu celular tocou. Gaspard olhou para a tela: uma ligação dos Estados Unidos.

– Você me dá licença?

2.

Madri. Dezessete horas e já era quase noite.

Antes de sair do hotel, Madeline pediu um guarda-chuva emprestado, mas só conseguiu ouvir um "não" bem-educado do sujeito da recepção. "*Nevermind.*"* Saiu na chuva, decidida a ignorar o mau tempo, assim como ignorava todas as dificuldades. Logo adiante, encontrou uma farmácia e apresentou sua receita: antibiótico, para evitar infecções durante o procedimento, e a nova dosagem de hormônio, para estimular a liberação dos ovócitos. Um tratamento inovador, que permitia reduzir em 24 horas o intervalo entre a injeção de hormônios e a retirada dos ovócitos. Péssima jogada: precisou ir a outros três estabelecimentos para conseguir o que queria. Às seis da tarde, tentou bancar a turista e perambular por Chueca e Malasaña. Teoricamente, era uma zona criativa e cheia de vida. No final do verão, Madeline se divertira caminhando por suas ruas coloridas, por seus brechós e cafés de clima festivo. Naquele dia, a história era outra. Mergulhada no dilúvio, Madri parecia estar vivendo as últimas horas antes do apocalipse. Uma sucessão de pancadas de chuva diluvianas e rajadas de vento sacudiam cada canto da cidade, espalhando o caos, provocando inundações e engarrafamentos.

---

* "Deixa para lá", em inglês no original. (N.T.)

Como estava com fome, resolveu voltar ao pequeno restaurante onde almoçara na sua estadia anterior, mas não conseguiu encontrar o caminho. O céu estava tão baixo que ameaçava arranhar as cúpulas que dominavam a paisagem da cidade real. Na noite que caía, debaixo de chuva, as ruas e avenidas pareciam todas iguais, e o mapa que ela pegara na recepção do hotel estava quase se desfazendo em suas mãos. Calle de Hortaleza, Calle de Mejía Lequerica, Calle Argensola: os nomes e sonoridades se misturavam, sua visão turvava. Completamente perdida, chegou, enfim, a um estabelecimento vetusto. O tartar de dourado que pediu chegou afogado na maionese, e a torta de maçã veio meio congelada.

Anunciando uma grande trovoada, um raio poderoso cruzou o céu retinto, fixando por um breve instante seu reflexo em negativo na fachada de vidro açoitada pela chuva. Ao ver essa imagem, Madeline foi tomada por uma tristeza inesperada. A solidão e o desespero despertaram em toda a sua crueza. Lembrou de Coutances. De sua energia e de seu humor. De sua vivacidade intelectual. O misantropo era um belo de um Jano. Um personagem inclassificável, cativante, contraditório. Prisioneiro de um esquema mental, irradiava, apesar de seu pessimismo, uma força tranquila e reconfortante. Naquele momento, ela bem que poderia contar com sua firmeza, com seu carinho e até com seu mau humor. Juntos, pelo menos, poderiam reclamar de seus infortúnios.

Madeline engoliu os antibióticos com um café descafeinado ruim e voltou para o hotel. Injeção de hormônios, banho escaldante, meia garrafa de rioja que encontrou no frigobar e que lhe deu uma enxaqueca quase instantaneamente.

Não eram nem dez da noite quando se aninhou na cama, debaixo dos lençóis e dos cobertores.

O dia seguinte seria importante na sua vida. O início de uma nova existência, quem sabe. Para dormir com um pensamento positivo, tentou imaginar com quem a criança que tanto desejava poderia se parecer. Mas nenhuma imagem se formou na sua mente. Como se aquele plano não tivesse nenhuma realidade tangível e estivesse condenado a permanecer no estado de quimera. Quando tentava expulsar essa onda de desânimo e pegar no sono, uma imagem clara e forte lhe veio à mente. O lindo rosto de Julian Lorenz: olhar alegre, nariz arrebitado, cachos loiros, sorriso irresistível de menino.

Lá fora, o dilúvio prosseguia.

3.

Gaspard reconheceu na hora a voz rouca do outro lado da linha: Cliff Eastman, o homem para quem Sean ligara três vezes alguns dias antes de morrer.

– Bom dia, sr. Eastman, muito obrigado por retornar minha ligação.

Em poucas frases, Gaspard ficou sabendo que seu interlocutor era um ex-bibliotecário que, normalmente, passava sua aposentadoria tranquila nos arredores de Miami. Mas, há três dias do Natal, ficara preso na casa da enteada no estado de Washington.

– Oitenta centímetros de neve! – exclamou. – Circulação interrompida, estrada bloqueadas, e até o wi-fi caiu. Resultado: estou de saco cheio.

– Leia um bom livro – arriscou Gaspard, tentando puxar assunto.

– Não trouxe nada, e minha enteada só lê bobagem: merda, merda e mais merda! Mas não entendi direito quem você é. Do fundo de pensões de Key Biscayne?

– Na verdade, não – respondeu o dramaturgo. – Por acaso o senhor conhece algum Sean Lorenz?

– Nunca ouvi falar. Quem é?

O velho pontuava todas as frases com um estalar ruidoso da língua.

– Um pintor famoso. Ele tentou entrar em contato com o senhor, mais ou menos há um ano.

– Pode até ser. Mas, na minha idade, já não tenho muita memória. E o que esse seu Picasso queria comigo?

– É justamente isso que eu gostaria de saber.

Mais barulho de estática.

– Talvez não fosse comigo que ele quisesse falar.

– Não entendi.

– Quando me deram esse número de celular, recebi, por vários meses, chamadas de pessoas que queriam falar com o antigo titular da linha.

Gaspard sentiu um arrepio de emoção: poderia ser uma pista.

– Sério? E qual é o nome dele?

Gaspard pensou ter ouvido Eastman coçar a cabeça do outro lado da linha, tentando lembrar.

– Não sei muita coisa, faz muito tempo isso. O sujeito tinha nome de atleta.

– Nome de atleta? Isso é muito vago.

O fio de memória do velho era tênue. Era melhor não rompê-lo nem esticá-lo demais.

– Faça um esforço, por favor.

– Está na ponta da língua. Alguém do atletismo, acho eu. Sim, um saltador que participou dos Jogos Olímpicos.

Gaspard apelou para suas próprias lembranças, mas teve dificuldade. O esporte não era realmente seu forte. A última vez que assistira aos Jogos Olímpicos pela tevê, Mitterrand e Reagan ainda deviam estar no cargo, Platini cobrava os pênaltis para a Juventus e Frankie Goes to Hollywood chegava ao primeiro lugar do Top 50. Foi falando alguns nomes ao acaso.

– Serguei Bubka, Thierry Vigneron...

– Não, não era do salto com vara, era do salto em *altura*.

– Dick Fosbury?

O outro entrou na brincadeira:

– Não, um latino, um cubano.

Um estalo:

– Javier Sotomayor!

– Pronto! É isso: Sotomayor.

"Adriano Sotomayor." Alguns dias antes de morrer, quando estava convencido de que seu filho ainda estava vivo, Sean pedira ajuda para seu velho companheiro dos Pirotécnicos que se tornara policial.

Então, existia alguém em Nova York capaz de ajudá-lo. Alguém que, talvez, tivesse reaberto o inquérito sobre a morte de Julian. Alguém que tinha informações inéditas.

Enquanto Gaspard estava ao telefone, Karen Lieberman ficou observando o cliente através do vidro de sua sala. Quando reparou que um estranho cachorro de pelúcia saía de seu bolso, teve certeza de que o Gaspard Coutances que conhecia não existia mais.

Sexta-feira, 23 de dezembro

13
Madri

O diabo me segue noite e dia porque tem medo de ficar sozinho.

Francis Picabia

1.

Madri. Oito horas.

Madeline despertou com o alarme que havia programado no celular. Foi uma violência ter que se levantar. "Noite de merda." Mais uma. Impossível pregar o olho até às cinco da manhã, quando uma onda gigantesca a fez cair nas profundezas abissais de onde é brutal e difícil sair.

Abriu as cortinas e constatou aliviada que a tempestade havia passado. Foi para a sacada tomar um ar. O céu continuava cinzento, mas, à luz do dia, Chueca reencontrara uma certa alegria. Piscou os olhos, bocejou. Daria qualquer coisa por um expresso duplo, mas precisava estar em jejum para a punção folicular. Debaixo do chuveiro, lavou-se demoradamente com sabão antisséptico, tentando pensar em qualquer coisa, menos na anestesia. Pôs uma roupa simples – meia-calça grossa, camisa jeans boyfriend, vestido de lã tipo blusão e botas de verniz. As orientações tinham sido bem claras: nada de perfume, nada de maquiagem e absoluta pontualidade no horário estabelecido pela clínica.

Ao descer pelas escadas até o saguão do hotel, pôs o fone de ouvido e programou uma playlist apropriada: *Melodia húngara*, de Schubert; *Concerto para flauta e harpa*, de Mozart; *Sonata para piano nº 28*, de Beethoven. Uma trilha sonora agradável e estimulante, que lhe dava sensação de ser leve enquanto caminhava. A clínica não ficava muito longe do hotel, e o trajeto era bem conhecido: tinha que ir até a praça Alonzo-Martinez, andar um quilômetro pela Calle Fernando el Santo, depois atravessar os canteiros da Castellana. A clínica de fertilização – um prédio pequeno e moderno, protegido por painéis de vidro jateado – ficava em uma rua perpendicular.

No caminho, Madeline mandou um SMS para Louisa, avisando que já estava chegando. A jovem enfermeira a esperava no saguão. Abraços, novidades, palavras tranquilizadoras. Louisa a apresentou para o anestesista, depois para o médico, que fez questão de explicar novamente o delicado procedimento de extração dos ovócitos. Era feito com ajuda de uma seringa bem comprida, introduzida nos ovários para puncionar os óvulos e coletar os ovócitos.

– Mas é totalmente indolor – afirmou ele. – Você vai dormir o tempo todo.

Um pouco mais tranquila, Madeline foi levada para um quarto onde havia uma cama de hospital de rodinhas, usada para transportar os pacientes antes da operação. Quando a enfermeira saiu, Madeline guardou a bolsa e o celular no armário com código especial para isso. Depois, tirou a roupa e vestiu o traje obrigatório do bloco cirúrgico: avental, touca, propé. Nua por baixo do avental de papel, de repente sentiu-se vulnerável, e sua apreensão aumentou um pouquinho.

"Acaba logo..."

A porta finalmente se abriu, mas rosto que apareceu não foi o de Louisa nem de algum médico. Era o daquele demônio do Gaspard Coutances!

– O que você está fazendo aqui? Como conseguiu entrar?

Ele respondeu em espanhol:

– *Porque tengo buena cara. Y he dicho que yo era su marido.**

– Pensei que você não sabia mentir...

– Aprendi muita coisa desde que conheci você.

– Vai embora agora! – disse Madeline, sentando-se na cama. – Senão eu mesma vou te expulsar.

– Calma... Tenho novidades. E peguei o primeiro voo para cá hoje de manhã só para te contar.

– Novidades do quê?

– Você sabe do quê.

– Cai fora!

Como se não tivesse ouvido nada, Gaspard sentou-se na poltrona ao lado dela, tirou as garrafas d'água que estavam em cima de um carrinho de rodinhas e o usou de mesa para colocar suas coisas.

– Lembra do Stockhausen? – começou.

– Não. Some daqui. Não quero falar com você. Além do mais, você está fedendo a lavanda. Que fim levaram seus óculos?

– Não interessa. Stockhausen é o nome do suposto cardiologista norte-americano de Sean. Aquele cujo nome estava escrito na agenda que Benedick lhe deu.

Madeline demorou alguns segundos para pegar o fio da meada.

– O médico que Sean ia consultar no dia em que morreu?

---

* Porque sou simpático. E fingi que era seu marido. (N.E.)

— Exatamente — confirmou Gaspard. — Bem, esse cara não existe. Ou melhor: não existe nenhum cardiologista chamado Stockhausen em Nova York.

Para provar o que estava dizendo, ele tirou da mochila um maço de folhas impressas com pesquisas que fizera no site das Páginas Amarelas dos Estados Unidos.

— Expandi a pesquisa para todo o estado de Nova York: nada. Do ponto de vista médico, aliás, não faz o menor sentido: Lorenz foi tratado no Hospital Bichat por uma das melhores equipes de cardiologia da Europa. Que interesse ele teria de consultar um médico nova-iorquino?

— E você, que interesse tem de vir até aqui me incomodar?

Ele levantou a mão, pedindo uma trégua.

— Por favor, me escuta, Maddie.

— Agora você me chama pelo apelido?

— Vasculhei a casa de cabo a rabo. Na escrivaninha de Sean, encontrei dezenas de reportagens que ele imprimiu. A maioria era recortes de jornal sobre o inquérito da morte de seu filho. Mas, no meio deles, encontrei este aqui.

Então entregou para ela mais algumas folhas grampeadas. Era um extenso dossiê que a revista do *New York Times* fizera sobre *cold cases**: a morte de Natalie Wood, os Cinco do Central Park, o caso Chandra Levy, os sequestros de Cleveland etc. Madeline foi direto na página marcada com post-it e deu de cara com... uma foto dela. Ela esfregou os olhos. Tinha quase esquecido daquela reportagem sobre o caso Alice Dixon. A moça que ela conseguiu localizar em circunstâncias inacreditáveis, três anos depois do desaparecimento. Sua investigação mais difícil, mais dolorosa, que por pouco não a matou, mas também a que tivera o desfecho mais gratificante. Um dos momentos felizes de sua vida, que lhe parecia estar terrivelmente distante naquele momento.

---

* "Casos arquivados", em inglês no original. (N.T.)

– Lorenz tinha essa reportagem na casa dele?
– Como você pode ver. Até chegou a sublinhar alguns trechos.

Madeline leu, em silêncio, os pedaços de frases destacadas com caneta Stabilo:

> [...] não contavam com Madeline Greene, uma policial obstinada do Departamento de Investigações Criminais de Manchester [...] que nunca larga o osso [...] cujos esforços acabaram rendendo resultados [...] a jovem inglesa hoje trabalha entre o Upper West Side e o Harlem, nas instalações do Cold Case Squad da NYPD, perto do Hospital Monte Sinai.

O fato de essa reportagem estar na casa de Lorenz surpreendeu Madeline, mas ela devolveu as folhas para Gaspard sem dizer uma palavra.

– Você não vai dizer nada?
– O que você esperava?
– Bem, é óbvio: Lorenz não foi para Nova York consultar um médico. Estava em Manhattan atrás de você, VOCÊ!

Ela perdeu a paciência.

– Só porque tinha uma reportagem antiga sobre mim na casa dele? Você está botando o carro na frente dos bois, Coutances. Olha, já chega, eu adoraria me concentrar na minha vida particular a partir de agora.

Mas Gaspard não queria desistir do assunto. Em cima da mesinha improvisada abriu o mapa de Manhattan no qual fizera anotações na véspera e apontou uma cruz com a caneta.

– Sean Lorenz morreu aqui, no meio da rua, na esquina da 103 com a Madison.
– E daí?
– Onde ficava o escritório em que você trabalhava na época?

Ela olhou para o mapa e não respondeu.

– Aqui! – apontou Gaspard. – A uma quadra de distância! Não pode ser coincidência.

Com os olhos apertados, concentrada no mapa, Madeline continuou em silêncio. Coutances deu sua última cartada quando um enfermeiro entrou no quarto.

– Senhorita Greene?

– Olha só a última conta telefônica de Sean! – exclamou Gaspard, que, pelo jeito, nem percebera a presença do enfermeiro e sacudia duas folhas de papel grampeadas. – Tem a descrição detalhada das chamadas que Lorenz fez. Você quer saber qual foi o último número para o qual ele ligou antes de sair da França?

– Senhorita Greene, podemos ir – insistiu o enfermeiro, levantando as barras da cama de rodinhas.

Madeline consentiu com a cabeça, fingindo ignorar Coutances.

– Foi 212-452-0660. Esse número não lhe diz nada? Vou refrescar sua memória – gritou, quando o enfermeiro tirou a cama do quarto. – É o número do Cold Case Squad da NYPD. É o departamento em que você trabalhava na época.

Madeline já tinha saído do quarto, mas o dramaturgo continuou falando:

– Queira você ou não, uma hora antes de morrer Sean estava em Nova York querendo revelar alguma coisa para você. PARA VOCÊ!

2.

A agulha penetrou a veia de Madeline, liberando o líquido anestésico. Deitada na mesa de cirurgia, ela teve por um instante a impressão de ser invadida por uma onda gelada. Essa sensação desagradável logo se dissipou. Suas pálpebras ficaram pesadas. A voz do médico ficou distante. Ela respirou fundo e se deixou levar. Pouco antes de perder a consciência, pensou ter visto o rosto de um homem. Sério, com a expressão abatida, o olhar cansado. O rosto de Sean Lorenz. Seu olhar ardente parecia implorar: "Me ajuda".

3.

Onze horas. O bar de tapas acabara de abrir as portas. Gaspard se sentou no balcão, pôs a mochila na banqueta ao lado e pediu um cappuccino. Primeira providência: tomar dois comprimidos de analgésico para aliviar a dor que massacrava seus dedos e suas mãos. Segundo passo: mandar um SMS para Madeline pedindo que viesse encontrá-lo quando terminasse o procedimento.

– Seu café, senhor.

– Obrigado.

O barman não tinha nada de magro. Era um "urso" de cabeça raspada e barba cheia. A barriga de cerveja estava apertada dentro de uma camiseta colorida com a reprodução do cartaz de *Ata-me*, um filme antigo de Almodóvar, com Antonio Banderas e Victoria Abril. Não podia ser mais clichê.

– Você poderia me ajudar, por favor?

– Em que posso ser útil? – perguntou o urso.

Meio constrangido, Gaspard pegou o celular e explicou que não entendia muito das novas tecnologias.

– Não consegui conectar a internet desde que cheguei à Espanha.

O urso coçou os pelos do peito por baixo da camiseta e deu uma resposta que incluía as palavras "pacote", "operadora", "plano" e "roaming internacional".

Gaspard balançou a cabeça sem entender nada, mas o urso fora simpático. Percebeu que ele estava confuso e se ofereceu para conectar o celular de Gaspard no wi-fi do bar. Aliviado, o escritor entregou o aparelho para ele, que o devolveu trinta segundos depois.

Gaspard colocou o caderno e sua papelada em cima do balcão. Em seguida, releu todas as anotações que fizera naquela manhã dentro do avião. De acordo com o box da *Art in America*, Adriano Sotomayor trabalhava no 25º *precinct*, a delegacia do norte do Harlem. Pesquisou o número de telefone no Google. Olhou para o relógio: cinco horas da manhã em Nova York, meio cedo para ligar. Por outro lado, as delegacias ficam abertas 24 horas por dia... Tentou a sorte, ouviu aquele blá-blá-blá interminável característico da maioria dos sistemas de atendimento automático antes de conseguir falar com uma telefonista que tentou despachá-lo, pedindo para retornar a ligação no horário de atendimento ao público. Gaspard insistiu muito para que ela o transferisse para um supervisor.

– Quero saber se o policial Sotomayor ainda trabalha aí – perguntou.

Mais uma negativa, dita com um tom de professor que repreende o aluno:

– Não passamos esse tipo de informação por telefone.

Gaspard inventou uma história, disse que morava na Europa, que estava de passagem por Nova York. Ficaria poucos dias e queria saber se podia passar para dar um oi para o oficial Sotomayor, que conhecera no colégio e...

– Aqui é uma delegacia, senhor, não a associação de ex-alunos da Bradley School.

– Eu sei, mas...

Gaspard soltou um palavrão ao perceber que tinham desligado na sua cara, mas ligou de novo mesmo assim. Mesma resposta automática. Mesma telefonista. Mesmo pedido para falar com o supervisor. Dessa vez, a telefonista o insultou logo de cara, mas Gaspard não entrou no jogo. Como o escritor deixara o nome e o contato, ela ameaçou processá-lo se ele continuasse monopolizando a linha. Depois, vencida pelo cansaço, para se livrar de Gaspard, a guarda de plantão acabou confirmando que o policial Sotomayor realmente trabalhava no 25º *precinct* e que estava de serviço naquela semana.

Gaspard desligou com um sorriso nos lábios. Para comemorar aquela pequena vitória, pediu mais um cappuccino.

4.

Quando Madeline abriu os olhos, meia hora havia passado. Mas ela teve a sensação de ter dormido por um século.

– Já terminou – anunciou uma voz.

Foi despertando tranquilamente. Ao seu redor, as cores ficavam mais precisas; as formas, mais nítidas; os rostos, menos borrados.

– Correu tudo bem – garantiu Louisa.

O médico já tinha ido embora, mas o rosto amável da enfermeira sorria para ela.

– Conseguimos coletar quase dezoito ovócitos – afirmou ela, secando seu rosto.

– E agora, o que vai acontecer? – perguntou Madeline, tentando levantar.

– Fique deitada – ordenou Louisa.

Com a ajuda de um colega, empurrou a cama de rodinhas para sair do bloco cirúrgico e levar a paciente para a recuperação.

Agora você já sabe: vamos selecionar os ovócitos e inseminar os mais maduros. E, dentro de três dias, vamos implantar dois pré-embriões em você. Agora, você vai ficar deitada, descansando aqui conosco até o meio-dia.

– E depois?

– Enquanto aguarda o procedimento, você vai ficar tranquila no hotel, lendo um bom livro ou assistindo à última temporada de *Game of Thrones*. Mas nada de atacar os pacotinhos de batata frita do frigobar. Entendido?

— O que você quer dizer com isso?
— Pegue leve com a alimentação: nada de sal, pouca gordura. Resumindo: esqueça tudo que for gostoso. Mas, acima de tudo, você tem que des-can-sar!

Madeline soltou um suspiro, feito adolescente. Louisa a levou para o quarto onde ela havia deixado suas coisas, há poucos instantes.

— Está doendo muito — queixou-se, apontando para o abdômen.

Louisa franziu o cenho, compreensiva.

— Eu sei, querida, isso é normal. O Tramadol já vai fazer efeito.

— Já posso me vestir?
— Claro. Você lembra o código do armário?

A enfermeira lhe trouxe as roupas, a bolsa e o celular, que colocou na cadeira ao lado da cama. Quando Madeline tirou a touca e o avental, Louisa recomendou, mais uma vez, que ela ficasse de repouso.

— Vou trazer o lanche logo, logo. Enquanto isso, durma!

Quando a jovem espanhola voltou meia hora depois trazendo uma bandeja de comida, sua paciente tinha sumido.

5.

— Realmente, você não para nunca, Coutances! É igual ao coelhinho da Duracell: fica batendo no bumbo feito um surdo, sem se dar conta que aporrinha a vida dos outros!

Madeline acabara de chegar, lívida, no bar de tapas da Calle de Ayala.

— Deu tudo certo com o procedimento, Madeline? — disse Gaspard, voltando a chamá-la pelo nome completo, só por precaução.

— E como você queria que desse tudo certo? Você veio até Madri, invadiu a minha intimidade, me perturbou, me...

Ela estava apenas no começo do discurso indignado que planejara fazer quando sentiu o rosto enrubescer e as pernas ficarem bambas. Precisava comer alguma coisa ou ia desmaiar.

Nem sequer teve forças para subir em uma das banquetas. Pediu um chá e foi se refugiar no fundo do bar, em um dos sofás que havia perto das janelas que davam para a rua.

Gaspard foi sentar com ela levando uma caixa de madeira laqueada. Um bentô à moda ibérica: tortilla espanhola, polvo marinado, pata negra, croquetas, calamares, anchovas em conserva...

– Você não me parece muito bem, se me permite a intromissão. Come alguma coisa.

– Não quero a sua comida!

O dramaturgo engoliu a patada e sentou na frente dela.

– Seja como for, fico feliz que você tenha mudado de ideia em relação a Lorenz.

– Eu não mudei de ideia em relação a nada – respondeu ela, curta e grossa. – Não há nada de realmente novo em tudo isso que você me disse.

– Você só pode estar brincando.

Madeline retomou o que Gaspard lhe contara ponto por ponto.

– Lorenz pesquisou a meu respeito, e daí? Talvez quisesse que eu ajudasse a encontrar o filho dele, e daí? Talvez até tenha ido a Nova York atrás de mim, e daí?

– "E daí?" – repetiu Gaspard, espantado.

– O que eu quero dizer é: que diferença isso faz, de verdade? Lorenz estava doente, transtornado pela dor, chapado de dopamina. Estava disposto a se apegar a qualquer coisa e encasquetou com essa história sem pé nem cabeça de experiência de quase morte. Enfim, Coutances, você sabe muito bem do que estou falando!

– Não, para com isso! Estou cansado de as pessoas fazerem mau julgamento de Lorenz. Ele não era nenhum drogado, não era maluco. Era um homem inteligente que amava o filho e...

Madeline lhe lançou um olhar de desdém.

– Gaspard, meu pobre coitado... Você não percebe que estabeleceu uma transferência com Lorenz? Está usando as roupas dele, o perfume dele, falando igual a ele.

– Nunca ninguém me chamou de "pobre coitado".

– Pelo jeito, para tudo existe um começo. Pelo menos reconheça que você se deixou levar pela loucura dele.

Coutances discordou:

– Quero simplesmente dar continuidade à investigação e encontrar o filho dele.

Madeline pegou Gaspard pelo pescoço.

– Mas o filho dele MORREU, caramba! Foi assassinado diante da mãe! Pénélope jurou para você!

– Sim – admitiu Gaspard. – Pénélope me contou a verdade *dela*.

– A verdade *dela*, *a* verdade, que diferença faz?

Mais uma vez, Gaspard abriu a mochila para tirar o caderno com suas anotações e seus "arquivos".

– Na edição de abril de 2015, a *Vanity Fair* publicou uma reportagem bem detalhada sobre o inquérito do sequestro de Julian.

Então entregou uma cópia da reportagem para Madeline: a revista tinha se concentrado nas semelhanças entre o sequestro do filho de Sean e o do filho de Charles Lindbergh, ocorrido em 1934.

– Já cansei do seu clipping, Coutances.

– Mas, se você se der o trabalho de ler a matéria, verá que, no final, a redatora faz uma lista dos objetos que os investigadores encontraram no cativeiro montado por Beatriz Muñoz.

De má vontade, Madeline passou os olhos por um trecho sublinhado:

> Uma caixa de ferramentas, duas facas de caça, um rolo de silver tape, arame farpado, uma cabeça de boneco da marca Harzell [...].

– E o que deixou você intrigado? O brinquedo do menino?
– Exatamente. Esse não era o brinquedo de Julian. Pénélope só falou de um cachorrinho de pelúcia parecido com este aqui.

Do nada, Gaspard tirou da mochila o cachorro com focinho manchado de chocolate.

Madeline se recostou na cadeira.

– Talvez a criança estivesse com dois brinquedos.
– Em geral, os pais não deixam os filhos levarem dois brinquedos quando vão passear.
– Pode até ser, mas que diferença isso faz?
– Eu pesquisei – falou, tirando do meio da papelada a página de um catálogo de brinquedos que imprimira colorido.
– Para alguém que ignorava até a existência da internet, você fez grandes progressos...
– Os bonecos da marca Harzell têm uma característica particular: alguns são muito grandes e muito parecidos com crianças de verdade.

Madeline observou as fotos do catálogo e achou-as perturbadoras: os bonecos de borracha realmente se destacavam pelo tamanho e pela precisão dos traços do rosto. Eram bem diferentes das bonecas de plástico que tivera na sua infância.

– Por que você está me mostrando isso? Qual é a droga da sua tese?

– Não foi Julian que Beatriz Muñoz esfaqueou. Foi apenas um boneco vestido com as roupas do menino.

6.

Madeline ficou só olhando para ele, preocupada.
– Você está delirando, Coutances.
Tranquilo e seguro de si, Gaspard argumentou:
– Muñoz nunca teve a intenção de matar Julian. Era o casal Lorenz que ela queria atingir. Seu ódio de mulher traída era dirigido a Sean e Pénélope, não a uma criança inocente. Ela desfigurou Pénélope para fazê-la pagar por sua beleza insolente, sequestrou Julian para aterrorizar Sean, mutilou o menino para partir o coração de Pénélope. Mas tenho cada vez mais certeza de que não o matou.
– Então, na sua opinião, ela se contentou com essa encenação terrível: esfaquear um boneco diante da própria mãe?
– Sim, a arma dela foi a tortura psicológica.
– Isso é absurdo. Pénélope teria percebido a diferença entre o filho e um boneco.
– Não necessariamente. Lembre-se da violência à qual ela foi submetida. Vários socos, desferidos com extrema brutalidade. Rosto massacrado, costelas fraturadas, nariz quebrado, peito perfurado... sangue e lágrimas nos olhos. Que lucidez poderia ter depois disso? Que clareza, depois de ficar amarrada por horas e horas, com pontas de metal furando a pele? Qual seria seu nível de discernimento se estivesse chafurdando no seu próprio mijo, na sua própria merda e perdendo sangue? E o pior: se a obrigassem a cortar o dedo do próprio filho?
Madeline aceitou o argumento, apenas para fins de análise.
– Vamos admitir por dez segundos que Pénélope não estava pensando claramente e poderia ter projetado

seu maior medo e acreditado nessa encenação macabra. Por que a criança não estava mais no cativeiro da chilena quando a polícia invadiu o local? E, principalmente, por que encontraram um bichinho de pelúcia com sangue do menino nas margens do Newtown Creek?

– O sangue é fácil de explicar. Devo lembrar que cortaram um dedo dele. O resto...

Gaspard voltou à reportagem que mencionava os relatórios da polícia.

– Se o que estiver escrito for verdade, uma câmera de vigilância registrou a presença de Muñoz às 15h26 na estação Harlem-125th Street, logo antes de ela se atirar na frente do vagão. Entre as 12h30 (a última vez que Pénélope viu seu filho com vida) e as 15h26, Muñoz teve tempo para fazer qualquer coisa com a criança. Trancafiá-la em algum lugar, deixá-la com alguém. E é isso que precisamos descobrir.

Madeline ficou olhando para Gaspard em silêncio. Ficara cansada com as teorias mirabolantes do dramaturgo. Esfregou os olhos e, com o garfo, pegou um croquete de presunto na caixa.

Sem se abalar, Gaspard continuou com seus argumentos:

– Você não era a única policial com quem Lorenz queria falar. Recentemente, Sean tinha reencontrado um velho amigo, Adriano Sotomayor.

Gaspard virou as páginas do caderno até encontrar a foto do latino com uniforme da NYPD que recortara da *American Art* e colara ao lado de uma foto do terceiro Pirotécnico quando jovem.

Irritada, Madeline debochou:

– O que você está pensando? Que é assim que se faz um inquérito policial? Lendo tranquilamente os jornais e fazendo recorte e colagem? Isso aí mais parece o caderninho de uma colegial!

Gaspard não se deixou abater e respondeu à altura:

– Não sou policial e talvez não saiba como se faz um inquérito. É por isso que quero sua ajuda.

– Mas tudo isso que você me mostrou é completamente fantasioso!

– Não, Madeline, você sabe muito bem que não é. Deixa de ser tão desconfiada. Lorenz até podia estar mergulhado em dor, mas não estava louco. Se resolveu ir procurá-la em Nova York é porque tinha descoberto uma pista nova, alguma coisa de concreto, pelo menos.

Silêncio. Suspiro.

– Por que é que eu fui cruzar o seu caminho, Coutances? Por que você veio até aqui me importunar? Droga, não é mesmo uma boa hora...

– Vem comigo para Nova York. É lá que vamos encontrar as respostas! Vamos pedir a ajuda de Sotomayor e reabrir o caso. Quero saber o que Sean Lorenz descobriu. Quero saber o que ele queria contar para você.

Ela desconversou:

– Vai sozinho, você não precisa de mim.

– Dois minutos atrás você disse exatamente o contrário! Você é uma policial experiente, conhece a cidade, deve ter contatos na NYPD ou no FBI.

Ao tomar um gole de chá, Madeline percebeu que ainda estava com a pulseirinha de plástico do hospital no pulso. Arrancou-a e a sacudiu na cara de Coutances para tentar trazê-lo de volta à razão.

– Gaspard, você sabe muito bem que a minha vida tomou um rumo completamente diferente. Acabei de sair de um procedimento médico, tenho que fazer outro muito em breve, estou tentando começar uma família...

Gaspard pôs o celular em cima da mesa. Na tela, um e-mail de Karen Lieberman confirmava a reserva para duas pessoas em um voo da Iberia para aquele mesmo dia. Saindo de Madri às 12h45, chegando no JFK às 15h15.

– Se sairmos agora, vai dar tudo certo. Você vai voltar antes de 26 de dezembro, bem a tempo de fazer o seu segundo procedimento.

Madeline negou com a cabeça. Gaspard insistiu:

– Nada a impede de vir comigo. Você tem dois dias sem nada para fazer. Mesmo em Madri, nada funciona no Natal.

– Preciso ficar de repouso.

– Caramba! Você só pensa em si mesma!

Essa foi a gota d'água. Madeline jogou a caixa de bentô na cara dele. Gaspard conseguiu se esquivar por pouco do projétil, que se espatifou nos azulejos atrás dele.

– Para você, tudo isso é uma brincadeira! – ela explodiu. – Acha emocionante investigar. Traz um pouco de alegria à sua vidinha, lhe dá a impressão de ser o herói de algum filme. E eu, durante dez anos, só fiz isso, era tudo na minha vida. E vou dizer uma coisa: é uma porta para o abismo. A cada investigação, você perde um pouco mais da sua saúde, da sua alegria de viver, da sua espontaneidade. Até que chega um momento em que você não tem mais nada. Está me entendendo? Nada! Você acorda um dia e está destruído. Já passei por isso. Não quero passar de novo.

Gaspard deixou que ela terminasse de falar e pegou suas coisas.

– Tudo bem, entendi seus motivos. Não vou mais importunar.

O "urso" saíra de trás do balcão resmungando. Gaspard lhe deu uma gorjeta para convencê-lo a não pôr as garras de fora. Depois, foi até a porta. Madeline ficou só observando. Ela sabia que faltava pouco para o seu calvário terminar. Mesmo assim, não pôde deixar de gritar:

– Mas por que você fez tudo isso, caramba? Você, que não se importa com nada, não gosta de gente, não gosta da vida, por que liga TANTO para essa história?

Coutances deu meia-volta e pôs uma foto sobre a mesa. Um retrato de Julian em cima de um escorregador, tirada em uma manhã de inverno, na Square des Missions Étrangères. Era apenas uma criança, enrolada em um cachecol, com um brilho sonhador nos olhos, um sorriso nos lábios, linda como o sol, livre como o vento.

Madeline se recusou a olhar para a foto por muito tempo.

– Se você acha que vai fazer eu me sentir culpada com essa chantagem barata...

Entretanto, uma lágrima escorreu pelo seu rosto. Pela falta de sono, pelo cansaço, pela sensação de estar à beira de um ataque de nervos.

Delicadamente, Gaspard segurou seu braço. Suas palavras foram tanto de incentivo quanto de súplica:

– Sei o que você pensa. Sei que você tem certeza de que Julian morreu, mas me ajuda só a me convencer disso também. Estou pedindo para você dedicar dois dias à investigação. Nem um segundo a mais. E juro que você estará de volta a Madri para fazer seu segundo procedimento.

Madeline sacudiu a cabeça e olhou através da janela. Mais uma vez, o tempo ficara encoberto e voltava a chover. Mais uma vez, a tristeza contaminara tudo: o céu, seu coração, sua cabeça. No fundo, ela não estava nem um pouco a fim de passar sozinha a véspera de Natal nem o *fucking Christmas*, quando era obrigatório estar feliz, apaixonada e em família. Coutances, pelo menos, tinha a vantagem de ser a doença e o remédio ao mesmo tempo.

– Vou com você para Nova York, Coutances – acabou dizendo. – Mas, aconteça o que acontecer com essa história, dentro de dois dias NUNCA MAIS quero ver você na minha vida.

– Prometo – respondeu ele, esboçando um sorriso.

14
Nueva York

Saio do táxi e esta é provavelmente a única cidade que é melhor ao vivo do que nos cartões-postais.

Milos Forman

1.

Gaspard podia respirar novamente.

    Petrificada por um frio polar, Nova York brilhava sob o céu fulgurante. A tristeza de Paris e a monotonia de Madri pareciam ter ficado para trás. Assim que o táxi atravessou a Triborough Bridge – a gigantesca estrutura de aço que liga o Queens, o Bronx e Manhattan –, o dramaturgo teve a sensação de estar em terreno conhecido. Logo ele, um homem das florestas e das montanhas, inimigo mortal das multidões, sentia-se, apesar de tudo, à vontade ali. Uma selva de pedra, uma floresta de arranha-céus, desfiladeiros de vidro e de aço: as metáforas surradas tinham seu fundo de verdade. Nova York era um ecossistema. Ali havia colinas, lagos, pradarias, centenas de milhares de árvores. Ali, para quem estivesse disposto a ver, havia águias-de-cabeça-branca, falcões-peregrinos, gansos-das-neves e grande cervos. Cumes, matilhas, terras abandonadas, colmeias e guaxinins. Ali, os rios congelavam durante o inverno e, no outono, a luz ofuscava e tingia a vegetação de vermelho. Ali, tinha-se a clara sensação de que, por baixo da civilização, a natureza selvagem sempre estava por perto. Nova York...

A alegria de Gaspard contrastava com o mau humor de Madeline. Ela tivera um sono agitado e dolorido durante todo o voo, e, desde que tinham aterrissado, só respondia a Gaspard com interjeições vagas. De cara fechada, dentes cerrados, olhar perdido, estava se remoendo e ainda se perguntava como pudera ter-se deixado arrastar naquela viagem.

Graças à magia do fuso horário, não eram ainda nem 16h30. O táxi acabara de sair do entroncamento do Triboro Plaza e virara na Lexington. Depois de andar pela avenida por uns quinhentos metros, chegaram à delegacia do East Harlem, um pequeno bunker antiquado, de tijolos alaranjados e sujos na rua 119, ao lado do metrô de superfície e de um estacionamento descoberto. Como Gaspard e Madeline vinham diretamente do aeroporto, ambos saíram do *yellow cab* carregando cada um sua mala.

O interior do 25º *precinct* era feito à imagem e semelhança da fachada: sem alma, sinistro e deprimente. A ausência de janelas reforçava ainda mais a tristeza do prédio. Depois do épico telefonema do dia anterior, Gaspard estava preparado para o pior: enfrentar uma longa fila de espera e muita burocracia antes de ter a chance de falar com Adriano Sotomayor. Mas, a menos de dois dias do Natal, o lugar estava vazio. Parecia que o frio que assolava a cidade deixara os criminosos sem coragem de sair de casa. Sentada atrás de uma mesa preta de metal, uma policial fardada estava encarregada de receber os visitantes. Uma verdadeira montanha de gordura enfiada em um uniforme, a guarda tinha um corpo de lesma, braços minúsculos e cabeça de sapo: um rosto enorme e triangular, uma boca desproporcionalmente grande, pele grossa e cheia de espinhas. Talvez a tivessem colocado naquele posto para assustar as crianças e fazê-las desistir de enveredar pelo mau caminho. Gaspard deu início à abordagem:

– Bom dia, gostaríamos falar com o investigador Sotomayor.

Bem lentamente, o anfíbio entregou um formulário para eles e, coaxando, explicou que precisaria da identidade dos dois.

Madeline conhecia muito bem as delegacias. Recusou-se a perder mais tempo, empurrou Gaspard e assumiu o controle da situação.

– Sou a capitã Greene – anunciou, entregando o passaporte. – Trabalhei no Cold Case Squad da NYPD, na rua 103. Vim só visitar um colega. Não precisa de papelada para isso!

A guarda a encarou por alguns instantes, sem esboçar reação. Não tinha aberto a boca e dava a impressão de respirar através da sua pele flácida, úmida e arrepiada.

– Só um instante – sussurrou, finalmente pegando o telefone.

Com um movimento da cabeça, indicou uma fileira de bancos de madeira que havia perto da entrada. Madeline e Gaspard sentaram-se ali, mas o lugar fedia a água sanitária e ficava bem na corrente de ar. Esgotada, Madeline procurou refúgio ao lado de uma máquina que vendia bebidas. Teve vontade de pegar um café, mas se deu conta de que não tivera tempo de fazer o câmbio de euro para dólar no aeroporto.

"Merda!"

Desapontada e com os nervos à flor da pele, cerrou o punho para atacar a máquina. Gaspard impediu sua atitude extremada.

– Você está perdendo a cabeça! Calma, senão...
– Bom dia. Em que posso ajudá-los?

2.

Os dois se viraram na direção da voz. Naquele ambiente monótono da delegacia, uma jovem policial latina uniformizada mostrava um rosto radiante, usando um coque de um negro profundo. Sua juventude, seus traços delicados, sua maquiagem discreta, seu sorriso a tornavam uma espécie de encarnação da graciosidade, o extremo oposto da recepcionista. Como se, obedecendo a uma ordem injusta das coisas, a perfeição de certas pessoas existisse às custas da feiura de outras.

Madeline se apresentou e elencou seus cargos anteriores.

– Gostaríamos de falar com o policial Sotomayor.

A moça balançou a cabeça.

– Sou eu: Lucia Sotomayor.

Gaspard franziu o cenho. Vendo sua expressão atordoada, a latina aparentemente compreendeu o mal-entendido.

– Ah! Vocês só podem estar falando de Adriano!

– Exatamente.

– Somos homônimos. Não é a primeira vez que fazem confusão. Quando ele trabalhava aqui, às vezes pensavam que ele era meu irmão mais velho ou meu primo.

Madeline se virou para Coutances, lançando um olhar fulminante: "Você não foi capaz nem de verificar isso!". Ele abriu os braços em um gesto de impotência. No telefone, evidentemente falou em inglês utilizando a forma neutra (*officer Sotomayor*) e, de fato, ninguém poderia tê-lo questionado.

– Onde Adriano trabalha hoje em dia? – foi logo perguntando para tentar consertar a burrada.

A policial fez um rápido sinal da cruz.

– Em lugar nenhum, infelizmente. Ele morreu.

Mais uma troca de olhares. Suspiros. Incredulidade. Perplexidade.

– E quando ele morreu?

— Há quase dois anos. Lembro porque foi no dia de São Valentim.

Lucia olhou para o relógio e colocou dois *quarters* na máquina para comprar um chá.

— Aceitam alguma coisa?

A jovem policial era igual à sua aparência: elegante e atenciosa. Madeline aceitou um café.

— A morte de Adriano foi um verdadeiro choque – respondeu, entregando o copinho à ex-colega. – Todo mundo aqui gostava dele. Teve o tipo de carreira exemplar que o *department* adora valorizar.

— O que você quer dizer com isso? – perguntou Gaspard.

A policial soprou o chá.

— Digamos que foi uma trajetória meritocrática. Durante a infância, Adriano passou por várias famílias de acolhimento. Até chegou a flertar com a delinquência, depois se redimiu e entrou para a polícia.

— Ele morreu em serviço? – indagou Madeline.

— Não exatamente. Levou uma facada, bem perto de casa, quando tentou separar dois jovens que brigavam na frente de uma loja de bebidas.

— E onde ele morava?

Lucia apontou para a porta.

— Não muito longe daqui, na Bilberry Street.

— E o assassino foi preso?

— Não, e isso deixou todos os colegas muito revoltados. Saber que o criminoso que cortou a garganta de um policial ainda está livre nos enlouquece.

— Mas pelo menos foi identificado?

— Não que eu saiba! Foi uma verdadeira tragédia, que deixou marcas profundas. Ainda mais no nosso bairro! O próprio Bratton* ficou furioso. Essa violência é

---

* Bill Bratton, lendário comissário da NYPD, que serviu dois mandatos: de 1994 a 1996, e de 2014 a 2016. (N.E.)

completamente anacrônica, porque hoje em dia essa parte do Harlem é muito *safe*.

Lucia terminou o chá como se fosse um shot de vodca.

– Preciso voltar ao trabalho. Desculpe ser a portadora de uma notícia tão triste.

Então jogou o copinho na lixeira e completou:

– Nem cheguei a perguntar por que vocês queriam falar com Adriano.

– Era a respeito de um inquérito antigo – respondeu Madeline. – O sequestro seguido de morte do filho do pintor Sean Lorenz, isso lhe diz alguma coisa?

– Vagamente, mas acho que o caso não era do nosso departamento.

Gaspard tomou a dianteira:

– Adriano Sotomayor era amigo de Lorenz. Ele nunca comentou com você a respeito desse caso?

– Não. Mas como a gente não trabalhava na mesma equipe, não é de se surpreender.

Lucia se virou para Madeline e completou:

– E, quando o caso envolve sequestro de criança, como você bem sabe, o FBI costuma assumir o comando.

3.

O frio e o vento glacial entorpeciam os membros, beliscavam os rostos, queimavam quase que instantaneamente cada centímetro quadrado de pele desprotegida. Na calçada em frente à delegacia, Madeline subiu o fecho da jaqueta estilo parca que comprara às pressas em uma loja do aeroporto de Madri. Creme nas mãos, protetor nos lábios, duas voltas no cachecol. Com um humor do cão, ela não esperou muito para atacar, pegando Gaspard desprevenido:

– Você é mesmo um imbecil, Coutances!

Com as mãos nos bolsos, Gaspard soltou um suspiro.

– E você, amável como sempre.

Madeline protegeu a cabeça com o capuz com borda de pele.

– Acabamos de voar seis mil quilômetros para dar com os burros n'água!

O dramaturgo tentou negar as evidências:

– Não, não mesmo.

– Então não assistimos ao mesmo filme.

Ele formulou uma hipótese:

– E se Sotomayor tiver sido assassinado porque se interessou demais pelo sequestro de Julian?

Madeline olhou para Gaspard, horrorizada.

– Isso é um absurdo. Vou para o hotel.

– Já?

– Você está acabando comigo – lamentou ela. – Cansei das suas teorias de meia-tigela! Vou descansar. Me dá trinta dólares!

Ela foi para a calçada para tentar chamar um táxi. Gaspard abriu a carteira e tirou o dinheiro, sem deixar de insistir:

– Você não pode tentar descobrir alguma coisa nesse sentido?

– Não sei como.

– Fala sério! Você ainda deve ter seus contatos.

Madeline fixou nele o olhar que brilhava com um misto de raiva e cansaço extremo.

– Eu já expliquei, Coutances: fui investigadora na *Inglaterra*. Em Nova York, não tinha nenhuma função direta nas cenas de crime. Eu era uma policial-burocrata.

Ela batia os dentes. Seu corpo inteiro tremia. Ficou pulando de um pé para o outro, tentando se aquecer. O frio que revigorava Gaspard parecia torturá-la.

Um Ford Escape de linhas arrojadas parou na frente deles. Madeline se refugiou dentro do táxi sem sequer olhar para seu companheiro e foi logo dando o endereço do hotel para o motorista. De braços cruzados, se encolheu toda. Mas, depois de poucos metros, já estava xingando o *driver*, um indiano que fazia questão de andar com a janela aberta, apesar do frio. O sikh não se abalou e entrou em uma guerra verbal que durou uns bons cinco minutos até ele resolver fechar o vidro. Madeline fechou os olhos. Estava no limite, exausta, completamente sem energia. Além do mais, estava sentindo de novo fortes dores abdominais. Uma sensação de inchaço, de cólica e enjoo. E, apesar do frio, calorões desagradáveis.

Quando reabriu os olhos, o táxi transitava pela West Side Highway, a grande avenida que margeia o Rio Hudson e vai até o sul de Manhattan. Madeline pegou o celular que estava no bolso da parca. Na agenda, procurou um número para o qual não ligava havia muito tempo.

Na época em que trabalhava em Nova York, Dominic Wu era seu contato no FBI. O sujeito era encarregado de fazer o meio de campo entre o departamento da NYPD para o qual Madeline trabalhava e o departamento federal. Em termos práticos, era o "senhor NÃO", aquele que negava todos os seus pedidos. Na maioria dos casos, por motivos de restrições do orçamento, mas também para evitar que o departamento de polícia municipal questionasse o trabalho do Bureau.

O cara não era de todo desagradável. Dúbio, era extremamente carreirista, mas às vezes também era capaz de tomar decisões inesperadas. Sua vida pessoal era atípica: depois de ter tido duas filhas com uma defensora pública do City Hall, assumiu sua homossexualidade. Da última vez que Madeline falara com ele, estava namorando um jornalista de cultura do *Village Voice*.

– Bom dia, Dominic, Madeline Greene falando.
– Hello, Madeline! Que surpresa! Está de volta?
– Só de passagem. E você?

– Estou em férias, mas vou passar as festas em Nova York com as minhas filhas.

Ela massageou as pálpebras. Pronunciar qualquer palavra era um suplício.

– Você me conhece, Dominic, sempre tive dificuldade com as amenidades e...

Madeline ouviu a risada do ex-colega do outro lado da linha.

– Pode esquecer as formalidades. O que posso fazer por você?

– Preciso de um favor.

Houve um silêncio cauteloso, seguido de:

– Não estou no escritório, já falei.

Ela insistiu mesmo assim:

– Você poderia me contar as circunstâncias do assassinato de Adriano Sotomayor, policial do 25º *precinct*? Ele foi morto perto de casa, no Harlem, há quase dois anos.

– E o que exatamente você quer saber?

– Tudo o que você conseguir descobrir.

Wu ficou na defensiva.

– Você não trabalha mais conosco, Madeline.

– Não estou pedindo nenhuma informação confidencial.

– Se eu averiguar, isso vai deixar rastros e...

O sujeito começou a dar um sermão sobre o sistema.

– Está falando sério? Você tem tanto medo assim?

– Hoje em dia, com a informática...

– OK, deixa pra lá, e peça um par de colhões de Natal. A essa altura, deve estar em promoção na Bloomingdale's.

Madeline desligou na cara dele e voltou à letargia. Dez minutos depois, chegou ao hotel, um dos prédios de tijolos marrons característicos de Tribeca. Gaspard chegara ao cúmulo de fazer reserva no Bridge Club, o estabelecimento em que Lorenz passara seus últimos dias de vida. Na recepção, lhe informaram que o hotel estava lotado, mas que havia, sim, dois quartos reservados em nome de Coutances: uma suíte e um quartinho no último andar. Ela ficou com a suíte, sem pestanejar. Pegou o passaporte e preencheu a ficha em três minutos.

Assim que chegou ao quarto, sem sequer conferir a vista, fechou todas as cortinas, pôs a placa de *Do not disturb* na porta e tomou um coquetel lexo-antibio-paracetamol.

Encolhida de dor, Madeline apagou as luzes e se deitou. Em termos de horas e sono, as últimas noites haviam sido catastróficas. Seu corpo estava ferido e esgotado, prejudicando seu raciocínio. Impossível de refletir, de pensar, de desenvolver qualquer ideia.

Seu corpo acabara de ter a última palavra.

15
De volta à Bilberry Street

Os outros homens podem ter os mesmos defeitos que eu, mas nenhum tem as mesmas qualidades.

Pablo Picasso

1.

Gaspard revivia.

Como uma planta que é regada depois de dias e dias sem água.

A pulsação de Manhattan, seu ritmo, o frio seco que pinicava, o azul metálico do céu, o sol de inverno que lançava seus últimos raios. Tudo o afetava de maneira positiva. Não era a primeira vez que o dramaturgo percebia o quanto sua mente era sensível ao ambiente. O clima tinha uma influência visível sobre ele, o modelava, amplificava seu humor. A chuva, a umidade e o suor poderiam derrubá-lo perigosamente, e uma onda de calor poderia ser capaz de nocauteá-lo. Essa instabilidade complicava sua vida, mas, com o tempo, Gaspard se resignara a viver com esses altos e baixos. Aquele era um dia perfeito. Um daqueles dias que contam por dois ou por três. Ele precisava aproveitá-lo para avançar na sua investigação.

Orientou-se com ajuda do mapa que encontrara na biblioteca de Lorenz. Virou à direita na Madison, contornou um grande espaço verde – o parque Marcus Garvey – e seguiu pela Lenox Avenue – que, naquela parte do Harlem, se chamava Malcolm X Boulevard. Comeu um cachorro-quente e tomou um café num trailer, depois continuou em direção ao norte.

A Bilberry Street, onde Adriano Sotomayor foi assassinado, era uma viela repleta de casas de tijolinho vermelho e castanheiras, espremida entre as ruas 131 e 132. O lugar lembrava um pouco as construções antigas do Sul dos Estados Unidos, com as escadarias altas na entrada e uma profusão de balaustradas e alpendres de madeira pintados em cores vivas.

Gaspard perambulou uns dez minutos pela rua deserta, perguntando-se como poderia encontrar a casa que fora do policial. Leu os nomes escritos nas caixas de correio – Faraday, Tompkins, Langlois, Fabianski, Moore... –, mas nenhum lhe dizia nada.

– Cuidado, Théo!
– Sim, papai.

Gaspard se virou para o pequeno grupo de pessoas que acabara de aparecer na calçada do outro lado da rua. Como em um filme de Capra, um pai e o filho arrastavam um pinheirinho de Natal bem grande. Atrás deles, vinham uma bela mulata um tanto arrogante e uma mulher negra idosa, usando um trench coat transparente, botas de cano alto de couro marrom e um chapéu redondo de oncinha.

– Bom dia – cumprimentou ele, atravessando a rua. – Estou procurando a casa onde morava o sr. Sotomayor. Por acaso vocês sabem qual é?

O pai de família foi educado e atencioso. Estava disposto a ajudá-lo. Mas, pelo jeito, não morava ali há muito tempo. Ele se dirigiu à mulher que aparentava ser sua esposa.

– Sotomayor, você já ouviu falar, querida?

A mulata piscou, como se quisesse acessar memórias longínquas.

– Acho que é aquela ali – falou, apontando para uma casinha de telhado inclinado.

Então perguntou para a senhora que estava ao seu lado:

– Tia Angela?

A afro-americana olhou para Gaspard com desconfiança.

– E por que eu responderia alguma coisa para esse branquelo?

A mulata a segurou no ombro em um gesto de puro carinho.

– Ora, tia Angela, quando a senhora vai parar de fingir que é mais malvada do que realmente é?

– OK, OK – cedeu a senhora, ajustando seus óculos de sol *oversized*. – É a número 12, a casa dos Langlois.

– Langlois? O sobrenome parece francês – comentou Gaspard.

Agora que tinha sido conquistada, tia Angela não poupou explicações:

– Depois que o policial morreu, um sujeito muito bacana, aliás, porque não tem muitos como ele, pode acreditar, foi a prima dele, Isabella, que herdou a casa. Ela é casada com André Langlois, um engenheiro parisiense que trabalha no Chelsea, no prédio do Google. Até que é bem-educado para ser francês: me ajudou várias vezes a cortar os arbustos e, quando se mete a cozinhar, de vez em quando me traz um pedaço de coelho ao molho de mostarda.

Gaspard agradeceu à família, voltou cinquenta metros e bateu a campainha na casa que eles haviam indicado. Uma pequena *brownstone*, cuja porta de entrada estava decorada com uma grande guirlanda de galhos de azevinho e pinheiro.

A mulher que abriu – uma latina de cabelos longos e olhar *caliente* – estava usando um avental xadrez vichy e segurava uma criança no colo. Eva Mendes versão *Desperate Housewives*.

– Bom dia, senhora. Desculpe incomodar. Estou procurando a casa onde Adriano Sotomayor morava. Me disseram que é aqui.

– Pode ser – respondeu ela, com um tom de desconfiança. – O que é que você quer?

O método Coutances: modificar a verdade, flertar com a mentira, sem jamais afundar completamente nela.

– Meu nome é Gaspard Coutances. Estou prestes a escrever uma biografia do pintor Sean Lorenz. Você não deve conhecê-lo, mas...

– Eu? Não conheço Sean? – interrompeu a dona da casa. – Se você soubesse quantas vezes ele tentou passar a mão na minha bunda!

2.

Eva Mendes, na verdade, se chamava Isabella Rodrigues. Simpática, foi logo convidando Gaspard para entrar e se aquecer na cozinha. Até insistiu para que ele aceitasse um copo de *eggnog* sem álcool. A mesma gemada com a qual seus três filhos se deliciavam quando tomavam o lanche no fim da tarde.

– Adriano era meu primo-irmão – explicou, trazendo da sala um velho álbum de fotos com capa de tecido.

Ela virou as páginas, mostrando uma sequência de fotos de infância, e descreveu sua árvore genealógica:

– Minha mãe, Maricella, era irmã de Ernesto Sotomayor, pai de Adriano. Passamos a infância toda em

Tibberton, uma cidadezinha em Massachusetts, perto de Gloucester.

Nas fotos, Gaspard viu paisagens que lhe fizeram lembrar de certas partes da Bretanha: um charco, uma pequena marina, barcos rudimentares que se misturavam aos pesqueiros e barcos de passeio, cabanas de pescadores e casas de armadores com detalhes em madeira.

– Adriano era um bom rapaz – garantiu a prima. – Um verdadeiro cavalheiro. E, apesar disso, não dá para dizer que a vida foi justa com ele.

Isabella mostrou outras fotos antigas para Gaspard, cenas de infância: os dois primos fazendo careta, jogando água um no outro dentro de uma piscina inflável, se balançando lado a lado pendurados em um portão de metal, transformando uma abóbora em *Jack O'Lantern*. Mas a moça foi logo desfazendo a ilusão daquele quadro idílico.

– Apesar da alegria que aparece nessas fotos, Adriano não teve uma infância fácil. O pai dele, meu tio Ernesto, era um homem violento e difícil, que tinha o costume de descontar na mulher e no filho. Em outras palavras, Ernesto batia muito neles, e com frequência.

A prima de Adriano ficou com a voz embargada. Para afugentar as más lembranças, lançou para os filhos um olhar do mais puro afeto. Sentados em volta da mesa da cozinha, dois dos meninos gargalhavam, de fone de ouvido, com os olhos fixos em um tablet. O menor estava absorvido fazendo um grande quebra-cabeça: *As meninas*, o quadro mais famoso de Velázquez.

Indiretamente, fizeram Gaspard lembrar do próprio pai, tão gentil, tão atencioso, tão amável. Por que alguns homens batem nos seres que puseram no mundo? Por que outros os amam até morrer?

Ele deixou essa pergunta em suspenso e lembrou do que a policial do 25º *precinct* lhe contara, meia hora antes.

– Me disseram que Adriano foi morar com uma família de acolhimento.

– Sim, graças à nossa professora, a senhorita Boninsegna. Foi ela que denunciou as agressões de Ernesto para o conselho tutelar.

– E a mãe de Adriano não o impedia de bater no filho?

– A tia Bianca? Ela foi embora de casa alguns anos depois.

– Que idade seu primo tinha quando veio morar em Nova York?

– Acho que uns oito anos. Morou em outros dois ou três lugares antes de se estabelecer aqui, no Harlem, com o sr. e a sra. Wallis, uma família de acolhimento realmente formidável, que o tratava como um filho.

Isabella fechou o álbum e completou, pensativa:

– Apesar de tudo, depois de anos, Adriano e o pai acabaram se reencontrando.

– Mesmo?

– No fim da vida, tio Ernesto teve câncer na garganta. O filho o acolheu e cuidou dele pelo tempo que pôde. Essa era a generosidade característica do meu primo.

Gaspard voltou a tratar do assunto principal:

– E Sean Lorenz no meio disso tudo?

3.

Os olhos de Isabella brilharam.

– Conheci Sean quando eu tinha dezoito anos. Desde que fiquei maior de idade, vinha passar todos os verões em Nova York. Ficava um pouco na casa de uma amiga, mas na maior parte do tempo me hospedava na casa da família Wallis.

Ela se deixou levar pelas lembranças dos "bons tempos".

– Sean morava um pouco mais longe, nas Polo Grounds Towers – lembrou –, mas ele e Adriano estavam sempre juntos, apesar de terem quatro anos de diferença. E eu, obviamente, ficava atrás deles, tentando me infiltrar nas aventuras dos dois. Sean era meio apaixonado por mim, e eu não achava ruim. Dá até para dizer que tivemos um relacionamento secreto.

Isabella tomou um pouco de gemada e demorou alguns segundos para organizar as lembranças.

– Era uma época diferente, uma Nova York diferente, ao mesmo tempo mais livre e mais perigosa. Durante aqueles anos, o bairro realmente era de dar medo. A violência estava por todos os lados, e o crack empesteava tudo.

De repente, ela se deu conta de que os filhos estavam por perto e falou mais baixo:

– A gente fazia bobagem, óbvio: fumava mais maconha do que devia, assaltava carros, grafitava muros. Mas também ia ao museu! Lembro que Sean nos levava para o MoMA a cada nova exposição que aparecia. Foi ele que me fez descobrir Matisse, Pollock, Cézanne, Toulouse-Lautrec, Kiefer... Naquela época, Sean já estava possuído por uma espécie de frenesi: desenhar e pintar o tempo todo, em qualquer suporte.

Isabella esperou alguns segundos, mas não conseguiu resistir à tentação.

– Vou lhe mostrar uma coisa – disse, com ar misterioso.

Ela saiu da sala por alguns instantes e voltou com uma pasta grande, que colocou em cima da mesa de centro. Abriu com todo o cuidado e tirou um desenho a carvão feito em uma caixa de *corn flakes*. Um retrato dela, assinado "Sean, 1988". Um rosto de moça bem estilizado: olhar sedutor, cabelos esvoaçantes, ombros nus. Gaspard lembrou de certos desenhos que Picasso fez de Françoise Gilot. Era o mesmo talento, a mesma genialidade. Com alguns traços, Sean conseguira transmitir tudo. A impetuosidade da juventude, a delicadeza de Isabella, mas também uma certa seriedade que preconizava a mulher que ela acabaria se tornando.

– É a menina dos meus olhos – confessou, guardando o desenho na pasta. – Obviamente, há dois anos, quando fizeram aquela retrospectiva da obra de Sean no MoMA, me pareceu uma loucura e me trouxe muitas lembranças...

Era exatamente ali que Gaspard queria chegar:

– Você conheceu Beatriz Muñoz?

Uma sombra de preocupação levou toda a luz que havia no rosto de Isabella. Ela respondeu medindo as palavras:

– Sim, conheci. Apesar de tudo o que fez, Beatriz não era... má pessoa. Pelo menos, não na época em que convivi com ela. Como Adriano e muitos outros jovens do bairro, Beatriz era uma vítima, uma moça marcada pela vida. Uma pessoa muito triste e muito perturbada, que não tinha muito amor-próprio.

Isabella optou pela metáfora artística:

– Há quem diga que um quadro só existe no olhar de quem vê. Beatriz também era um pouco assim. Só existia quando Sean olhava para ela. É fácil dizer isso hoje, mas, olhando para trás, me arrependo de não a ter ajudado quando saiu da prisão. Talvez pudesse ter evitado o crime que ela cometeu em seguida. É claro que eu não disse isso com essas palavras na frente de Sean, mas...

Gaspard não acreditou no que estava ouvindo.

– Você reencontrou Sean depois que o filho dele morreu?

Isabella soltou uma bomba:

– Sean apareceu aqui em dezembro do ano passado. Faz exatamente um ano. Lembro da data porque depois fiquei sabendo que foi um dia antes de ele morrer.

– E qual era o estado dele? – indagou Coutances.

Isabella soltou um suspiro.

– Posso lhe dizer que, daquela vez, ele não estava mais pensando em passar a mão na minha bunda.

4.

– Sean estava com o rosto abatido, o cabelo sujo, uma expressão perturbada, com uma barba enorme. Dava para, facilmente, dizer que ele era dez anos mais velho. Fazia pelo menos vinte anos que eu não o via pessoalmente, mas tinha visto algumas fotos dele na internet. Naquele momento, não era mais o mesmo homem. Os olhos, principalmente, eram de dar medo. Parecia que fazia dez dias que não dormia ou que acabara de tomar um pico de heroína.

Gaspard e Isabella tinham ido para o alpendre iluminado por três luminárias de latão. Dois minutos depois, ela foi buscar um maço de cigarros, que estava escondido na cozinha atrás de panelas de cobre e de um escorredor esmaltado. Saiu para acender o cigarro naquele frio polar, esperando, talvez, que as espirais de fumaça envolvessem suas lembranças em um bálsamo que as tornasse menos dolorosas.

– Não foram as drogas que deixaram Sean naquele estado, foi a tristeza, é óbvio. A pior das tristezas. Aquela que corrói e mata, porque lhe arrancaram o sangue do seu sangue.

Ela ficou tragando o cigarro freneticamente.

– Quando revi Sean, a reforma da casa ainda não tinha começado. Vim com André, meu marido, só para tomar posse do imóvel, e resolvemos aproveitar os últimos fins de semana do ano para esvaziá-la.

– Vocês eram os únicos herdeiros de Adriano?

Isabella confirmou com a cabeça.

– Tanto o pai quanto a mãe do meu primo já tinham falecido, e ele não tinha irmão nem irmã. Mas, como o inventário demorou, todos os seus pertences ainda estavam na casa quando viemos para cá. E era justamente nisso que Sean estava interessado.

A animação tomou conta de Gaspard. Ele teve certeza de que estava prestes a chegar a um ponto crucial.

– Sean até que falou bastante – revelou Isabella. – Mostrou fotos de Julian e me explicou que não acreditava na versão oficial da morte de seu filho.

– E ele disse por quê?

– Só afirmou que Adriano tinha voltado a investigar a seu pedido, de modo confidencial.

A noite caiu de repente. Em alguns jardins, pisca-piscas iluminavam os pinheiros, os arbustos, as cercas.

– O que exatamente Sean procurava quando veio visitá-la?

– Ele queria dar uma olhada nas coisas de Adriano. Queria saber se, antes de morrer, meu primo não tinha feito anotações das suas investigações.

– E você acreditou nele?

Isabella respondeu com uma voz marcada pela tristeza.

– Não muito. Como eu disse, Sean estava tão alucinado, tão perturbado, que parecia estar delirando ou falando sozinho. Enfim, até fiquei com medo.

– Mas você o deixou entrar – adivinhou Gaspard.

– Sim, mas durante todo o tempo que Sean ficou aqui em casa, levei as crianças para dar uma volta no East River Plaza.* Foi meu marido que ficou de olho nele.

– Você sabe se Sean encontrou alguma coisa?

Ela deu um sorriso decepcionado.

– Bem, seja como for, ele fez uma tremenda bagunça. Abriu todas as gavetas, todos os armários, revirou tudo. De acordo com André, foi embora fingindo ter encontrado o que procurava.

Gaspard sentiu uma febre tomar conta de seu corpo.

– E o que era?

---

* Grande shopping no Harlem. (N.E.)

– Documentos, acho eu.
– Que documentos?
– Não sei. André me falou de uma pasta de papel que Sean guardou na sua bolsa de couro.

O dramaturgo insistiu:
– Você não sabe o que tinha dentro dela?
– Não. Nem quero saber. Por mais que se faça, nada traz os mortos de volta, não é mesmo?

Gaspard ignorou a pergunta e indagou:
– Você guardou os pertences do seu primo?

Isabella balançou a cabeça.
– Jogamos tudo fora há muito tempo. Sinceramente, tirando o carro e a geladeira, Adriano não tinha grande coisa.

Decepcionado, Gaspard se deu conta de que se empolgara antes da hora e que não descobriria mais nada com a prima de Sotomayor.

– Você poderia perguntar para o seu marido se ele lembra de mais alguma coisa?

Isabella fechou a parca e assentiu com a cabeça. Gaspard anotou o número do seu celular no maço de cigarros.
– É muito importante – reiterou.
– De que serve remexer em tudo isso? O menino morreu mesmo, não é?
– *Sans doute* – respondeu Gaspard, em francês, e então agradeceu a ajuda.

Isabella ficou observando aquele estranho visitante ir embora e apagou a bituca em um vaso de argila. Ele dissera "*sans doute*". Isabella tinha uma boa noção de francês, mas jamais entendera direito a lógica dessa expressão. Toda vez que ouvia, ficava se perguntando por que "*sans doute*" queria dizer "talvez" e não "sem dúvida".

Precisava lembrar de perguntar aquilo para o marido.

Pénélope

"Depois de Picasso, só existe Deus."

Debochei tantas vezes dessa frase de Dora Maar... Mas, hoje, as palavras da antiga musa do gênio espanhol me vêm à cabeça em toda a sua tragédia, porque é exatamente assim que eu me sinto. Depois de Sean Lorenz, só existe Deus. E, como não acredito em Deus, *depois de Sean Lorenz, não existe nada.*

Para fugir do seu fantasma, quase esqueci do quanto sou sensível à sua pintura, Sean. Mas, desde que esse tal de Gaspard Coutances me mostrou sua última tela, ela não parou de me assombrar. Será que a morte é mesmo assim: branca, suave, reconfortante, luminosa? Será que é nesse território, onde parece não existir medo, que você está agora, Sean? E nosso filho está com você?

Desde ontem, tenho me apegado a essa ideia.

Essa noite, dormi bem, porque fiquei aliviada por ter tomado a decisão. Passei a manhã com um sorriso nos lábios, remendando meu vestido florido. Aquele, que eu estava usando na primeira vez que você me viu em Nova York, no dia 3 de junho de 1992. E quer saber do que mais? Ele ainda tem seu charme! Também encontrei minha antiga jaqueta perfecto, mas não o par de Dr. Martens que eu usava naquele dia. Substituí por essas botinhas de couro patinado que você tanto gostava e fui para a rua. Peguei o metrô até a estação Porte de Montreuil, depois fiquei caminhando por um bom tempo, "apressada e de roupa leve", apesar do frio de dezembro.

Atrás da rua Adolphe-Sax, encontrei a estação desativada da antiga linha La Petite Ceinture. Nada havia mudado desde o dia em que você me levou para fazer um piquenique ali, à meia-noite.

Tomada pelo mato, a construção está em ruínas. As portas e as janelas foram lacradas, mas lembro que dava para chegar na plataforma por uma escada que saía da sala das máquinas. Ligo a lanterna do celular e desço até os trilhos. Primeiro, pego o sentido errado, depois volto e encontro o túnel que leva até o antigo depósito.

Você não vai acreditar: o velho vagão ainda está lá. A RATP tem um tesouro de milhões de euros escondido em uma estação caindo aos pedaços, e ninguém se deu conta!

Nem a ferrugem nem a poeira apagaram as suas cores incandescentes, e a minha imagem continua cintilando na chapa de metal áspera e suja do metrô. Minha juventude triunfante é mais forte do que o tempo e do que a noite. Meus cabelos revoltos, que acariciam meu corpo de princesa, que se enroscam nas minhas pernas de vinte anos atrás, nos meus seios, no meu ventre. É essa imagem que quero levar comigo.

Entro no vagão. Tudo é sujo, escuro, coberto por uma grossa camada de poeira, mas não estou com medo. Sento em um dos bancos e abro a bolsa. Essa magnífica Bulgari de couro tressê branco e azul que você me deu de presente, na primavera antes do nascimento de Julian. Dentro dela, tenho um Mathurin 73 carregado. Esse foi presente do meu pai: era sua arma de serviço. Para que eu sempre pudesse me defender. Mas, hoje, me defender é me matar.

O cano dentro da minha boca.

Sinto sua falta, Sean.

Se você soubesse o quanto me sinto aliviada por ter vindo te encontrar. Você e o nosso filho.

Neste instante, um segundo antes de apertar o gatilho, eu só me pergunto por que esperei todo esse tempo para me juntar a você.

O REI DOS ÁLAMOS

Sábado, 24 de dezembro

16
A noite americana

> *Há alguma coisa no ar de Nova York que torna o sono inútil.*
>
> Simone de Beauvoir

1.

Quatro horas da manhã e Madeline estava de bom humor.

Dormira dez horas a fio, o mais reparador dos sonos, pesado, profundo, livre de pesadelos e de fantasmas. Sua dor no abdômen não passara, mas estava mais fraca. Suportável, até. Ela levantou, abriu as cortinas e viu a Greenwich Street já movimentada. E, ao longe, entre dois prédios, a corrente tenebrosa e congelada do Rio Hudson.

Olhou para o celular: três chamadas perdidas de Bernard Benedick. O que será que o galerista queria com ela? Seja lá o que fosse, teria que esperar. Porque, naquele exato momento, Madeline estava com fome.

Calça jeans, camiseta, moletom com capuz, casaco. Saindo do quarto, encontrou um envelope lacrado na soleira da porta. Abriu dentro do elevador: Coutances se dera o trabalho de redigir, em três páginas, um relatório manuscrito de sua visita a Isabella, a prima de Adriano Sotomayor. Pedia para Madeline ligar assim que possível para combinar onde se encontrariam. Decidida a não fazer nada antes de tomar o café da manhã, deixou para ler depois, dobrou as folhas e enfiou em um dos bolsos.

O hotel não estava de todo adormecido. Naquela manhã de 24 de dezembro, os hóspedes, de passagem por Nova York, já estavam partindo. Na recepção, dois jovens carregadores se incumbiam de carregar os porta-malas de vários carros, alguns indo para o aeroporto, outros para uma estação de esqui nos Apalaches.

Madeline saiu do saguão e foi para o salão do térreo, onde o fogo crepitava na lareira. Com uma iluminação difusa, o salão do Bridge Club lembrava um daqueles antigos clubes ingleses: sofás Chesterfield e poltronas capitonê, estante de mogno, máscaras africanas, cabeças de animais selvagens empalhadas. Instalou-se em uma *globe chair*: uma poltrona arredondada, de estilo sixties, que destoava do restante da decoração. Uma espécie de lacaio de libré branco surgiu de trás da árvore de Natal monumental que havia no meio do recinto. Madeline deu uma olhada no cardápio e pediu chá preto e ricota de leite de cabra com crostini. Afinal de contas, já eram mais de dez da manhã em Paris e em Madri. Apesar das chamas que ardiam na lareira a apenas um metro de distância, ela estava com frio. Pegou uma manta de lã xadrez e improvisou um xale.

"Uma vovozinha encolhida diante da lareira, foi isso que eu virei", pensou, soltando um suspiro. Definitivamente, ela não tinha mais nenhuma *grinta*, nenhum fogo sagrado. Lembrou do artigo da revista do *New York Times* que Coutances lhe mostrara em Madri. Onde tinha ido parar aquela moça determinada, guerreira e combativa, que não poupava esforços e não desistia nunca? Evocou em seu pensamento a foto que ilustrava a reportagem. Uma expressão mais alerta, traços determinados, o olhar sempre aguçado. Aquela Madeline tinha evaporado.

Lembrou dos seus casos mais marcantes, daquela sensação louca, inebriante, que tomava conta dela quando salvava a vida de alguém. Aquela breve euforia que dela se apoderava e dava, apenas por um instante, a sensação de que era a única pessoa capaz de redimir todos os desmandos da humanidade. Nunca sentira nada tão forte na vida. Lembrou da menina Alice Dixon, que encontrara viva depois de anos de investigação, mas que depois perdera de vista. Antes dela, houve outra criança, Matthew Pears, que Madeline arrancara das garras de um predador sexual e também perdera de vista. Mesmo quando os casos acabavam bem, a euforia logo dava lugar à desilusão. Tomava consciência, de maneira brutal, de que aquelas crianças podiam até lhe dever a vida, mas também não eram suas. Uma queda que logo trazia a necessidade de uma nova investigação. Uma nova injeção de adrenalina como antidepressivo. A serpente que mordia o próprio rabo indefinidamente.

2.

O lacaio voltou trazendo seu café da manhã e pôs o prato na mesa de centro, na frente de Madeline. Ela engoliu as torradas e o chá sob o olhar vazio de uma estatueta pré-colombiana que estava de guarda em uma prateleira à frente dela. Uma réplica do fetiche de O ídolo roubado de Tintim...

Madeline não conseguia acreditar no que Coutances lhe contara. Ou melhor: não queria aceitar as implicações de tudo aquilo. Só que os fatos eram incontestáveis: certo de que seu filho ainda estava vivo, Sean Lorenz se deparou com o artigo que mencionava algumas de suas investigações anteriores. E então se convenceu de que Madeline poderia ajudá-lo. Ligou, sem sucesso, para o Cold Case Squad da

NYPD, depois aproveitou sua última viagem a Nova York para tentar vê-la em carne e osso. Em seguida, foi acometido por um ataque cardíaco e morreu em plena rua 103. A algumas dezenas de metros de seu escritório.

Entretanto, Madeline não ficou sabendo de nada disso. Há um ano, naquela época, ela já não trabalhava mais na NYPD. Nem morava mais em Nova York. Os sintomas de depressão tinham começado em meados do outono. No fim de novembro, pediu demissão e voltou para a Inglaterra. De que adiantaria retomar esse assunto? Mesmo que tivesse conseguido encontrar Lorenz, não teria feito a menor diferença. Assim como hoje, não teria acreditado em uma palavra do que ele dissesse. Assim como hoje, não poderia ajudá-lo. Não era responsável por aquele caso e não tinha como investigá-lo.

Enquanto terminava de comer sua ricota, pôs a mão no abdômen. "Droga." A dor voltara. Sua barriga estava inchada, como se tivesse acabado de ganhar cinco quilos em dois minutos. Discretamente, afrouxou o cinto e pegou um comprimido de paracetamol no bolso do casaco.

Pensou em Gaspard. Por mais que na frente dele Madeline fingisse que não, Coutances a deixara boquiaberta. Não concordava com suas conclusões, mas precisava admitir que o dramaturgo tinha uma certa obstinação e uma inteligência genuína. Com poucos recursos, levantara questões pertinentes e encontrara indícios que, obviamente, tinham escapado mesmo aos investigadores mais experientes.

Tirou do bolso o relatório, longo e exaustivo, que ele escrevera. Três folhas frente e verso, preenchidas com um capricho de colegial e com uma letra bonita quase feminina – arredondada, com curvas largas e simpáticas – que não combinava com a personalidade de Gaspard. Na primeira leitura, Madeline questionou se a afirmação de que Sean saíra da casa de Isabella com documentos que pertenciam a Sotomayor seria mesmo verdadeira. Se fosse, será que esses papéis não teriam sido encontrados? Perto do corpo de Lorenz ou no quarto de hotel? Depois de refletir por um instante, ligou para Bernard Benedick.

O galerista deixou tocar várias vezes antes de atender. E estava furioso.

– Srta. Greene? Sua palavra não vale nada!

– Do que você está falando?

– Você sabe muito bem: do terceiro quadro! Aquele, que você passou a mão! Você me enganou direitinho com...

– Não estou entendendo nada – interrompeu ela. – Pedi para o sr. Coutances lhe entregar as três telas.

– Ele só me trouxe duas!

Madeline soltou um suspiro. Coutances nem se dera o trabalho de avisá-la!

– Vou ver com ele o que foi que aconteceu – prometeu. – Enquanto isso, me explique uma coisa. Você me disse que, quando Lorenz morreu, você retirou todos os pertences dele do hotel?

– Exatamente. Umas roupas e a agenda.

– Do Bridge Club, em Tribeca?

– Sim, eu mesmo fiz questão de revistar o quarto.

– E não lembra do número?

– Está de brincadeira? Já faz um ano!

Uma outra ideia lhe ocorreu.

– Quando os paramédicos tentaram reanimar Lorenz na rua 103, você sabe se encontraram algum objeto pessoal em poder dele?

Benedick foi taxativo:

– Ele só estava com a carteira.

– Você nunca ouviu falar de uma pasta ou de uma bolsa de couro?

Fez-se um longo silêncio.

– Sean tinha uma bolsa carteiro que não tirava nunca, isso lá é verdade. Um modelo antigo da Berluti que ganhou da mulher. Não faço ideia de onde foi parar. Por que a pergunta? Você continua investigando? É por causa da reportagem do *Parisien*?

– Que reportagem?

– Veja com seus próprios olhos. Enquanto isso, exijo que você me devolva a última parte do tríptico!

– Acho que você não tem o direito me exigir nada – irritou-se Madeline, desligando na cara dele.

Ela massageou as pálpebras e tentou retomar seu raciocínio. Se a história que Isabella contara para Coutances fosse verdade, menos de 24 horas haviam transcorrido entre o momento em que Sean pegou os documentos na casa de Sotomayor e sua morte, mas era tempo suficiente para o pintor enviá-los para alguém ou, simplesmente, para esconder a pasta. Essa atitude combinava muito com o comportamento que Madeline imaginava que Lorenz tivera em seus últimos dias de vida: uma pessoa desequilibrada, perturbada, paranoica. "Mas escondeu onde?" Sean não tinha mais contatos em Nova York, não tinha mais família, não tinha mais amigos, não tinha mais casa. Só restava uma solução. A mais fácil: Sean escondera os documentos no quarto de hotel.

"Faça alguma coisa. Agora."

Madeline se levantou e se dirigiu ao saguão. Atrás do imponente balcão de madeira, encontrou Lauren Ashford – era o que dizia o crachá –, uma jovem absurdamente alta e absurdamente bonita que parecia encarnar a excelência e o refinamento do Bridge Club.

– Bom dia, senhora.

– Bom dia. Srta. Greene, do quarto 31 – apresentou-se Madeline.

– Em que posso servi-la?

O tom de Lauren foi educado, mas frio. Ela usava um vestido azul-escuro espetacular, que parecia ser mais apropriado para as passarelas da Fashion Week do que para a recepção de um hotel. Madeline pensou no figurino da Rainha da Noite de uma montagem de *A flauta mágica* a que assistira no Covent Garden.

– Há um ano, na semana do dia 19 de dezembro, o pintor Sean Lorenz se hospedou no seu hotel...

– É bem possível – respondeu a jovem, sem se dignar a tirar os olhos da tela do computador.

– Gostaria de saber em que quarto ele ficou.

– Não estou autorizada a dar esse tipo de informação, senhora.

Lauren pronunciou cada sílaba com cuidado. De perto, seu penteado parecia inacreditavelmente sofisticado, com coroas de tranças presas com grampos e presilhas enfeitadas com cristais.

– Entendo – respondeu Madeline.

Na verdade, ela não entendia coisa nenhuma. Até se sentiu acometida de um impulso agressivo: pegar a Rainha da Noite pelos cabelos e estourar sua cabeça na tela do computador.

Bateu em retirada e foi para a calçada fumar um cigarro. Quando um dos carregadores abriu para ela a enorme porta dupla, o frio a acertou em cheio. "O preço a pagar", pensou, procurando o isqueiro em todos os bolsos. Naquela noite polar, sentiu o celular vibrar: dois SMS que chegaram um em seguida do outro.

O primeiro era uma mensagem longa de Louisa, a enfermeira espanhola da clínica de fertilização, avisando que dezesseis dos ovócitos coletados poderiam ser utilizados. De acordo com Louisa, o embriologista da clínica propunha fecundar metade deles com o esperma de um doador anônimo e congelar os demais.

Madeline respondeu autorizando e aproveitou para perguntar sobre as dores que estava sentindo. A enfermeira respondeu na mesma hora:

> Pode ser uma infecção ou uma hiperestimulação ovariana. Passe aqui na clínica.
> Não posso, estou fora de Madri.
> Onde você está?

Madeline resolveu não responder. O segundo SMS trazia uma boa notícia. Era de Dominic Wu.

> Oi, Madeline. Se estiver por aqui, venha me encontrar lá pelas 8h no Hoboken Park.

Ela foi logo enviando a mensagem:

> Oi, Dominic. Já está de pé?

O agente do FBI respondeu em seguida:

> Estou a caminho da academia.

Madeline olhou para o céu. Lera em algum lugar que, já às cinco da manhã, Nova York tinha um grande aumento no consumo de eletricidade, em parte devido à atividade das academias, que as pessoas frequentavam cada vez mais cedo.

Conseguiu informações para mim?
Pelo telefone, não, Madeline.
Ao perceber que não conseguiria arrancar mais nada dele, pôs fim à conversa:

> OK, até já.

Com o cigarro na boca, teve que admitir que perdera o isqueiro. Já dera meia-volta quando uma longa chama surgiu diante dos seus olhos, interrompendo por um breve instante o frio glacial das primeiras horas da manhã.

– Encontrei no restaurante. A senhora deixou cair no sofá – explicou o jovem carregador, aproximando a chama do rosto de Madeline.

Ela acendeu o cigarro e agradeceu balançando a cabeça.

O rapaz sequer tinha vinte anos. Madeline já havia reparado nele: olhos claros, cabelo arrepiado, sorriso cativante e sedutor que devia enlouquecer as garotas.

– Sean Lorenz ficou no quarto 41 – declarou, entregando o Zippo para Madeline.

3.

Em um primeiro momento, Madeline pensou que tinha ouvido mal e pediu para o rapaz repetir.

– O pintor ficou hospedado na suíte 41 – declarou o carregador. – Um quarto de quina, parecido com o seu, só que no andar de cima.

– E como você sabe disso?

– Apenas ouvi de relance. Ontem à noite, na recepção, o sr. Coutances fez a mesma pergunta para Lauren, e ela respondeu.

Madeline não podia acreditar. Coutances conseguira fazer a metida da recepção abrir a boca! "Caramba!" Ela podia até imaginar a cena: de terno Smalto, com aquele olhar de cocker e cheirando a lavanda, o escritor jogara seu charme para cima da mocinha, bancara o coroa bonitão e simpático e se fizera de bobo. Patético. E tinha dado certo.

– Ele perguntou mais alguma coisa?

– Tentou entrar no quarto, mas Lauren não deixou.

Madeline não pôde deixar de sentir uma satisfação mesquinha: o poder de sedução de Coutances tinha seus limites.

– Como você se chama?

– Kyle – respondeu o carregador.

– Você trabalha aqui há muito tempo?

– Há um ano e meio, mas só nos finais de semana e durante as férias.

– E vai para a faculdade, no restante do tempo?

– Sim, na NYU.

O rapaz tinha uns olhos verde-água penetrantes e um sorriso contagiante, mais diabólico do que simpático.

– No verão passado, parte do quarto andar ficou inundada – contou, como se Madeline tivesse perguntado. – Muita água mesmo.

Apesar de seu jeito de jovem, Kyle a deixava desconfortável. Havia um brilho inteligente e vivaz naqueles seus olhos de esmeralda que pairava ali com um ar de ameaça.

– Enfim, foi o ar-condicionado que fodeu tudo – continuou o garoto. – Um duto de saída de ar estava entupido. Tiveram que refazer o teto de vários quartos, inclusive do 41.

– Por que você está me contando isso?

– As obras duraram três semanas. Olha que sorte: eu estava lá quando os pedreiros encontraram uma coisa em um dos painéis do teto. Uma bolsa carteiro de couro. E aí me ofereci para levá-la até a recepção.

– Mas ficou com ela para você – adivinhou Madeline.

– Sim.

Nada de perder o foco. Uma nova etapa acabara de começar. Naquele instante, por trás do ar de sedução inocente do rapaz, Madeline enxergava outra coisa: uma pessoa calculista, perversa e com algo de assustador.

– Era mesmo uma pasta bem bonita, apesar de surrada e manchada de tinta. Mas é isso que o povo quer hoje em dia, já percebeu? Ninguém mais gosta de coisas novas. Pelo jeito, o futuro é o passado.

Kyle esperou para a frase surtir efeito.

– Consegui novecentos dólares por ela no eBay. Não demorou nada para vender a pasta. Eu sabia a quem tinha pertencido porque tinha o nome do proprietário bordado na parte de dentro, como se tivesse sido um presente.

– E você abriu a pasta?

– Eu já tinha ouvido falar de Sean Lorenz, mas, para ser sincero, não conhecia suas obras. Então fui ver umas telas no Whitney Museum e fiquei bem impressionado. São obras que desestabilizam você, porque...

– Não se sinta obrigado a repetir para mim o que você leu na Wikipédia – interrompeu Madeline. – Contente-se em contar o que você encontrou dentro da pasta.

Se Kyle ficou envergonhado, não demonstrou. Respondeu, com aquela voz falsamente inocente:

– Coisas bizarras. Tão assustadoras que eu tive certeza de que, um dia desses, alguém se interessaria por elas. Então, ontem, quando ouvi o sr. Coutances, tive um estalo e voltei para casa para buscar.

Como se fosse um exibicionista ou vendesse relógios roubados, ele abriu a jaqueta Barbour matelassê e mostrou uma pasta grossa de papelão plastificado.

– Me dá esse negócio, Kyle. Estou investigando com Coutances. Para mim ou para ele, não faz diferença.

– Sim, não faz diferença. Só que vai custar mil dólares. Era isso que eu estava pensando em cobrar dele.

– Sou policial – falou Madeline.

Mas precisaria mais do que isso para impressionar Kyle.

– Meu pai também é policial.

Ela refletiu por um segundo. Uma das opções seria segurá-lo pela garganta e pegar a pasta à força. Fisicamente,

Madeline se sentia capaz. Mas havia algo em Kyle que realmente lhe dava medo. "Certas pessoas têm o diabo por dentro", costumava dizer sua avó. Se fosse verdade, Kyle era uma dessas pessoas. E tudo o que fizesse contra o garoto se voltaria contra ela.

– Não tenho mil dólares aqui comigo.

– Tem um caixa eletrônico a menos de trinta metros – disse ele, todo sorridente, apontando para o luminoso da Duane Reade*, do outro lado da rua.

Madeline acendeu um cigarro com a bituca do outro e se rendeu. Aquele rapaz não era um rapaz qualquer. Era um instrumento do mal.

– OK, espera aqui.

Atravessou a Greenwich Street e foi direto para o caixa eletrônico que havia dentro da farmácia. Diante do terminal, perguntou-se se seu cartão de crédito lhe permitiria retirar tanto dinheiro. Felizmente, quando digitou a senha, as notas de cinquenta dólares começaram a sair. Voltou para a frente do hotel pensando que tudo aquilo era fácil demais. Não acreditava que as coisas caíam do céu. Enquanto atravessava a rua, seu celular vibrou. Benedick. Um SMS que continha apenas um link para uma reportagem do *Parisien*. Mesmo sem acessá-lo, a manchete apareceu no seu iPhone:

Morte trágica de Pénélope Kurkowski, top model dos anos 1990 e musa do pintor Sean Lorenz.

"Merda..."

Enquanto todas aquelas informações se confundiam na sua cabeça, Kyle a pressionou:

– Pegou o dinheiro?

---

* Cadeia de farmácias que costumam ficar abertas 24 horas. (N.E.)

O rapaz já tinha terminado o turno e montado na bicicleta. Pegou as notas e enfiou no bolso, depois lhe entregou a pasta. Com algumas pedaladas, sumiu no meio da noite.

Por um instante, Madeline pensou que o rapaz lhe dera um golpe, e que ela caíra como um patinho.

Mas não foi o caso. Abriu a pasta e começou a ler o que havia dentro dela sob a luz dos postes de iluminação.

E foi assim que ela encontrou o Rei dos álamos.

17
O Rei dos álamos

– Papai, papai, venha já!
O Rei dos álamos vai me machucar.

JOHANN WOLFGANG VON GOETHE

1.

Sentada em um sofá no salão do Bridge Club, Madeline conseguia ouvir a pulsação da sua jugular.

Espalhadas na mesa de centro à sua frente, estavam as folhas do dossiê macabro que ela já estudava havia uma hora. Uma documentação atroz, que devia ter sido reunida por Adriano Sotomayor, com dezenas de reportagens – algumas cortadas diretamente dos jornais, outras impressas da internet –, mas também boletins de ocorrência e transcrições de interrogatórios, relatórios de autópsia e cópias de trechos de livros sobre assassinos em série.

Todo esse material era relacionado a uma série de sequestros e assassinatos de crianças ocorridos entre o começo de 2012 e o verão de 2014 nos estados de Nova York, Connecticut e Massachusetts. Quatro mortes tanto horríveis quanto estranhas ligadas por um *modus operandi* desconcertante.

A série começava em fevereiro de 2012 com Mason Melvill, de dois anos, sequestrado em um parquinho de Shelton, no condado de Fairfield. Seu corpo foi encontrado doze semanas depois em um lago de Waterbury, outra cidade de Connecticut.

Em novembro de 2012, Caleb Coffin, de quatro anos, desapareceu enquanto brincava no jardim do chalé de seus pais em Waltham, Massachusetts. Seu corpo foi encontrado três meses depois, por montanhistas, em uma área pantanosa das Montanhas Brancas.

Julho de 2013, o sequestro que pôs fogo no caso: Thomas Sturm, sequestrado no meio da noite em Long Island, de dentro da casa do pai, Matthias Sturm, um arquiteto alemão casado com uma apresentadora famosa da ZDF. O caso recebeu ampla cobertura da mídia na Alemanha. O pai foi considerado suspeito porque o casal estava se separando, e o processo do divórcio fora tenso. Os tabloides alemães caíram matando – liderados pelo *Bild* – e achincalharam Sturm, publicando revelações sórdidas sobre sua vida pessoal. O arquiteto chegou a ficar preso por algum tempo. Mas, no começo do outono, o corpo de Thomas foi encontrado perto do lago Seneca, no estado de Nova York. Foi a *Spiegel* que, na época, atribuiu pela primeira vez ao misterioso predador a alcunha de *Erlkönig*, ou Rei dos álamos, uma alusão ao poema de Goethe.

Tudo aconteceu de novo em março de 2014, quando o jovem Daniel Russell foi levado de um parque em Chicopee, Massachusetts, durante um instante de desatenção da babá. Seu corpo foi encontrado algumas semanas depois em um dos charcos de água salgada de Old Saybrook, um balneário em Connecticut.

E depois... depois nada. A partir do verão de 2014, o Rei dos álamos sumiu do mapa.

2.

Madeline tomou um gole de pu-erh, o chá preto com aroma de lótus que estava lhe servindo de combustível desde que acordara. Eram seis horas da manhã. O salão do Bridge Club começava a ficar movimentado. A enorme lareira funcionava como um ímã, atraindo os hóspedes madrugadores, que tomavam café de frente para a dança das chamas.

Madeline massageou as têmporas e tentou reavivar suas lembranças. Durante os anos que vivera em Nova York, ouvira falar do Rei dos álamos pela cobertura da imprensa, mas só tinha algumas lembranças vagas dele: o assassino espalhara o terror ao longo de dois anos, a relação entre as mortes não fora estabelecida logo de cara, ela não trabalhava em um departamento ligado ao caso etc.

Mas, já naquela época, um fato chamou sua atenção, por ser raro naquele tipo de crime: nenhum dos corpos das quatro crianças tinha sinais de tortura. Nem de agressão sexual nem indício de maus-tratos, nada particularmente ritualístico. Os relatórios de autópsia que tinha diante dos olhos confirmavam que, enquanto estiveram no cativeiro, as vítimas tinham sido bem alimentadas. Os corpos foram limpos, perfumados, hidratados; os cabelos, cortados, e as roupas, lavadas. A morte, causada por uma overdose de medicamentos, provavelmente não fora dolorosa. Uma evidência que em nada atenuava o caráter abominável das ações do assassino, mas complicava a interpretação dessas ações.

Ao ler o dossiê, Madeline imaginou que todos os criminólogos, psiquiatras e especialistas do FBI em traçar perfis psicológicos deviam ter quebrado a cabeça para tentar identificar e prender o psicopata, sem sucesso. E, se o Rei dos álamos não matava há dois anos, não era graças ao trabalho dos departamentos de polícia.

Tomou mais um gole de chá e se remexeu no sofá para aliviar as cólicas que sentia. Não havia tantas razões assim para explicar como um assassino em série resolve deixar seus impulsos de lado. Das duas, uma: ou ele morreu ou foi preso por algum outro motivo. Será que neste caso se tratava de uma dessas duas hipóteses?

Mais do que tudo, uma pergunta chamava a atenção de Madeline. Qual era a ligação entre caso do Rei dos álamos e o sequestro de Julian Lorenz? Se Sean tinha posto as mãos naquele dossiê, devia pensar que Adriano Sotomayor estava convencido de que o Rei dos álamos poderia ser o sequestrador de seu filho. Contudo, não havia nada naqueles documentos que pudesse corroborar essa tese. Nenhuma reportagem mencionava, direta ou indiretamente, o menino Julian.

Teoricamente, as datas batiam, mas qual fora o raciocínio que o policial seguira para chegar à conclusão de que Julian podia ser a quinta vítima do assassino? E por que seu corpo nunca foi encontrado?

As perguntas se acumulavam, sem o menor sinal de resposta. Em sua cabeça, todas aquelas questões formavam um matagal, um labirinto em que Madeline procurava em vão o fio de Ariadne. Mas talvez não houvesse nada para ser compreendido. Lorenz já estava fora de si; Sotomayor não passava de um policialzinho sem envergadura, que jamais passara de um subordinado. Ficara empolgado com aquela história e se entregara, sem ter muitos recursos, à emoção de caçar no papel um assassino em série, tentando, sem sucesso, estabelecer uma ligação com o sequestro do menino Lorenz.

Ela deixou os pensamentos vagarem e elaborou as mais disparatadas hipóteses. E se Beatriz Muñoz fosse o Rei dos álamos? A priori, não era nenhum absurdo. As datas das mortes até podiam bater, mas Madeline jamais conseguiria provar essa tese. Indo de uma ideia a outra, lembrou de uma das suposições de Coutances e a aperfeiçoou à luz de suas recentes descobertas: será que o próprio Sotomayor fora assassinado pelo Rei dos álamos? Não. Estava divagando. Ou melhor: tentava resolver uma equação que tinha variáveis demais. Mesmo assim, se recusou a descartá-la e resolveu cavar ainda mais fundo.

3.

Madeline pegou o celular e pesquisou na internet o artigo original da *Spiegel* que batizara o assassino de *Erlkönig*. Com ajuda do Google Tradutor e das noções de alemão que aprendera no colégio, traduziu a reportagem, que consistia em uma entrevista bem curta com Karl Doepler, ex-policial da BPol* de Munique. O sujeito – obviamente uma "boa fonte" – servira de consultor para diversos veículos.

Navegando em outros sites de veículos de comunicação, Madeline encontrou uma reportagem bem mais completa e interessante no jornal diário *Die Welt*: um debate entre Doepler e um professor de cultura germânica. Uma conversa de alto nível, na qual os dois homens explicavam a relação entre o *modus operandi* do assassino norte-americano e a figura do *Erlkönig* do folclore alemão.

Apesar de não ter sido Goethe quem o inventou, foi seu longo poema, escrito no fim do século XVIII, que realmente popularizou o personagem do Rei dos álamos. O jornal publicara alguns versos do poema, forte e perturbador, que reproduzia a cavalgada de um pai e seu filho pequeno por uma floresta densa e escura. Um território ameaçador, completamente dominado por uma criatura inquietante e perigosa.

O texto de Goethe entrelaça dois diálogos. Primeiro o de um menino, aterrorizado por um monstro, com o pai,

---

* *Bundespolizei*, polícia federal alemã. (N.E.)

que tenta, em vão, tranquilizá-lo. E um segundo, mais perturbador, em que o Rei dos álamos fala diretamente com a criança e tenta convencê-la a cair nas suas garras. Marcado desde o início por uma sedução perversa, a fala do monstro logo dá lugar à brutalidade, à ameaça e à violência:

> Gosto muito de ti, dessa linda figura,
> Não resistas, senão a força empregarei

Ao ver o filho apavorado, o pai tenta tirá-lo daquela enrascada, galopando a toda velocidade para sair da floresta. Mas o final do poema sela o funesto destino da criança:

> Todo abraçado ao seu queixoso pequenino,
> Depois de apuros tais, chega à sua morada,
> Porém nos braços seus vai já morto o menino.

O texto inspirou outros artistas – Schubert escreveu um Lied famoso –, mas, sobretudo, com sua temática de agressão e sequestro, serviu de base para diversas análises psicológicas e psiquiátricas no final do século XX. Para alguns, o poema é a metáfora clara de um estupro. Outros veem nele uma alusão ambígua à figura do pai, apresentado tanto quanto protetor quanto sob as vestes do torturador.

Madeline continuou a leitura. Na sequência da reportagem, os dois entrevistados insistiam no fato de que todas as vítimas do *Erlkönig* tinham sido encontradas perto de uma corrente de água, na proximidade de plantações de álamo. Aí vinha uma explicação que estava mais para botânica do que para inquérito policial.

O álamo, lembrava o jornal, é uma árvore que cresce em solo úmido: charcos, pântanos, margens de cursos de água e florestas densas, onde o sol nunca bate. Sua grande resistência à umidade torna a madeira adequada para a construção de estacas, pontões, certos tipos de móveis e instrumentos musicais. Além de suas qualidades físicas, existe toda uma mitologia a seu respeito. Na Grécia, o álamo é a árvore que simboliza a vida após a morte. Na cultura celta, os druidas o veem como símbolo da ressurreição. Os escandinavos utilizavam a madeira para fazer varinhas mágicas, e sua fumaça contribui para a concretização de sortilégios. Em outros lugares, o álamo – cuja seiva vermelha lembra sangue – é uma árvore sagrada, e é proibido derrubá-la.

O que guardar de concreto de tudo aquilo? Como relacionar essa rica simbologia às motivações do assassino? A reportagem se abstinha de fornecer conclusões. Quando saiu da internet, Madeline ficou com a impressão de ter atingido um novo patamar naquela *no man's land* hostil e enevoada. O território do Rei dos álamos não se deixaria penetrar tão facilmente.

18
A cidade de gelo

*Sei que minha vida será um eterno navegar
por um mar de incertezas.*

Nicolas de Staël

1.

Às sete da manhã, Madeline já estava plantada na frente da locadora FastCar, no cruzamento da Gansevoort com a Greenwich Street.

Ela pensou que alugar um carro seria algo corriqueiro nos Estados Unidos. Mas, como não fizera reserva pela internet, teve que aguentar trâmites intermináveis e preencher formulários imensos, de pé, em uma sala gelada, sob o olhar de um funcionário insuportável – um tal de Mike, que estava mais interessado em conversar com os amigos no celular do que resolver seu problema. Até em Nova York a era do "cliente sempre tem razão" parecia ter chegado ao fim.

Suas opções de veículos se limitavam a uma pequena Spark híbrida, um SUV Subaru e uma picape Chevrolet Silverado.

– Vou ficar com a Spark – disse Madeline.

"Pelo menos, não vou ter que dirigir aquele negócio enorme."

– Na verdade, só sobrou a picape – respondeu Mike, consultando o computador.

– Você acabou de me dizer outra coisa!

– É, mas me enganei – retrucou ele, mastigando a caneta. – Os outros dois já estão reservados.

Resignada, Madeline entregou o cartão de crédito para o rapaz. De qualquer modo, teria aceitado até um caminhão.

Pegou as chaves da picape, dirigiu algumas quadras para se acostumar com o mastodonte e pegou a autoestrada que, na altura de Tribeca, ligava Manhattan a Nova Jersey.

Para um sábado, 24 de dezembro, o trânsito até que estava fluindo. Em menos de quinze minutos, chegou à outra margem e conseguiu um lugar no estacionamento do terminal de balsas.

Madeline nunca havia estado em Hoboken. Quando saiu do estacionamento, ficou admirada com a beleza da paisagem. As margens do Hudson ofereciam uma vista panorâmica de Manhattan de tirar o fôlego. Os reflexos do sol nos arranha-céus conferiam um ar irreal à *skyline*, destacando os prédios, evidenciando detalhes ínfimos, como nas pinturas hiper-realistas de Richard Estes que capturavam a realidade com uma profusão de reflexos amarronzados.

Percorreu uns cem metros pelo longo deque de madeira, entrecortado de espaços verdes, de frente para o High Line e o Greenwich Village. A vista era estonteante. Era só virar a cabeça para o sul e enxergar um marco da história americana: a silhueta verde-acinzentada da Liberdade que iluminava o mundo, uma ilha minúscula pela qual passaram os ancestrais de centenas de milhões de habitantes do país. O lugar deveria, como de costume, estar cheio de ciclistas e corredores. Mas, naquela manhã, o frio polar dissuadira a maioria deles.

Madeline se sentou em um dos bancos do *boardwalk*, levantou o capuz da parca para se proteger do vento gelado que vinha do Hudson e enfiou as mãos nos bolsos. O frio era tanto que seus olhos pinicavam. Uma lágrima cálida escorreu pelo seu rosto, mas não era sinal nem de tristeza nem de desânimo, muito pelo contrário.

Era algo terrível de se dizer, mas a perspectiva de investigar o Rei dos álamos despertara Madeline. Era essa a faísca que ela estava esperando desde o início. Aquela que acordara seu instinto de caçadora. Apesar de ser preocupante, também era exatamente o que Madeline era, no mais fundo do seu ser. Ela sempre soube disso.

É difícil escapar à sua verdadeira natureza. Por exemplo: por trás das aparências, Gaspard Coutances era uma pessoa muito sensível, um misantropo que fingia odiar a humanidade, mas adorava as pessoas e não demorou para se sentir tocado pela história de um pai destroçado pela morte do filho. Madeline, por outro lado, não era farinha do mesmo saco. Não era sentimental. Era uma caçadora de grandes presas. Tinha um sangue sombrio correndo nas veias. Uma corrente de lava derretida que rugia sem parar dentro da sua cabeça. Um magma impossível de esfriar ou de canalizar.

O que ela havia contado para Coutances não era mentira. Caçar assassinos destrói a vida de quem faz isso, mas não pelos motivos que as pessoas costumam acreditar. Caçar assassinos devasta porque faz o caçador ter consciência de que também é um assassino. E que adora ser. É isso que é *realmente* perturbador. "Quem enfrenta monstros deve ter cuidado para não se tornar um monstro também." A máxima de Nietzsche é um tanto desgastada. Mas sua constatação piegas é acertada. Enquanto dura a caçada, não se é muito diferente de quem se está perseguindo. E essa conclusão deixa um gosto amargo em todas as vitórias. Mesmo quando você acha que o venceu, o mal continua existindo, embrionário. Dentro de você. *Post coitum triste*.

Ela respirou fundo aquele ar glacial para se acalmar. Precisava retroceder um pouco. "Seja realista, querida. Você não vai resolver sozinha um caso que testou os limites de todos os *profilers* do país."

Mas, mesmo assim... Madeline não podia deixar de pensar que recebera um caso excepcional de mão beijada, daqueles que todos os policiais do planeta sonham em ter uma vez na vida. Fora isso, mais nada existia: nem a inseminação artificial nem a perspectiva de uma vida tranquila no meio de mamadeiras e roupinhas de bebê.

Só o gosto de sangue importava.

A embriaguez da caça.

– Oi, Madeline.

Uma mão encostou no seu ombro, fazendo-a dar um pulo de susto.

Perdida em seus pensamentos, Madeline não percebera que Dominic Wu chegara.

2.

Gaspard acordou com o toque do celular. Um ritmo de samba irritante, que lhe dava a sensação atroz de estar no meio do carnaval do Rio. No tempo que levou para abrir os olhos e pegar o telefone, a caixa postal foi ativada. Ele abriu as cortinas e retornou em seguida, sem escutar a mensagem. Era Isabella Rodrigues, a simpática prima de Adriano Sotomayor.

– Estou atrasada para o trabalho – ela foi logo avisando.

Gaspard pôde ouvir, ao fundo, o ruído urbano *made in New York*: engarrafamentos, balbúrdia, sirenes de polícia...

– Hoje não é dia de ficar com as crianças? – perguntou.
– O Natal é amanhã – respondeu a bela latina.
– Onde você trabalha?
– Sou gerente da Adele's Cupcakes na Bleecker Street. E hoje é um dos dias mais movimentados do ano.

Isabella cumprira sua promessa. Sondara as lembranças que o marido tinha da visita que Sean Lorenz fizera.

– André tem algumas coisas para lhe contar – disse. – Pode ir lá em casa falar com ele, se quiser, mas antes das dez, porque André precisa levar as crianças até a casa da minha mãe. E não faça eles se atrasarem!

Gaspard já queria saber o que era, mas Isabella cortou o assunto. Quando desligou, viu que havia um SMS de Madeline na tela:

Preciso verificar algumas coisas por aqui. Vamos nos encontrar no hotel ao meio-dia. M.

Em um primeiro momento, ficou incomodado com essa deserção. Mas depois se convenceu que era justamente esse tipo de iniciativa que esperava de Madeline. Não tinha tempo de ficar se lamentando se quisesse pegar o marido de Isabella em casa antes que ele saísse. Olhou para o relógio, tomou uma ducha rápida, penteou o cabelo e passou *Pour un Homme* safra 1992.

Foi para a rua e andou até a estação Franklin Street, comprou o bilhete do metrô e pegou a linha 1 até a Columbus Circle, na parte sudoeste do Central Park. Então fez uma baldeação e seguiu por mais dez paradas até chegar à maior estação de metrô do Harlem. A da rua 125, onde, nos anos 1990, os Pirotécnicos tinham grafitado dezenas de vagões do metrô. E também onde Beatriz Muñoz resolvera pôr fim à vida.

Demorou menos de quinze minutos para chegar à Bilberry Street. Definitivamente, Gaspard gostava daquela rua. Congelada pelo frio, mas inundada pelo sol, tinha o ar atemporal de uma Nova York idealizada e nostálgica. Em frente ao número 12 – a casa de Isabella –, um jardineiro podava uma das castanheiras da rua, e a sombra de seus galhos tremia na calçada.

– Entre e sinta-se em casa – disse André Langlois ao abrir a porta para recebê-lo.

Gaspard reencontrou as três crianças do dia anterior sentadas em volta da mesma mesa de jantar. Entretanto, dessa vez, tinham diante de si um farto café da manhã: granola, queijo fresco, abacaxi, kiwi... E, para completar, risadas, alegria e carinho. Ao fundo, um iPad sintonizado na rádio WQXR tocava a "Valsa das flores" de *O Quebra-Nozes*. Na família Langlois, tudo servia de pretexto para que as crianças se familiarizassem com a cultura.

– Então quer dizer que minha mulher fica lhe servindo gemada enquanto eu me mato de trabalhar no escritório! – brincou André, servindo uma xícara de café para Gaspard.

De cabeça raspada, físico de halterofilista, pele morena e dentes separados, André Langlois inspirava uma simpatia imediata. Mais novo do que a mulher, usava uma calça de moletom e uma camiseta da campanha presidencial de Tad Copeland.

Para não se contradizer, Gaspard repetiu o que dissera para Isabella no dia anterior e se apresentou como escritor que, enquanto trabalhava em uma biografia de Sean Lorenz, ficou intrigado com as circunstâncias ainda não esclarecidas da morte de seu filho.

Prestando atenção no que ele dizia, André começou a descascar uma laranja para o menino mais novo, que estava sentado na cadeirinha.

– Eu só encontrei Lorenz uma única vez, mas acho que você já sabe disso.

Gaspard balançou a cabeça para incentivá-lo a continuar falando.

– Para ser sincero, minha mulher já havia me falado dele. Sei que os dois tiveram um romance muito antes de nos casarmos. Então, obviamente, fiquei um pouco desconfiado.

– Mas essa desconfiança diminuiu quando você o viu...

Langlois concordou.

– Fiquei com pena dele, de verdade, quando começou a contar do filho. Estava completamente perdido, desesperado, com um olhar de louco. Fisicamente, mais parecia um mendigo do que um Don Juan irresistível.

André entregou alguns gomos de laranja para o filho e depois passou uma série de orientações para os dois maiores que iam de escovar os dentes a preparar o *packed lunch* que deviam levar para a casa da avó.

– Naquele momento, não entendi muito bem a história que ele contou sobre sua relação com o primo Adriano, mas Isabella deixou Sean vasculhar a casa.

André começou a tirar a mesa do café e, mecanicamente, Gaspard lhe deu uma mão, colocando a louça suja na pia.

– Eu não me opus – garantiu André Langlois. – A herança era da minha mulher, afinal de contas, e o inventário demorou mais do que o previsto. Mas sugeri que Isabella saísse com os meninos. Fui eu que fiz companhia para Lorenz, para ficar de olho nele.

– Sua mulher me contou que o pintor levou alguns papéis.

Como no dia anterior, Gaspard achava que estava prestes a descobrir algo mais, mas Langlois não o fez esperar muito tempo:

– Exatamente – confirmou, tirando o saco da lixeira cromada. – Mas eu não saberia dizer o que era. O quarto de Adriano estava cheio de papéis e pastas de todo tipo.

Ele amarrou o saco e abriu a porta para jogá-lo na lixeira da rua.

– Mas não foi só isso que Sean Lorenz levou – disparou, descendo os degraus da entrada.

Gaspard foi para o jardim, atrás dele.

– Sean Lorenz perguntou se podia dar uma olhada no carro de Adriano, um Dodge Charger que estava parado ali havia mais de um ano.

Com o queixo, fez sinal para um beco sem saída perpendicular à rua.

– Eu o vendi no verão passado, mas era um belo carro, que ninguém cuidava desde que o primo de Isabella morreu. Quando Sean apareceu, estava sem bateria. Observou o Dodge de todos os ângulos. Achei que nem ele sabia o que estava procurando. Aí, como se tivesse tido uma inspiração súbita, foi até a farmácia da 131. Voltou cinco minutos depois com um rolo de sacos de lixo grandes. Ele abriu o porta-malas do Dodge, arrancou o tapete e enfiou dentro de um dos sacos. E foi embora sem me dirigir a palavra.

– Papai! Papai! Sydney me bateu! – gritou um dos meninos, saindo de casa e se atirando nos braços do pai.

– Você deixou Sean fazer o que queria sem perguntar nada? – espantou-se Gaspard.

– Era difícil contrariá-lo – disse André, consolando o filho. – Parecia que Lorenz estava possuído. Parecia que era de outro planeta, a anos-luz do nosso. Sua dor realmente ficava estampada no seu rosto.

O menino já tinha secado as lágrimas e queria voltar para junto do irmão.

André bagunçou o cabelo da criança.

– Ninguém jamais deveria perder um filho – murmurou, como se falasse para si mesmo.

3.

Dominic Wu poderia participar de um filme de Wong Kar-Wai.

Dândi inveterado, o agente do FBI estava sempre com um terno de corte impecável, gravata de jacquard e lenço de seda no bolso. Naquela manhã, com os olhos escondidos pelos óculos de sol, sua silhueta elegante se distinguia diante da fileira de arranha-céus que tinham feito a delicadeza de vestir os mesmos tons de azul-metálico do seu trench coat de caxemira.

– Obrigada por ter vindo, Dominic.

– Não tenho muito tempo. Hans ficou esperando no carro com as meninas. Hoje, até a areia do parquinho está dura como pedra.

Ele se sentou no banco ao lado de Madeline, mantendo uma certa distância. Usava luvas de pelica preta. Com cuidado, tirou do bolso interno do casaco uma folha de papel dobrada em quatro.

– Fiz as pesquisas que você me pediu. Não há problema algum em relação ao assassinato de Adriano Sotomayor.

– O que isso quer dizer?

– Esse imbecil foi bancar o esperto e se meteu, desarmado, em uma briga entre dois traficantes de bairro. A coisa esquentou e ele levou uma facada na garganta. Fim da história.

– E esse traficante, quem era?

– Nestor Mendoza, de 22 anos. Um marginalzinho do El Barrio.* Temperamental e impulsivo, tinha acabado de sair da Rikers, onde ficou três anos preso.

– E por que não voltou para a cadeia?

O asiático deu de ombros.

– Porque ele fugiu. Por que mais você acha? Tem família em San Antonio, mas nunca mais tiveram pistas dele.

– Quando se trata de um assassino de policiais, os investigadores costumam ser um pouco mais obstinados, não?

– Vão acabar pegando o cara uma hora ou outra em um controle de rotina. Ou alguém vai encontrar o cadáver

---

* Como é conhecida a região de East Harlem ou Harlem Espanhol. (N.T.)

depois de uma briga nas ruas de Little Havana. Agora conta: por que você está tão interessada na morte de Sotomayor?

Wu era um agente precavido. Madeline sabia muito bem que ele só estava lhe passando algumas informações por utilitarismo. Porque ela era uma policial competente, e o agente pensara que, se Madeline encontrasse uma pista promissora, seria o primeiro a saber.

– Acho que a morte de Sotomayor tem ligação com outro caso.

– Que caso?

– Eu é que pergunto – desconversou.

Wu jamais teria se deslocado até ali se não tivesse mais cartas na manga.

– Você acha que tem a ver com o irmão dele, é isso?

"Irmão? Que irmão?" Madeline sentiu uma onda de adrenalina.

– Conta logo o que você sabe.

O agente federal ajeitou os óculos prateados. Cada um de seus gestos, de seus movimentos, parecia obedecer a uma coreografia misteriosa, que deveria ter sido muito bem ensaiada.

– Descobri uma coisa estranha quando pesquisei sobre Sotomayor. Ele tinha um irmão mais novo, Reuben, professor de história na UF.*

– Um meio-irmão, então, você quer dizer.

– Isso já não sei. O fato é que, em 2011, Reuben Sotomayor foi encontrado assassinado em um parque de Gainesville, onde ele costumava correr.

– Assassinado como?

– Com brutalidade: apanhou até morrer. Foi espancado com um taco de beisebol.

Wu desdobrou a folha que estava segurando.

---

* Universidade da Flórida. (N.E.)

– Prenderam um sem-teto que, de vez em quando, dormia no parque: Yiannis Perahia. Que não soube se defender. O sujeito era psicótico e vivia em hospitais e abrigos havia muitos anos. Perahia mais ou menos confessou e, em seguida, foi condenado a trinta anos de reclusão. Enfim, um caso sórdido, mas que foi encerrado rapidamente. Até que, no ano passado, o Transparency Project resolveu jogar merda no ventilador.

– A organização que combate erros judiciais?

– É. Mais uma vez, tentaram denegrir nosso trabalho, encontrando um juiz que concordou em emitir um mandato para fazer testes de DNA mais precisos.

– Alegando o quê?

– Sempre a mesma história. Confissão forçada de uma pessoa fragilizada, e o progresso da ciência que permite identificar um fragmento de DNA que alguém deixou passar em branco.

Madeline balançou a cabeça.

– Que progresso da ciência? Em quatro anos?

– Não é tudo bobagem. Pelo menos, não completamente. Com as novas técnicas de amplificação de DNA, é possível...

– Sei disso – interrompeu Madeline.

– Enfim, fizeram novos testes que inocentaram o sem-teto.

Madeline entendeu que Wu estava fazendo suspense.

– Inocentaram com base em quê?

– Porque encontraram, nas roupas de Reuben, um DNA que não havia sido coletado antes.

– E o DNA era de alguém fichado, não era?

– Era. De um policial: Adriano Sotomayor.

Madeline levou alguns segundos para absorver aquela revelação.

– E a que conclusão chegaram? Que foi Sotomayor quem matou o irmão mais novo?

— Talvez, sim; mas talvez, não. Também poderia se tratar de resquícios de contato, cuja data é muito difícil de precisar.

— Você sabe se os dois irmãos se falavam?

— Não faço ideia. Como, nesse meio-tempo, Adriano morreu, o inquérito não foi reaberto.

— Então a história termina por aí?

— Infelizmente. Agora, me dá algo em troca, Maddie! Conta que investigação é essa que você está fazendo.

Madeline se segurou para não falar e só balançou a cabeça. Por ora, estava fora de questão comentar sobre Lorenz para Dominic. E menos ainda sobre o Rei dos álamos.

O dândi não fez questão de disfarçar a decepção e se levantou, suspirando.

— Continua investigando o caso Sotomayor — sugeriu Madeline.

Wu fechou o casaco e a cara. Como em uma cena de filme, seus movimentos davam a sensação de estar em câmera lenta.

Abanou de leve para Madeline e foi ao encontro da família.

Com o sol na frente e o *Yumeji's Theme** atrás.

---

* Canção que faz parte da trilha sonora do filme *Amor à flor da pele*, dirigido por Wong Kar-Wai. (N.T.)

19
Às portas do inferno

> *Todo mundo acha que está sozinho no inferno, e isso é que é o inferno.*
>
> René Girard

1.

Um aroma delicioso de bolo de milho pairava no restaurante.

Para se proteger do frio, Gaspard se refugiou no Blue Peacock, um dos templos da *soul food* no Harlem. Durante a semana, o estabelecimento só abria para o almoço. Mas, no fim de semana, a partir das dez da manhã, era possível se deliciar com um farto brunch à base de frango frito, batata doce com especiarias e rabanada com calda de açúcar.

Ele sentou-se perto da entrada em uma das banquetas em volta do balcão em forma de ferradura. O clima estava muito divertido e acolhedor: turistas, famílias abastadas do bairro, belas moças que bebericavam coquetéis de nomes poéticos, senhores negros vestidos como Robert Johnson ou Thelonious Monk.

Gaspard levantou a mão para chamar a atenção do barman. Estava com vontade de tomar um *scotch*. Mas, em vez disso, pediu um chá de rooibos orgânico asqueroso. Consolou-se comendo um donut recheado de banana-da-terra. Assim que saciou a fome, as engrenagens do seu pensamento começaram a funcionar. Lembrou primeiro do que André Langlois tinha lhe revelado. Por que Sean Lorenz arrancara o tapete do velho carro de Adriano Sotomayor? E, principalmente, o que pretendia fazer com ele?

Objetivamente, não existiam muitas possibilidades de resposta. Uma se impunha: Lorenz queria mandar fazer uma análise das fibras. Mas para encontrar o quê? Sangue, talvez, ou algum outro material genético.

Gaspard apertou os olhos. Nas entrelinhas, uma outra história se delineava. Contrária àquela que ele imaginara de início e na qual queria acreditar. Sean Lorenz talvez nunca tivesse pedido ajuda a Sotomayor. Talvez até suspeitasse que o ex-amigo tivesse alguma participação no sequestro de seu filho. Uma hipótese disparatada lhe veio à mente: Sotomayor era o cúmplice de Beatriz Muñoz. Será que existia essa possibilidade?

Uma sequência de cenas mudas se desenrolou em seu pensamento, como se estivesse assistindo a um filme. Beatriz dirigindo sua van com o menino Julian na traseira/A mão da criança ensanguentada depois de seu dedo ter sido amputado/A van chegando nas margens do estuário de Newtown Creek, parando ao lado de um Dodge Charger/Sotomayor descendo do carro e ajudando Muñoz a pôr a criança no porta-malas/O cachorrinho de pelúcia de Julian, manchado de sangue, esquecido no chão...

O dramaturgo piscou e a visão se dissipou. Antes de ficar inventando filminhos, precisava de provas. Retomou a reflexão por outro ângulo. Sean era um civil, não um policial. Para fazer a análise do tapete, devia ter contratado um laboratório privado. Gaspard levou as mãos à cabeça, tentando conectar todos os fios da sua investigação. Sean visitara a família Langlois no dia 22 de dezembro, um dia antes de morrer. Se tivesse procurado ajuda de algum laboratório, provavelmente, teria sido no dia seguinte. Uma imagem deixou Gaspard entusiasmado: a agenda de Sean, no dia 23 de dezembro, onde estava anotada a consulta com o misterioso dr. Stockhausen.

Pegou o celular, abriu o Google, seu novo melhor amigo, e tentou diversas combinações de palavras-chave: "Manhattan", "laboratório", "DNA", "Stockhausen"... Depois de alguns segundos, encontrou o que procurava: um endereço no Upper East Side, do laboratório de hematologia médico-legal "Pelletier & Stockhausen".

Entrou no site do estabelecimento. De acordo com a apresentação on-line, o laboratório era especializado em "análises genéticas com objetivo de identificação humana". Contando com a chancela de diversos órgãos (FBI, tribunais, departamento de justiça dos Estados Unidos), os serviços da empresa eram requeridos regularmente ao longo de processos penais e judiciais para identificação e análise de traços de DNA de cenas de crime. Os clientes particulares procuravam a clínica principalmente para investigações de paternidade. Em uma das páginas do site, havia o currículo dos dois fundadores: Éliane Pelletier, ex-farmacêutica-chefe do Hospital Saint-Luc de Montreal, e Dwight Stockhausen, doutor em biologia, formado pela universidade Johns Hopkins.

Gaspard ligou para o laboratório e conseguiu contato com o departamento de Stockhausen. A mesma mentira que não deixava de ser verdade: ele era um escritor que estava trabalhando em uma biografia do pintor Sean Lorenz e queria fazer uma entrevista com o dr. Stockhausen. A secretária pediu para mandar um e-mail explicando o pedido por escrito. Gaspard insistiu para que ela anotasse seu telefone e transmitisse a mensagem diretamente para o doutor. A funcionária garantiu que transmitiria, depois desligou praticamente na cara dele.

"Vá tomar no cu...", xingou, soltando um suspiro.

Nesse exato momento, recebeu um SMS de Madeline pedindo o contato de Isabella, a prima de Sotomayor. Respeitando o limite que ele mesmo estabelecera, Gaspard resistiu à tentação de ligar e perguntar o que estava acontecendo e se contentou em mandar o número que ela havia pedido.

Como seu chá já havia esfriado, levantou a mão para pedir outro, mas desistiu do gesto no meio do caminho. Por quase um minuto, ficou com os olhos fixos nas centenas de garrafas que cobriam a parede atrás do barman. Rum, conhaque, gim, bénédictine, chartreuse. Com cores intensas, reluzentes como diamantes, que o hipnotizavam. Bebidas de alto teor alcoólico, licores perfumados que cintilavam em seus recipientes. Armanhaque, calvados, absinto, curaçau, vermute, cointreau.

Por um instante, Gaspard se permitiu acreditar que pensaria melhor depois de uma dose de álcool. A curto prazo, isso até poderia ser verdade, mas, se tivesse uma recaída naquele momento, sua investigação sairia do caminho rigoroso, ascético e virtuoso pelo qual ele começara a enveredar. Porém, os reflexos cor de âmbar dos uísques tinham um poder de sedução quase sem limites. Teve a sensação de que ia desmaiar. Era típico da abstinência: o perigo que a falta da bebida ataque justo quando não se está esperando. Sentiu um buraco no estômago, um aperto no peito, o suor nas têmporas.

Conhecia o sabor de cada garrafa, cada marca, cada rótulo. Aquele blend japonês, adocicado e cremoso, as notas amadeiradas do single malt escocês, o aroma puro do uísque irlandês, o sabor de mel do bourbon envelhecido, o sabor de laranja e pêssego do Chivas.

Como fizera no dia anterior, Gaspard engoliu em seco. Esfregou os ombros e o pescoço para controlar os tremores. Mas, dessa vez, a tempestade não foi embora com a mesma facilidade que chegou. Ele não estava mais no controle. Apesar de toda a sua força de vontade, estava prestes a ceder à tentação.

Foi aí que seu telefone tocou. Na tela, um número de celular desconhecido.

– Alô – atendeu, com a sensação de que a voz custava para sair da garganta.

– Sr. Coutances? Aqui é Dwight Stockhausen. Você teria disponibilidade para me encontrar perto da hora do almoço?

2.

Madeline baixou o quebra-sol para se proteger da claridade.

A luz estava por tudo, ofuscante, absoluta, devorando seu campo de visão.

Dirigia a picape há duas horas, em direção a Long Island. A paisagem era diversificada, tanto irritante quanto sedutora. As mansões espalhafatosas dos milionários se alternavam com casas de praia saídas diretamente dos anos 1950 e cenários de fim do mundo: praias de areia branca que se estendiam infinitamente sob um céu caiado. Depois de Westhampton, andou vinte quilômetros atravessando as cidades maiores – Southampton, Bridgehampton – que se sucediam na extensa faixa de terra banhada pelo Atlântico.

Quando entrou em uma estradinha de areia, teve a impressão de que o GPS estava com problemas. Madeline pensou que estava perdida e ficou procurando um lugar onde pudesse fazer o retorno. Então viu a casa de repouso. A cinquenta metros da praia, era uma construção grande e antiga, revestida de madeira, cercada por pinheiros e bétulas.

Ela parou perto das árvores e bateu a porta da picape com força. Ficou imediatamente encantada pela atmosfera agreste do local. O vento soprava sob o céu leitoso, modelando as dunas, saturando o ar com um perfume salgado e alcalino. Caspar David Friedrich revisitado por Edward Hopper.

Subiu os degraus até a porta de entrada. Não havia campainha nem interfone. Só uma porta com a pintura descascada protegida por uma tela rasgada, que rangeu quando Madeline a empurrou. Entrou em um saguão deserto, cheirando a mofo.

– Tem alguém aí?

No primeiro momento, só o vento respondeu, ameaçando arrancar as janelas.

Em seguida, um homem de cabelos longos e ruivos e olhos azuis apareceu no alto da escada. Desgrenhado, usava um uniforme de enfermeiro de um branco duvidoso e segurava uma latinha de Dr. Pepper.

– Bom dia – disse Madeline. – Acho que me enganei de endereço...

– Não – garantiu o enfermeiro, descendo a escada. – Você está na Eilenroc House for Senior Citizens mesmo.

– Não tem muita gente, pelo jeito.

O homem tinha uma cara meio assustadora – cheia de cortes, todo marcado por cicatrizes de acne –, mas com um olhar surpreendentemente meigo.

– Meu nome é Horace – apresentou-se, prendendo a cabeleira com um elástico.

– Madeline Greene.

Colocou o refrigerante em cima da tábua que fazia as vezes de balcão de recepção.

– A maioria dos hóspedes já foi embora – explicou. – A casa de repouso fechará as portas definitivamente no fim de fevereiro.

– É mesmo?
– As instalações serão demolidas para dar lugar a um hotel de luxo.
– Que pena.

Horace franziu o cenho.

– Aqueles bandidos de Wall Street estão acabando com toda a região. Com todo o país, aliás! E não vai ser elegendo esse cuzão do Tad Copeland que isso vai parar.

Madeline não se arriscou a fazer nenhum comentário político.

– Vim visitar um de seus hóspedes, a senhora Antonella Boninsegna. Ela ainda está aqui?

– A Nella? Sim, acho que será a última a ir embora.

O homem olhou para o relógio.

– Ops, esqueci o almoço dela. A essa hora, deve estar na varanda.

Horace apontou para os fundos do saguão.

– É só atravessar o refeitório, que você já está lá. Quer que eu leve alguma coisa para você beber?

– Aceito uma Coca.

– Zero?

– Nem pensar! Ainda tenho espaço, não? – respondeu Madeline apontando para o cós da calça jeans.

– Não foi isso que eu quis dizer – brincou o enfermeiro, indo para a cozinha.

A ampla sala comunitária do térreo a fez pensar em uma antiga pensão de família. Do tipo "meia pensão com vista para o mar" que existia em Bénodet ou Whitstable. Com vigas aparentes, mesas individuais, de madeira recolhida do mar, cobertas por toalhas plastificadas com estampa de conchas. Sem esquecer da indefectível decoração "náutica" que causava furor nas edições da *Art & Décoration* dos anos 1990: luminárias com globos de vidro, barcos à vela antigos dentro de garrafas, bússolas e compassos de latão, peixe-espada empalhado, águas-fortes de cenas épicas de pescaria estilo Moby Dick...

Quando entrou no corredor envidraçado sacudido pelo vento, Madeline teve a impressão de ter embarcado em um navio de três mastros em plena tempestade. Com as paredes rachadas e o telhado caindo aos pedaços, a varanda parecia prestes a desmoronar.

Sentada em uma mesinha no canto oposto da varanda, Nella Boninsegna era uma senhorinha franzina, com cara de camundongo, de olhos exageradamente arregalados que brilhavam por trás dos óculos grossos como lupas. Usava um vestido de gola peter pan escuro e gasto. Com uma manta de lã xadrez por cima dos joelhos, estava absorta na leitura de um romance bem grosso: *A cidade que nunca dorme*, de Arthur Costello.

– Bom dia, senhora.

– Bom dia – respondeu a idosa, tirando os olhos do livro.

– Está gostando do livro?

– É um dos meus favoritos. Estou lendo pela segunda vez. Pena que o autor não escreve mais.

– Morreu?

– Não, ficou arrasado. Os filhos dele morreram em um acidente de carro. É você que vai me dar a injeção?

– Não senhora, meu nome é Madeline Greene, sou investigadora.

– É inglesa, acima de tudo.

– Exatamente. Como a senhora sabe?

– Pelo seu sotaque, *darling*! É de Manchester, não é?

Madeline balançou a cabeça. Não gostava de ser assim, tão transparente, mas a idosa não dissera aquilo para constrangê-la.

– Meu marido era inglês – explicou Nella. – De Prestwich.

– Então adorava futebol.

– Só queria saber do Manchester United da época de ouro.

– O de Ryan Giggs e Éric Cantona?

A velhinha esboçou um sorriso travesso.

– Não, o de Bobby Charlton e George Best!

Madeline ficou com uma expressão séria.

– Vim visitá-la porque estou investigando um caso. O sequestro e o assassinato do filho de Sean Lorenz. Isso lhe diz alguma coisa?

– O pintor? Claro. Sabia que Jackson Pollock morou bem pertinho daqui? Morreu em Springs, a dez quilômetros daqui, em um acidente de carro. Estava com a amante em um Oldsmobile conversível. Dirigia completamente bêbado e...

– Já ouvi falar dessa história – interrompeu Madeline. – Mas isso foi nos anos 1950. Sean Lorenz era um pintor contemporâneo.

– Você acha que estou ruim da cabeça, *darling*?

– De modo algum. Lorenz era amigo de um antigo aluno seu, Adriano Sotomayor. A senhora lembra dele?

– Ah, o Adriano...

Nella Boninsegna deixou a frase em suspenso, e sua expressão se transformou. Como se o simples fato de ouvir o nome do garoto apagasse qualquer traço de brincadeira ou alegria.

– Foi a senhora que denunciou as agressões cometidas pelo pai dele, Ernesto Sotomayor, para o conselho tutelar?

– Exatamente. Foi em meados dos anos 1970.

– Ernesto batia muito no filho?

– Isso é um eufemismo. Aquele homem era um monstro. Um verdadeiro carrasco.

A voz da velhinha ficou com um tom grave.

– Ele sofreu de tudo: cabeça enfiada na privada, golpes de cinta, socos, queimaduras de cigarro por todo o corpo.

Um dia, o pai obrigou o menino a ficar com os braços para cima durante horas. Em outro, chegou a fazê-lo andar em cima de vidro moído, e olha que estou contando pouco.

– Por que ele fazia isso?

– Porque a espécie humana tem muitos monstros e pessoas sádicas. Sempre foi assim.

– E como Adriano era?

– Era um menino triste e gentil, que tinha dificuldade de se concentrar. Às vezes, ficava com o olhar perdido, e eu sabia que ele tinha ido para outro lugar, bem distante. Depois de perceber isso comecei a pensar que alguma coisa não ia bem na casa dele, antes mesmo de ver as marcas dos maus-tratos em seu corpo.

– Foi ele que acabou confidenciando para a senhora?

– Adriano me contou certos detalhes daquilo que o pai fazia com ele, sim. Ernesto batia nele por qualquer coisa. Castigos que podiam durar horas e, na maioria das vezes, aconteciam no porão do seu barco pesqueiro.

– E a mãe fingia que não via?

A ex-professora apertou os olhos.

– A mãe, já que você insiste... como é que era mesmo o nome dela? Ah, sim, Bianca...

– Ela acabou abandonando a família, foi isso?

Nella tirou um lencinho de pano do bolso e limpou as lentes dos seus óculos Browline. Com aquele cabelo branco e aquela armação, ficava com um certo ar de Coronel Sanders.

– Imagino que ela também fosse espancada – arriscou.

– Cuidado que está quente! – gritou Horace, colocando em cima da mesa uma bandeja com uma latinha de Coca-Cola, um bule de chá e dois bagels com salmão, cebola, alcaparras e cream cheese. Nella se ofereceu para dividir o lanche com Madeline.

– Não é a mesma coisa que um bagel da Russ & Daughters, mas até que são gostosos, afirmou, dando uma bela mordida no sanduíche.

Madeline fez a mesma coisa, depois tomou um gole de refrigerante e continuou com o interrogatório:

– Ouvi dizer que Adriano tinha um irmão.

A professora franziu o cenho.

– Não, acho que não.

– Sim, tenho certeza. Ele se chamava Reuben. Era sete anos mais novo que Adriano.

Nella refletiu por alguns instantes.

– Naquela época, quando Bianca foi embora, havia boatos de que ela estava grávida de outro homem. Essas fofocas que a gente ouve em cidade pequena.

– A senhora não acreditou?

– Bianca até podia estar grávida. Mas, se realmente estivesse, era do marido. Bianca era bonita, mas nenhum homem de Tibberton teria corrido o risco de comprar briga com um louco furioso feito Ernesto.

Madeline voltava sempre para o mesmo assunto.

– Por que Bianca abandonou o filho mais velho?

Nella deu de ombros, em um gesto de incompreensão. Deu uma mordida no bagel e, de repente, lembrou de algo que esquecera de perguntar para Madeline:

– Como você ficou sabendo de todas essas histórias? E como conseguiu me localizar?

– Graças a Isabella Rodrigues – respondeu Madeline.

A professora precisou de alguns segundos para lembrar da prima de Adriano.

– Ah, a Isabella, claro. Ela veio me visitar algumas vezes. Uma boa moça, como você.

– As aparências enganam. Não sou muito boa moça – brincou Madeline.

Nella esboçou um sorriso.

— É claro que é.

— E Adriano, a senhora chegou a vê-lo de novo?

— Não, mas pensei muito nele. Espero que esteja bem. Tem notícias dele?

Madeline ficou em dúvida. De que adiantaria importunar a velhinha com notícias tão sinistras?

— Ele vai bem, não se preocupe.

— Você até pode ser boa moça, mas também é mentirosa — retrucou a professora.

— Você tem razão, Nella. Merece saber a verdade. Adriano morreu, já faz quase dois anos.

— E isso tem alguma ligação com essa sua investigação sobre o pintor. Senão, não teria vindo até aqui falar comigo...

— Para ser sincera, não sei de mais nada.

Para não se aprofundar na morte do policial, Madeline mudou de assunto:

— No fim da vida, Ernesto estava com câncer na garganta. Dizem que Adriano o acolheu na casa dele. Isso lhe parece possível?

Nella arregalou os olhos. Por trás das grossas lentes, sua íris dobrava de tamanho.

— Se isso for verdade, muito me espanta. Eu ficaria muito surpresa se descobrisse que Adriano se tornou adepto da caridade cristã.

— O que a senhora quer dizer com isso? — perguntou Madeline, servindo chá para ela.

— A menos que tenha sofrido na própria pele, acredito que ninguém é capaz de imaginar o sofrimento causado pela tortura. O tipo de coisa que Adriano passou, por tanto tempo, obrigatoriamente deixa sequelas e traumas, uma confusão mental inimaginável.

— Onde a senhora quer chegar?

— Acredito que chega um momento em que essa dor e esse ódio acumulados ficam impossíveis de canalizar. De um jeito ou de outro, a pessoa acaba sendo obrigada a voltar isso contra si mesma ou contra os outros.

As declarações elípticas da ex-professora primária levaram Madeline a abrir uma última porta:

– Rei dos álamos. Isso quer dizer alguma coisa para a senhora?

– Não. É uma marca de móveis de jardim?

Madeline se levantou e se despediu.

– Obrigada pela ajuda, Nella.

Ela gostou da mulher. Era a avó que adoraria ter. Antes de partir, revelou a preocupação que passava pela sua cabeça desde que chegara:

– Esse enfermeiro...

– Horace?

– Sim. Ele trata bem a senhora? Parece meio estranho.

– As aparências enganam, e esse é um dos casos. É um bom rapaz, pode ficar tranquila. Também não teve uma vida fácil.

Como se quisesse enfatizar a declaração de Nella, a varanda fez um ruído preocupante, atingida por um vento mais encanado que os anteriores. Madeline não pôde deixar de olhar para o teto de vidro, quase como se esperasse que ele fosse cair em cima dela.

– Ouvi dizer que a casa de repouso vai fechar as portas.

– Sim, daqui a três meses.

– A senhora tem um plano B?

– Não se preocupe comigo, vou morar com o meu marido.

– Achei que ele tivesse morrido.

– Sim, em 1996.

Madeline não gostou do rumo da conversa.

– Na minha opinião, ainda falta muito para a senhora morrer. Está com uma aparência saudável.

A velhinha sacudiu a mão para espantar essa ilusão. E, enquanto Madeline voltava para o salão, ela chamou:

– Não sei o que você está procurando, mas não vai encontrar.

– Por acaso a senhora é médium ou algo assim?

Nella sorriu e ajeitou o cabelo com a mão, como se fosse um último gesto de vaidade.

– Mas vai encontrar outra coisa – garantiu.

Madeline abanou para ela e foi até a picape estacionada debaixo dos pinheiros.

Antes de voltar para a estrada, foi até a praia, agreste, intocada, atemporal. Dentro de alguns meses, guindastes e betoneiras viriam destruir o local para construir um hotel, uma sauna, um heliporto. Tudo isso lhe pareceu ridículo, nefasto, desumano.

Droga, agora estava falando igualzinho a Coutances.

Voltou para a picape. Para guardar de lembrança, tirou uma foto da praia de areia branca e da casa de repouso. A velhinha talvez tivesse razão. Madeline poderia ter encontrado alguma coisa ali. Mesmo que ainda não soubesse o que era.

Entrou no carro, virou a chave e pisou fundo para pegar a rodovia nacional. Foi percorrendo os quilômetros, tentando organizar seus pensamentos. Já estava dirigindo há mais de uma hora quando seu celular tocou. Um nome apareceu na tela.

Dominic Wu.

3.

Todo mundo no bairro devia apelidar aquele prédio de Cubo Mágico. Pelo menos, foi isso que Coutances pensou quando o táxi o deixou no norte do Upper East Side, na esquina da 102 com a Madison Avenue.

O laboratório Pelletier & Stockhausen era um cubo de vidro multicolorido, um patchwork de cores vivas que contrastava com o cinza e o marrom monótono das construções ao redor.

Quem disse que os americanos nunca tiram férias? Naquele final de manhã, pelo menos, o laboratório estava bem tranquilo. Gaspard se apresentou a uma funcionária elegante e longilínea, mas meio esquelética, com o rosto todo anguloso: traços sombrios, feitos com esquadro, pele pálida, olhar tenso e melancólico, que lembrava certos quadros de Bernard Buffet.

A senhorita Arame o levou até uma sala no sexto andar que tinha vista para o imenso complexo do Hospital Monte Sinai.

– Entre, sr. Coutances! – exclamou o dono do laboratório.

Dwight Stockhausen estava saindo de viagem. Em cima de um sofá Florence Knoll havia duas malas Alzer com o monograma da Louis Vuitton, uma bolsa de viagem combinando e um par de botas Moon Boot forradas de pele.

– Vamos passar o Ano-Novo em Aspen. No Hotel Jerome. Você já esteve lá?

Sua voz tinha uma presunção assumida. Aproximou-se e estendeu a mão.

– Não recentemente – respondeu o dramaturgo.

Com um gesto, o cientista o convidou a sentar no sofá.

Ele ficou de pé por mais um minuto. Com os olhos grudados à tela, digitava em um smartphone que parecia minúsculo em relação a seus dedos gordos.

– Falo com você dentro de um instante. Só preciso completar esse maldito formulário do aeroporto.

Gaspard aproveitou para examinar o anfitrião com mais atenção. Quando era criança, sua mãe era amiga de sujeitos como aquele, que moravam no 16º *arrondissement* de Paris, ou em bairros nobres como Belgravia ou Beacon Hill. Seu queixo duplo e perfil à la Luís XVI combinavam perfeitamente com as calças príncipe de gales e o blazer com estampa chevron, as meias Gammarelli e os mocassins com pingentes.

Por fim, o Bourbon resolveu sair do telefone e se sentar na frente de Gaspard.

– Você queria conversar comigo a respeito de Sean Lorenz, é isso?

– Até onde eu sei, ele veio vê-lo há um ano, no dia 23 de dezembro de 2015, o mesmo dia em que morreu.

– Eu lembro. Eu mesmo o recebi. Cá entre nós, era um artista famoso, não era?

Stockhausen apontou para as paredes de sua sala gigantesca.

– Como você pode ver, também posso ser considerado um colecionador – afirmou, com aquele tom pedante que era sua marca registrada.

Gaspard reconheceu uma litografia de "Menina com um balão vermelho" de Banksy – que poderia ser encontrada em milhares de salas ou como fundo de tela de milhões de computadores. Também reconheceu uma serigrafia de Damien Hirst – a eterna caveira de diamantes da qual fazia variações infinitas –, bem como uma grande escultura de Arman representando um violino explodido (e por acaso Arman já fizera outra coisa que não violinos em fúria?). Enfim, obras que ele execrava.

– Voltemos a Lorenz, por favor.

Esquivo como uma enguia, o cientista não pretendia permitir que Gaspard conduzisse a conversa.

– Para começar, como você ficou sabendo dessa história? – indagou.

Gaspard se recusou a entrar no seu jogo. Se Stockhausen havia concordado em recebê-lo de última hora é porque temia pela própria reputação e pela reputação do seu laboratório.

– Não vamos perder tempo, sr. Stockhausen: diga *imediata e exatamente* o que Sean Lorenz queria com o senhor.

– Não posso. Tudo isso é confidencial, como o senhor bem sabe.

– Garanto que não será por muito tempo. Sim, porque um pelotão de policiais pode desembarcar em Aspen e levá-lo de lá algemado. Isso vai ser uma festa e tanto no Hotel Jerome, pode acreditar.

O cientista ficou confuso:

– E que motivo teriam para me prender?

– Cumplicidade no assassinato de uma criança.

Stockhausen limpou a garganta.

– Saia daqui! Vou chamar o meu advogado.

Gaspard se recostou no sofá duro demais.

– Não precisamos chegar a esse exagero.

– O que exatamente o senhor quer saber?

– Eu já lhe disse.

O doutor estava ficando constrangido. Tirou o lindo lencinho de seda do bolso do blazer para secar o suor e decidiu ceder.

– No dia 23 de dezembro, Sean Lorenz entrou na minha sala muito exaltado. Parecia um demente. Francamente: se ele não fosse famoso, eu jamais o teria recebido.

– E trazia um saco de plástico, é isso?

Stockhausen fez cara de nojo.

– Sim, um saco de lixo contendo um tapete velho. Desses de carro.

Gaspard confirmou.

– Sim. De fato, era do porta-malas de um Dodge.

– Enfim – continuou o cientista –, Lorenz queria saber se o tal tapete continha traços genéticos que poderiam ser do seu filho.

– E, tecnicamente, isso é possível?

Stockhausen deu de ombros diante da pergunta disparatada.

– Claro que é, porque Lorenz estava bem na nossa frente. Só precisávamos coletar um pouco de saliva com cotonete. A comparação de DNA que ele me pedia não era muito mais elaborada do que um simples teste de paternidade. Só que levava um pouco mais de tempo.

– E imagino que Sean estivesse com pressa.

O diretor do laboratório balançou a cabeça.

– Na época das festas de fim de ano é sempre complicado por causa da folga dos funcionários. Mas todo problema tem solução quando a pessoa concorda em pegar o talão de cheques.

– No caso, qual foi o valor do cheque?

– No caso, foi bem melhor do que um cheque.

Stockhausen se levantou e foi até o quadro de Banksy. Atrás dele, havia um cofre com segredo biométrico escondido. O cientista abriu o armário de aço e tirou dele um quadro pequeno, de madeira escura. Debaixo do vidro, havia um desenho assinado por Sean Lorenz reproduzindo a fileira dos arranha-céus de Nova York. Gaspard imaginou a cena e teve vontade de vomitar: o gordo Stockhausen prestes a arrancar de Lorenz, que agonizava de tanta tristeza, um último desenho em troca de uma simples análise genética.

Pela cara, Luís XVI não tinha consciência da própria ignomínia.

– Acho que se pode dizer, sem sombra de dúvida, que se trata da última obra do artista – disse, rindo, satisfeito com a própria tirada.

Gaspard conteve a vontade de quebrar a moldura, rasgar o desenho em mil pedacinhos, ir para a sacada e atirar papeizinhos como se estivesse dispersando cinzas. Isso seria lindo, mas não ajudaria o progresso da investigação. Manteve a calma e continuou a conversa:

– Lorenz então lhe fez esse desenho para que você diminuísse o tempo de espera da análise...

– Isso mesmo, eu lhe garanti que teria os resultados no dia 26 de dezembro pela manhã. Seria complicado, mas possível.

– Então ele deveria voltar aqui três dias depois?

– Mas nunca veio buscar o resultado, porque morreu nesse meio-tempo – completou o doutor.

Stockhausen esperou alguns segundos.

– Os resultados chegaram na data prevista, mas ficaram armazenados nos computadores. Não havia nenhum mandado judicial, ninguém nunca se manifestou. Temos um software de gestão que manda três alertas automáticos, depois o assunto saiu da minha cabeça.

– A morte de Lorenz foi noticiada em todos os jornais. Isso não lhe causou nenhuma reação?

– Não entendo o que uma coisa tem a ver com a outra. Ele morreu de ataque cardíaco, no meio da rua.

Visto dessa maneira, Stockhausen até que tinha razão.

– Todos os anos – continuou ele –, no começo do outono, minha equipe faz uma limpeza nos arquivos. Foi nessa hora que tive conhecimento dos resultados.

Gaspard estava começando a se irritar.

– E quais eram?

– O teste de paternidade foi positivo.

– Ou seja?

– Ou seja: o tapete podia ter sido cuidadosamente higienizado, mas não precisamos procurar muito para encontrar resquícios de sangue pertencentes ao filho de Sean Lorenz.

– E você não avisou a polícia?

– Eu já lhe disse que soube disso em setembro do ano passado! Pesquisei na internet: o menino tinha morrido, assassinado por uma louca. Que diferença teria feito?

– É verdade – admitiu Gaspard.

Ele se levantou do sofá. Stockhausen insistiu para acompanhá-lo até o elevador.

– Esse tapete de carro era de quem? – quis saber o diretor do laboratório.

– Você não acha que é um pouco tarde para se preocupar com isso?

Ele insistiu:

– Era do carro de Beatriz Muñoz? Ela matou outras crianças também, não é?

Gaspard percebeu que ele estava escondendo alguma coisa.

– Caramba! Fale logo o que você está escondendo, Stockhausen!

O elevador chegou e as portas se abriram, mas Gaspard não tirou os olhos do cientista. O homem parecia sem ar, como se tivesse acabado de percorrer Manhattan inteira correndo.

– Encontramos traços de sangue do filho de Lorenz naquele tapete, sim, mas não foi só isso... Havia outros vestígios, sangue e saliva de outras pessoas.

– De crianças?

– Isso é impossível de dizer.

– E como você interpreta esse fato?

– Não sei, não sou policial nem médico legista. Pode ser milhares de coisas. Resquícios de contato...

– Na sua opinião?

Stockhausen respondeu, ofegante:

– Na minha opinião, outros corpos foram transportados no porta-malas daquele carro.

4.

Madeline atendeu enquanto dirigia.

– Fala, Dominic.

– Fiz o que você me pediu, Maddie: me debrucei sobre o caso Sotomayor e encontrei algo muito estranho.

Apesar de estar de férias, Dominic Wu falava com o tom típico do caçador triunfante.

– Com relação ao irmão?

– É, Reuben. Algumas semanas antes de morrer, ele foi à delegacia de Gainesville para registrar o desaparecimento da própria mãe.

– Bianca Sotomayor?

– Isso mesmo. Nascida em 1946, tinha 65 anos quando da ocorrência. Tinha acabado de se aposentar. Antes disso, trabalhou em diversos hospitais, em Massachusetts, depois em Toronto, Michigan e Orlando.

– Ela tinha marido? Namorado?

– Só se casou uma vez, com Ernesto Sotomayor, pai de Adriano e de Reuben. Depois disso, morou com um médico canadense e com um vendedor de carros de Orlando, que bateu as botas em 2010. Quando desapareceu, ela saía com um jovenzinho de 44 anos que era dono de um spa na região. Parece que é moda comer umas velhas.

– Foi aberto inquérito para investigar o desaparecimento?

– Sim, mas não deu em nada. A pasta está vazia. Nenhum sinal de alerta, nenhum indício, nenhuma pista. Bianca Sotomayor simplesmente evaporou.

– E ela acabou sendo declarada legalmente morta?

– Em novembro de 2015.

"Foi por isso que o inventário de Adriano demorou tanto", pensou.

– Fiz minha parte, Maddie. Agora conta por que está tão interessada nesse caso.

– Te ligo depois – prometeu ela.

E desligou antes que o agente tivesse tempo de fazer mais perguntas.

Em seguida, ligou para Isabella, mas caiu na caixa postal. Então resolveu ligar para Gaspard.

– Onde você está, Coutances? Em Manhattan?

– Onde você queria que eu estivesse? Tomando sol em Papeete ou Bora Bora? Acabei de sair do escritório de Stockhausen. Consegui localizá-lo. Você acredita que...

– Depois você me conta – falou. – Vou passar para buscá-lo. Aluguei um carro. Estou na Southern State passando por Hempstead. Voltando dos Hamptons. Uma longa história. Vou lhe contar tudo.

– Eu também tenho muita coisa para lhe contar.

– Já, já você me conta. Chego em uma hora. Enquanto isso, quero que você me faça um favor.

Só pela voz, pelo timbre mais claro, a entonação determinada, Gaspard percebeu que Madeline não estava com o mesmo humor do dia anterior.

– Pode falar.

– A umas duas quadras do hotel, na Thomas Street, tem uma loja de equipamentos profissionais chamada Hogarth Hardware. Você...

– O que você quer que eu vá fazer lá?

– Primeiro me deixa falar até o fim! Tem papel e caneta? Aí vai a lista: duas lanternas, lâmpadas de sinalização fluorescentes, um pé de cabra de aço temperado, uma barra de ferro...

– E onde iremos com tudo isso?

– Isso é você quem vai me dizer. Faça exatamente o que eu pedi. Está me ouvindo, Coutances?

Obviamente, Madeline encontrara alguma coisa que a fez repensar as dúvidas que sempre tivera em relação à pertinência daquela investigação. Alguma coisa que nem ela era capaz de precisar.

Gaspard pensou então que fizera bem em ir atrás dela.

20
O filho preferido

O preto é uma cor em si, que resume e consome todas as outras.

Henri Matisse

1.

Os dois saíram de Nova York no começo da tarde e pegaram a estrada rumo ao leste, enfrentando os engarrafamentos. Os cem primeiros quilômetros até New Haven foram um pesadelo. Uma rodovia sobrecarregada, cheia de trevos viários, um inferno urbano que se estendia ao infinito. Um território de agonia empesteado por uma metástase de concreto e abafado por dióxido de nitrogênio e partículas finas.

Madeline e Gaspard aproveitaram o tempo do périplo para encaixar as peças de um quebra-cabeça macabro. A história de uma infância dilacerada. De uma violência que deu origem a uma violência dez vezes maior, de uma crueldade e de uma barbárie diárias que, muitos anos depois, alimentaram uma fúria assassina. A história de uma bomba de efeito retardado. A história de um menino cujos pais, cada um a seu modo, transformaram em monstro.

Madeline aumentou a temperatura do aquecimento do carro. Já caía a noite. O dia passara sem que ela se desse conta, no ritmo acelerado das descobertas. Grandes peças se desvelavam. Já vira isso acontecer em alguns casos. Era o momento mais excitante da investigação. A vingança da verdade. Quando, depois de passarem muito tempo reprimidas, certas evidências vinham à tona com uma força devastadora. Nos seus pensamentos, as nuvens começavam a se dissipar, e aquilo que ela via a deixava espantada.

Sempre é difícil identificar as raízes de uma tragédia, detectar o instante preciso em que uma vida muda. Depois de algumas horas, contudo, Madeline tinha uma certeza. A tragédia começou durante o verão de 1976, em Tibberton, uma pequena cidade pesqueira de Massachusetts para onde ela e Gaspard se dirigiam.

Naquele verão, uma enfermeira do posto de saúde local, Bianca Sotomayor, descobre que está grávida do segundo filho. Assim que seus olhos pousam no resultado do exame de sangue, ela toma uma decisão radical. Cansada de suportar as ofensas e socos diários do marido, Ernesto, pega suas economias, abandona o lar da noite para o dia e vai refazer sua vida no Canadá.

Naquela época, seu filho mais velho, Adriano, ainda não completara seis anos. Sozinho com o pai, o menino é o único alvo de toda a violência dele. Aguenta surra após surra, humilhação após humilhação, desferidas muitas vezes com uma crueldade inimaginável. Precisa esperar mais dois anos para que sua professora, Nella Boninsegna, denuncie a conduta do pai e liberte a criança daquele calvário.

Então, parece que tudo está dando certo na vida do menino. Longe do pai, Adriano tem a oportunidade de ficar com uma família de acolhimento amorosa, que até permite que o garoto mantenha contato com a prima Isabella. No Harlem, tem uma adolescência normal e faz amizade com o jovem Sean Lorenz, um gênio precoce do grafite, e com a atormentada Beatriz Muñoz, filha de imigrantes chilenos que, por causa da sua aparência, teve, assim como ele, uma infância difícil, marcada pelo desprezo e pela humilhação.

Os três formam Os Pirotécnicos, um grupo de grafiteiros que cobre, com suas cores vivas, os vagões de metrô e os muros de Manhattan. Adriano não é muito assíduo na escola. Logo larga os estudos e, depois da juventude um tanto tumultuada, acaba entrando para a polícia. Chega a ser promovido, mas não se destaca muito. Aparentemente, leva uma vida tranquila, mas quem poderia adivinhar o que realmente passa pela sua cabeça?

Era aí que os fragmentos do quebra-cabeça se tornavam mais hipotéticos. Madeline tinha plena consciência de que, a partir desse ponto, estava combinando impressões e possibilidades fundamentadas pelas confiáveis mas pequenas descobertas que fizera em Nova York. E, apesar disso, o panorama geral que se delineava era de uma coerência inacreditável.

Na sua opinião, uma coisa era certa: as trevas da infância de Sotomayor não tinham se dissipado. Voltaram à tona no início dos anos 2010, quando Adriano localizou o irmão mais novo, Reuben, que dava aula na universidade de Gainesville. Será que os dois irmãos tinham conhecimento da existência um do outro havia muito tempo? Será que já teriam se falado? Àquela altura, Madeline não sabia. De todo modo, foi só nessa época que um ódio vingativo passou a consumir Adriano, o levando a uma fúria assassina. Ele reencontrou a mãe na Flórida. Em um primeiro momento, talvez tenha pensado em matá-la, mas mudou de ideia: morrer era pouco para pagar por tudo o que ela o fizera passar.

Madeline não era psiquiatra, mas acreditava que essa era a chave para explicar o comportamento de Adriano:

não era o pai que ele mais odiava, mas a mãe. A mãe que o abandonara. A mãe que um dia ele havia idolatrado e que desertara do campo de batalha em que os dois lutavam juntos. A mãe que ele venerava e preferiu fugir com o feto que carregava na barriga.

Foi, portanto, em torno dessa mãe que o ódio se cristalizou. Madeline imaginava o choque que o menino deve ter sentido. Comparado a esse assombro, nem a violência do pai era páreo. Pelo menos, deve ter sido assim que sua mente escreveu a história. Os homens são violentos por natureza. Mas é dever das mães proteger os filhos. Entretanto, a sua fora embora. Para proteger outra criança. Um erro pelo qual ela teria que pagar eternamente.

A hipótese parecia uma loucura, mas foi o único motivo racional que Madeline conseguiu encontrar para ligar a trajetória de Adriano aos crimes do Rei dos álamos. Adriano teria sequestrado Bianca e a mantido em cativeiro. Ao longo de várias semanas, devia ter falado longamente sobre como mataria Reuben, espancando seu filho preferido até a morte. Por um tempo, contentou-se com essa tortura mental, depois partiu para a ação. Reuben foi assassinado.

Mas Bianca não ia se safar assim tão facilmente. Adriano cometeria esse mesmo crime até o fim dos tempos. Infligir à mãe a morte do irmão cem vezes. Fazê-la passar por um calvário. Uma punição sofisticada que devia ter amadurecido bem devagar em sua mente. Em fevereiro de 2012, no parquinho de Shelton, sequestrou o pequeno Mason Melvil e o deixou aos cuidados da mãe. No cativeiro, Bianca não teve escolha a não ser cuidar do menino o melhor que pôde. Devia até ter redobrado o carinho para tentar atenuar o trauma que a criança de dois anos, separada brutalmente dos pais e colocada em um esconderijo escuro, em companhia de uma desconhecida, devia estar passando. Obviamente, Bianca não pôde deixar de se afeiçoar a ele.

Mas, em meados da primavera, sem mais nem menos, o Rei dos álamos tirou o menino dos braços de sua mãe e o matou, provavelmente na frente dela, e depois se livrou do corpo perto de um lago. Uma sequência que, nos dois anos seguintes, Adriano repetiria três vezes, com Caleb Coffin, Thomas Sturm e Daniel Russell.

Madeline não tinha mais dúvidas a respeito da identidade do Rei dos álamos. Adriano era mesmo o assassino. Mas, ao contrário do que todo mundo acreditava, suas verdadeiras vítimas não foram as crianças. Era uma conclusão trágica, mas os pobres meninos não passaram de danos colaterais. Meios para atingir infinitamente a única vítima: sua mãe.

2.

Perto de Mystic, o trânsito enfim começou a fluir. A picape seguiu pela costa em direção ao leste e entrou no estado de Rhode Island, indo em direção a Providence. Escutando o rádio, era impossível ignorar o fato de que só faltavam algumas horas para a noite de Natal. De Dean Martin a Nat King Cole, parecia que todos os grandes cantores tinham algo a dizer para animar a noite. Louis Armstrong acabara de cantar *White Christmas*, e Sinatra já emendava com *Jingle Bells*.

Os pensamentos de Gaspard estavam em sintonia com os de Madeline. Ele pensava na mitologia grega, no castigo que Zeus infligira a Prometeu por ter roubado o fogo sagrado dos deuses: ser amarrado a uma rocha para, todos os dias, ter o fígado devorado pela águia dos Cárpatos. O fígado tinha a capacidade de se regenerar durante a noite, e o calvário podia recomeçar no dia seguinte. Um sofrimento perpétuo. Uma expiação não muito diferente da que Adriano impusera à mãe. A morte do filho preferido repetida infinitamente.

Gaspard pensou no ódio que Sotomayor devia ter acumulado para se entregar a tamanha loucura, e o azar que tiveram todos aqueles que cruzaram seu caminho.

Em dezembro de 2014, as circunstâncias da vida foram tais que sua sanha assassina cruzou dois outros destinos. Os três Pirotécnicos se reencontraram, mesmo sem querer, no caminho da existência. Só que os tons vivos dos anos 1990 deram lugar aos do sangue e das trevas.

Beatriz Muñoz, com quem Adriano mantivera contato esporádico, se deixou levar por seus próprios demônios. Era um tanto paradoxal e frustrante o fato de Beatriz representar uma espécie de irmã mais nova em sofrimento para Adriano. O sofrimento que causa sofrimento. O mesmo ódio que leva alguém a infligir o pior castigo àqueles que ama profundamente. Mas uma grande diferença separa essas duas almas distorcidas: Beatriz não leva sua loucura às últimas consequências. Tortura Pénélope Lorenz, física e mentalmente, mas não tira a vida de Julian.

Quando resolve devolver a criança para seus pais, liga para Adriano, que ela acredita ser um policial íntegro, para que ele sirva de intermediário. Pede para encontrá-lo no Newtown Creek. Entrega a criança para que o amigo a leve para o pai e vai embora, se jogar debaixo de um trem.

É nessas circunstâncias improváveis que o Rei dos álamos se vê com o filho de Sean dentro do porta-malas do carro. Um presente inesperado que dispensa a procura por uma nova criança. Ele leva Julian para o cativeiro onde, seguindo um ritual àquela altura já bem estabelecido, entrega o menino aos cuidados de Bianca.

As semanas passam. Seguindo o *modus operandi* que sempre obedeceu à risca, Sotomayor planeja tirar a vida de Julian entre o final de fevereiro e o começo de março. Contudo, no dia 14 de fevereiro de 2015, o Rei dos álamos foi brutalmente assassinado na frente de casa, por um traficante de bairro.

Gaspard piscou. De volta à realidade. Essa era a história que Madeline e ele conseguiram reconstruir. Preenchendo as lacunas com muitas hipóteses. Os dois até podiam estar enganados. Mas, se estivessem certos, duas perguntas permaneceriam sem resposta: onde ficava o cativeiro em que o Rei dos álamos mantinha a mãe e as suas demais vítimas? Será que existia alguma possibilidade de Julian e Bianca ainda estarem vivos quase dois anos após a morte de seu sequestrador?

A resposta para a última pergunta era: provavelmente não. Quanto ao cativeiro, os dois acreditavam tê-lo localizado. Em Nova York, algumas horas antes, Gaspard confiara na intuição de Madeline e ligara para André, marido de Isabella. Ele confirmara que o inventário de Adriano fora longo e complicado por causa das implicações jurídicas ligadas ao desaparecimento de Bianca. Resumindo: o processo ficou bloqueado até que o juiz encarregado do processo assinou o atestado de óbito da tia.

– André, havia algum outro imóvel no inventário? Um terreno? Um chalé? Uma cabana?

– Tinha a antiga casa da família Sotomayor em Tibberton.

– Vocês foram lá recentemente?

– Nunca! Isabella odeia aquele buraco. E o casebre... ela tem pavor! Já vi fotos, está mais para Amityville do que para Martha's Vineyard.

– Quem mora lá agora?

– Ninguém. Tentamos vender por um ano, mas os compradores não passavam do portão. E o corretor, pelo jeito, era meio tapado.

Gaspard anotou o endereço. Quando contou para Madeline, ela argumentou que não fazia sentido o velho Ernesto não ter tentado vender a espelunca na época em que recebeu o diagnóstico de câncer e foi morar com o filho em Nova York. A hipótese de que o cativeiro de Adriano fosse naquela casa ganhara credibilidade. Aquilo implicava uma bela organização para garantir provisões para a cativa, já que ele trabalhava em Nova York. Mas era possível.

Gaspard sentiu o coração acelerar e o sangue pulsando nas têmporas.

– Não se anime muito, Coutances. Só vamos encontrar dois cadáveres – disparou Madeline antes de pegar a estrada.

3.

Depois de quatro horas de estrada, chegaram ao anel viário de Boston. Pouco depois de Burlington, pararam em um posto para abastecer. Gaspard quis ajudar, mas, com as mãos machucadas, penava para encher o tanque.

– Busca um café para mim! – ordenou Madeline, tirando a mangueira da mão dele.

Ele cedeu e foi se abrigar do frio dentro da loja de conveniência. Pagou a gasolina. Dois *lungo* sem açúcar. Já eram quase oito da noite. Para algumas famílias, a noite de Natal estava começando. Os alto-falantes continuavam tocando o *Great American Songbook* versão natalina. Gaspard reconheceu uma interpretação de *Old Toy Trains*, o clássico de Roger Miller. Seu pai costumava tocar no violão a versão francesa, *Petit garçon*, popularizada por Graeme Allwright. Mesmo depois de adulto, as lembranças de seus primeiros natais ainda eram bem vivas. As mais felizes eram as dos momentos que passara no apartamento de dois cômodos do pai. Trinta e sete metros quadrados, na praça Paul-Lafargue, em Évry. Viu-se de novo na noite do dia 24, colocando biscoitos e chá quente para o Papai Noel perto do pinheirinho. Lembrou-se dos presentes, com os quais brincou com o pai: o boneco Big Jim, Autorama, Árvore Mágica dos Klorofil, Papa-Bol...

Geralmente, essas lembranças faziam Gaspard chorar. Por isso ele as reprimia. Porém, naquela noite, pôde aceitá-las sem resistir. Apenas como bons momentos, dos quais lembrou com gratidão. E isso fez toda a diferença.

– Que frio – queixou-se Madeline, sentando ao lado dele em um dos banquinhos bambos que havia em volta de uma mesa de plástico.

Fez a bobagem de engolir o café de um gole só. Mas, como estava quente demais, foi obrigada a cuspir.

– Porra, Coutances! Você quer me matar, por acaso? Será que até pegar um café é complicado demais para você?

Madeline Greene em todo seu esplendor. Tranquilamente, Gaspard se levantou e foi buscar outro café para ela. Discutir e estragar o clima bom da investigação estava fora de questão.

Enquanto esperava, Madeline deu uma olhada no celular. Um e-mail de Dominic Wu chamou a sua atenção:

Um presente, se for passar a noite de Natal sozinha. Feliz Natal.

A mensagem lacônica continha um arquivo pesado. Madeline clicou para abri-lo. Em paralelo, Wu conseguira levantar a movimentação bancária de Adriano. Uma mina de ouro, por assim dizer.

– De onde saiu essa cara feliz assim, de uma hora para o outra? – perguntou Gaspard, entregando-lhe o café.

– Dá uma olhada nisso – respondeu ela, encaminhando o PDF para o e-mail dele. – O extrato dos gastos de Sotomayor. Examina primeiro, depois a gente conversa. Procura recorrências.

Madeline pôs o segundo copinho em cima da mesa, do lado do seu smartphone. Durante meia hora, não tirou os olhos da tela. Ficou concentrada, com a cabeça baixa, percorrendo com os olhos as dezenas de páginas do arquivo, fazendo anotações em um jogo americano de papel. Gaspard, por sua vez, fazia exatamente a mesma coisa. Pareciam dois viciados diante de uma máquina caça-níqueis em um cassino de Las Vegas.

O relatório mostrava as movimentações bancárias dos três últimos anos de vida de Sotomayor. O documento era como uma câmera focada na sua existência. Revelava seus hábitos, o restaurante onde gostava de ir comer sushi na hora do almoço, a localização dos estacionamentos onde guardava o carro, os pedágios das rodovias que utilizava, o nome dos médicos que consultava, e até as pequenas extravagâncias que se permitia. Um par de botas Edward Green de 1.400 dólares, um cachecol Burberry de caxemira, de 600 dólares...

Gaspard, enfim, levantou a cabeça, decepcionado.

– Não vejo nada que ligue Adriano diretamente a Tibberton, nenhum trajeto recorrente, conta de água ou de luz, nem gastos em lojas da região.

– Isso não quer dizer muita coisa, necessariamente. Um policial como Adriano é capaz de mascarar sua movimentação financeira, abrindo uma outra conta ou pagando em dinheiro. Mas certas despesas recorrentes são preocupantes.

De fato, quatro lojas apareciam com frequência. Primeiro, Home Depot e Lowe's Home Improvement. As duas maiores cadeias de bricolagem, construção e ferramentas do país. O valor total das compras era bem alto, indicando alguma obra de grande porte. O tipo de reforma – isolamento acústico, circulação de ar... – que alguém poderia ser obrigado a fazer caso quisesse manter alguém em cativeiro por um longo período.

A terceira empresa era menos conhecida, e os dois tiveram que pesquisar na internet para descobrir seu ramo de atividade. LyoϕFoods era um estabelecimento especializado na venda on-line de alimentos liofilizados. No site, encontraram todo tipo de comida para rações militares e kits de sobrevivência. Pacotes já montados com latas de sardinha, barrinhas energéticas, carne desidratada e refeições liofilizadas de longa vida. A empresa abastecia montanhistas e marinheiros, mas também vendia para todos os cidadãos – cada vez mais numerosos – convencidos de que o próximo apocalipse exigia um estoque enorme de alimentos.

Por fim, a movimentação financeira revelava que Sotomayor era cliente assíduo do site walgreens.com, uma das principais redes de farmácias dos Estados Unidos. Claro que se encontra de tudo, ou quase tudo, na Walgreens. Mas, especificamente, todos os produtos de higiene necessários para bebês e crianças pequenas.

Madeline terminou de tomar o café frio e se virou para Gaspard. Pôde perceber que o dramaturgo pensava a mesma coisa que ela. No coração, uma esperança irracional. E, na cabeça, imagens para se apegar: Bianca Sotomayor, uma senhorinha cansada, prisioneira há anos dentro de um porão à prova de som. Uma mulher mantida em cativeiro pelo próprio filho, que ela, obviamente, suspeitava estar morto. Uma mulher que, por mais de dois anos, cuidava de uma criança, privando-se de tudo, economizando comida, água, luz. Esperando o dia em que, talvez, alguém viesse libertá-los.

– Anda logo, Coutances. Temos que zarpar.

4.

Os últimos quilômetros foram os mais longos. A estrada até Tibberton era tortuosa. Um pouco depois de Salem, precisaram percorrer um trecho curto da rodovia US1, pegar uma estrada em aclive que contornava uma floresta – que o GPS identificava com o estranho nome de Blackseedy Woods –, e voltar a descer em direção à costa.

Gaspard ficava olhando de relance para Madeline. Sua fisionomia mudara completamente. Seu olhar era radiante, os cílios piscavam, sua expressão determinada lembrava a da foto que Gaspard vira na reportagem da revista do *NYT*. Até seu corpo estava inclinado para frente, como se estivesse pronto para partir para a ação.

Chegaram a Tibberton depois de cinco horas de estrada. Era visível que a cidade fizera economia no quesito iluminação pública e decoração de Natal: as ruas estavam submersas na treva. Os prédios públicos não estavam iluminados, e até o porto parecia estar às escuras. O lugar lhes pareceu ainda mais austero do que os sites de turismo que haviam lido levavam a crer. Tibberton era uma cidadezinha de poucos milhares de habitantes, que fora um local privilegiado para pesca em alto-mar e, ao longo das décadas, foi decaindo lentamente, sofrendo com a fama de Gloucester, a célebre vizinha que se impôs como meca do atum. Desde então, a cidade teve dificuldade para conquistar seu lugar na pesca e no turismo.

Os dois seguiram as coordenadas do GPS e saíram da zona costeira, percorrendo as curvas de asfalto que serpenteavam pela região. E então se embrenharam em uma estradinha estreita, cercada de mato. Depois de um quilômetro, uma placa *FOR SALE* apareceu, iluminada pelos faróis. "*Please contact Harbor South Real Estate*"*, dizia a placa, que terminava com um número de telefone da região.

Madeline e Gaspard saíram do carro ao mesmo tempo, deixando os faróis ligados. Não estavam armados, mas se equiparam com lanternas, o pé de cabra e a barra de ferro que Gaspard comprara em Manhattan.

---

* "Entre em contato com a imobiliária Harbor South", em inglês no original. (N.T.)

Ainda estava bem frio. Vindo do Atlântico, o vento forte batia no rosto deles. Mas, em Tibberton, até o ar salgado tinha cheiro de merda.

Aproximaram-se da construção, avançando lado a lado. A residência da família Sotomayor era uma casinha colonial rústica de dois andares, com uma chaminé central. Podia até ter sido bonita um dia, há muito tempo, mas se tornara sinistra. Um casebre lúgubre, cercado de mato e arbustos, com um pórtico de duas colunas que caíam aos pedaços. Chegaram até lá com dificuldade, passando pelas plantas espinhosas. Naquela noite escura, a fachada de lambris de pinho dava a impressão de ter sido pintada com piche.

Não precisaram utilizar o pé de cabra. A porta estava entreaberta. Fora quebrada há muito tempo, a julgar pela madeira empenada pela umidade. Direcionaram o facho das lanternas e entraram na casa. O casebre estava praticamente vazio, entregue à própria sorte há muitos anos. Sem dúvida fora invadido pelos mendigos da região várias vezes. A cozinha americana fora saqueada. O balcão de madeira havia desaparecido. As portas do armário tinham sido arrancadas. Na sala, sobrara apenas um sofá rasgado e uma mesa de jantar quebrada. No chão, havia dezenas de garrafas vazias de cerveja, preservativos, seringas. Havia até pedras dispostas em círculo e cinzas indicando que alguém fizera uma fogueira no meio da sala. Os invasores foram ali para transar, beber e se drogar à luz das chamas. Mas nada indicava que alguém tivesse ficado preso ali.

Nos outros cômodos, não havia nada além de poeira, mofo e do assoalho podre que se desfazia por todos os lados. Nos fundos da casa, havia um alpendre que dava para uma pequena sacada com duas cadeiras Adirondack mofadas. Madeline soltou um palavrão quando viu algo que parecia uma garagem grande ou um galpão para barcos com telhado curto e bem inclinado. Com Gaspard em seu encalço, atravessou o jardim e entrou no depósito, que também estava vazio.

Os dois voltaram para a casa. Debaixo da escada havia uma porta meio escondida que dava acesso para outra escada, que, por sua vez, levava não a um porão, mas a um grande subsolo onde havia apenas uma mesa de pingue-pongue coberta de teias de aranha. Nos fundos do cômodo, havia mais uma porta, que cedeu depois de forçarem com o ombro: era a fossa séptica do casebre. Era visível que, há muitos anos, ninguém se aventurava a entrar ali.

Por desencargo de consciência, subiram até o andar que, um dia, abrigara os quartos e os banheiros. Lá também não sobrara muita coisa. Com exceção do quarto que Adriano deveria ter ocupado até os oito anos de idade.

O facho da lanterna de Gaspard percorreu o quarto em que jaziam lembranças fantasmas. Um colchão, prateleiras reviradas, pôsteres plastificados que apodreciam pelo chão. Os mesmos que ele pregara em seu próprio quarto e tinham povoado sua imaginação de criança: *Tubarão*, *Rocky*, *Guerra nas estrelas*... A única diferença entre os dois panteões: o boxeador argentino Carlos Monzón substituiu o Michel Platini do AS Nancy-Lorraine.

Gaspard apontou a lanterna para o lado de dentro da porta e viu os tradicionais riscos feitos com giz de cera que marcavam o quanto a criança havia crescido. Teve uma intuição. Havia alguma coisa ali que não se encaixava. Por que Ernesto, depois de ter perdido a guarda do filho, conservou o quarto do menino exatamente do jeito que estava?

Gaspard se agachou. Havia porta-retratos no chão, pegando pó há uma eternidade. Esfregou os vidros para tirar a sujeira. Fotos coloridas e desbotadas dos anos 1980 que os jovens de hoje tentam reproduzir com filtros do Instagram. Retratos de uma família norte-americana: o rosto sério e altivo de Ernesto, as curvas latinas da bela Bianca, a Monica Bellucci de Tibberton, o rosto de Adriano diante das cinco velinhas do seu bolo de aniversário, sorrindo para agradar o fotógrafo, mas já com aquele olhar meio perdido que a professora mencionara. Gaspard tirou o pó de outro porta-retratos. Uma quarta foto que o deixou boquiaberto: Ernesto e o filho, já adulto. Devia ter sido tirada na cerimônia que marcou o ingresso de Adriano na NYPD. O pai estava orgulhoso, com o braço em volta do pescoço do filho e a mão pousada no ombro dele.

Ou seja: Adriano retomara o contato com o pai quando tinha dezoito ou vinte anos, muito antes de Ernesto ficar doente. Aquilo era incompreensível. Ou melhor: seguia uma lógica perversa. Quando se tornou incapaz de dar uma surra no filho, Ernesto deixou de ser uma ameaça para Adriano, que aceitou conviver com o pai novamente. Mais uma vez, Gaspard e Madeline se espantaram com o fato de Adriano ter canalizado seu ódio apenas para a mãe. Era injusto, chocante, sem sentido. Mas, depois de um certo grau de horror e barbárie, o sentido e a razão podem deixar de ser ferramentas úteis para desvendar o comportamento humano.

Bianca

Meu nome é Bianca Sotomayor.

Tenho setenta anos e, há cinco, sou prisioneira no inferno.

Podem acreditar na minha experiência: a verdadeira característica do inferno não é o sofrimento que lhe infligem. O sofrimento é algo banal, inerente à existência. Desde o nascimento, o ser humano sofre em qualquer lugar, o tempo todo, por tudo e por nada. A verdadeira característica do inferno, além da *intensidade* do sofrimento, é, sobretudo, o fato de não podermos pôr um fim nele. Porque não se tem sequer o poder de tirar a própria vida.

Não quero tomar muito do seu tempo, não quero tentar convencê-lo. Primeiro porque a sua opinião não tem a menor importância para mim. Depois porque você não pode fazer nada por mim nem contra mim. De qualquer modo, você prefere dar ouvidos às lembranças parciais e tendenciosas daqueles que juram, com a mão no coração, que Adriano era um menino calmo e amável e que nós, seus pais, éramos os monstros.

Eis aqui, para mim, a única verdade que existe: eu tentei, sinceramente, amar meu filho, mas isso nunca foi fácil. Mesmo nos seus primeiros anos de vida. A personalidade de uma criança aparece muito cedo. Aos quatro ou cinco anos, Adriano já me dava medo. Não porque ele era agitado, incontrolável, temperamental – ele era tudo isso –, mas, principalmente, porque era ardiloso e dissimulado. Não obedecia a ninguém. Nem a mim, apesar do meu amor, nem ao pai, apesar da violência. Adriano não queria só afeto. Queria dominar sem dar nada em troca. Queria escravizar, e nada o fazia mudar de ideia, nem minhas broncas nem as cintadas que o pai dava: nele, para domá-lo, e, em mim, para me punir por ser a mãe daquela cria defeituosa. Mesmo quando sofria, seu olhar me deixava arrepiada: eu enxergava ali a crueldade e a fúria de um demônio. Claro, você pode pensar que isso só existia na minha cabeça. Pode até ser, mas era insuportável. Por isso, assim que surgiu a oportunidade, fui embora.

Virei a página. De verdade. A gente só tem uma vida, e eu não queria passar a minha baixando a cabeça o tempo todo. Que sentido faz ter uma existência reduzida a cumprir obrigações que você não suporta? Andar todos os dias em uma cidade de merda que fede a peixe, ter uma vida conjugal que se resume a levar surras e chupar pau para garantir o descanso do guerreiro? Ser escrava de um filho anormal...

Não continuei minha vida em outro lugar, comecei uma outra, de verdade: outro marido, outro filho – para quem nunca falei nada sobre o irmão –, outro país, outros amigos, outra profissão. Da minha primeira vida, queimei tudo, reprimi tudo, sem nenhum arrependimento.

Eu poderia repetir aquilo que se lê nos livros sobre o instinto materno e falar do remorso que tive. Poderia dizer que meu coração se partia a cada aniversário de Adriano, mas isso não seria verdade.

Nunca tentei saber que fim ele levou. Nunca digitei seu nome no Google, e fui cortando, sistematicamente, todos os laços com as pessoas que poderiam me dar notícias de

Adriano. Saí da vida dele e ele saiu da minha. Até aquele sábado no mês de janeiro em que ele bateu na porta da minha casa. Era o fim de um dia bonito. O sol lançava seus últimos raios. Na contraluz, atrás da tela da porta, vi o uniforme azul-marinho de um policial.

– Boa tarde, mamãe – disparou, assim que abri a porta.

Já fazia mais de trinta anos que eu não o via, mas ele não tinha mudado nada. A mesma chama maligna brilhava no fundo de seus olhos. Mas, depois de tantos anos, aquela centelha se tornara um fogaréu.

Naquele momento, pensei que ele tinha vindo me matar.

Não podia sequer imaginar que o que me aguardava era muito pior.

21
O quilômetro zero

> *Ninguém jamais escreveu, pintou, esculpiu, modelou, construiu, inventou senão para sair do inferno.*
>
> ANTONIN ARTAUD

1.

Desnorteada, Madeline se segurava para não desmoronar.

Gaspard tinha aquele olhar perdido, de boxeador nocauteado.

Saíram do casebre depois de tê-lo vasculhado de cabo a rabo mais uma vez. Em vão. Confusos e exaustos, voltaram para Tibberton e pararam o carro no posto. Por causa do frio atroz que congelava o corpo, logo desistiram da ideia de esticar as pernas caminhando pelo cais e foram se refugiar no único restaurante que ainda estava aberto às onze horas da noite de Natal. O Old Fisherman era um pub local que estava servindo, para umas dez pessoas – obviamente clientes assíduos –, *fish and chips* e sopa de mariscos acompanhados de canecas de cerveja escura e forte.

– O que mais podemos fazer? – perguntou Gaspard.

Madeline o ignorou. Sentada diante do prato de *clam chowder* em que sequer encostara, mergulhou na análise da movimentação financeira de Sotomayor. Durante uns quinze minutos, ficou prostrada, sem tirar os olhos das linhas de algarismos até admitir que não conseguia encontrar nada que já não soubesse. Não que sua cabeça estivesse se recusando a funcionar: simplesmente não havia mais nada para analisar. Nenhuma pista a seguir. Nenhum buraco a escavar.

A esperança não durara sequer uma hora, mas existira. Naquele momento, repassando seus erros na cabeça, Madeline se censurava por não ter acreditado muito naquela história logo de início.

– Se eu estivesse lá quando Sean foi me ver, em Nova York, as coisas teriam sido bem diferentes. Teríamos ganhado um ano. Um ano, você tem noção?

Atrás de seu prato de ostras, Gaspard se sentiu subitamente culpado e tentou reconfortá-la:

– Isso não teria feito nenhuma diferença.

– É claro que teria!

Ela estava mesmo com uma cara arrasada. Gaspard ficou alguns instantes em silêncio, mas então resolveu confessar:

– Não, Madeline, não teria feito a menor diferença, porque Sean Lorenz jamais veio para Nova York com o objetivo de falar com você.

Ela ficou olhando para o dramaturgo sem entender nada.

– Lorenz ignorava a sua existência – completou.

Madeline franziu o cenho. Estava perdida.

– Você me mostrou aquela reportagem sobre mim que tirou das gavetas dele.

Gaspard cruzou os braços e afirmou, calmamente:

– Eu é que imprimi a reportagem da internet, anteontem. E fui eu que grifei os trechos.

Um silêncio. Madeline tentou puxar suas lembranças e balbuciou:

– Você... você disse que o meu número constava várias vezes da conta telefônica dele.

– Também fui eu que falsifiquei as contas grosseiramente com Karen. Aliás, tive todo esse trabalho por nada, porque você nem tentou verificar.

Estarrecida, Madeline se recusava a aceitar aquele que na sua opinião era o enésimo desaforo de Coutances.

– Lorenz morreu na rua 103, a poucas quadras do meu antigo trabalho. Isso é fato. Os veículos de comunicação do mundo inteiro noticiaram isso. Estava lá porque queria me encontrar.

– Lorenz estava lá, isso é verdade, mas porque o laboratório Pelletier & Stockhausen fica logo ali. Não era você que ele ia encontrar, mas Stockhausen.

Por fim convencida, mas atônita com aquele descaramento, Madeline se levantou.

– Você está falando sério?

– Inventei essa história para chamar sua atenção. Porque eu queria que você participasse dessa investigação.

– Mas... por quê?

Gaspard levantou a voz e também se levantou da cadeira:

– Porque eu queria que tentássemos compreender o que realmente aconteceu com essa criança, mas você não estava nem um pouco interessada.

As pessoas ao redor deles pararam de conversar e um silêncio constrangedor reinou no salão abafado.

– Eu expliquei por quê.

Gaspard ficou com o dedo em riste, ameaçador, e explodiu:

– A sua explicação não me convenceu! E eu tinha razão! Você sempre acreditou que Julian estava morto. Jamais aceitou a possibilidade de que nós poderíamos salvá-lo!

De repente, Madeline se deu conta do quanto fora manipulada por Coutances e sentiu uma onda de fúria turvar sua visão.

– Você é completamente doente... maluco! Desequilibrado, você...

Com as orelhas queimando de tanta raiva, ela avançou em Gaspard e tentou apertar seu pescoço. Ele se esquivou, mas Madeline atacou de novo, acertando uma cotovelada nas suas costelas, seguida de dois socos. Depois mais um no nariz, que completou com um *uppercut* no fígado.

Gaspard levou os golpes sem poder se defender. Encolhido, pensou que a tempestade havia passado, mas uma joelhada violenta o fez cair no chão.

Madeline saiu do pub feito um tornado.

Um burburinho tomou conta do restaurante. Todo machucado, Gaspard se levantou com dificuldade. Estava com os lábios inchados. O olho direito latejava. A tala que tinha no dedo saíra do lugar. Pingava sangue do seu nariz.

Saiu mancando do restaurante e tentou ir atrás de Madeline no cais. Mas, quando chegou no deque de madeira, ela já tinha dado partida na picape. O carro vinha na sua direção. Em um primeiro momento, Gaspard pensou que ela só queria assustá-lo, mas Madeline não desviou. No último instante, ele se atirou para o lado e, por pouco, não foi atropelado.

Cantando pneu, o carro parou cinquenta metros mais adiante. A porta se abriu, e Gaspard viu Madeline jogando todas as suas coisas no deque: a mala, o caderno espiral e até o bichinho de pelúcia de Julian.

– Vai pro inferno! – gritou.

Ela bateu a porta e acelerou violentamente. As rodas patinaram em cima da madeira úmida, e então a picape se estabilizou e saiu do porto feito uma diligência a galope.

2.

– A moça lhe deu uma bela surra!

Com o nariz sangrando, Gaspard se sentou em um banco perto do monumento aos mortos naquele porto:

um enorme pesqueiro em bronze para prestar homenagem aos pescadores do local que há três séculos tinham a vida ceifada pelo mar.

– Olha que ela quebrou a sua cara – continuou o marinheiro risonho e meio desdentado, entregando-lhe um punhado de lenços de papel.

Gaspard agradeceu balançando a cabeça. Era um bêbado que ele vira há pouco no bar do restaurante. Um velho barbudo cheio de tiques, com quepe de capitão, que chupava um bastão de alcaçuz como um bebê chupa sua chupeta.

– Ela quebrou a sua cara – insistiu o bêbado, afastando as coisas que Gaspard pegara na rua para se sentar no banco ao seu lado.

– Bem, já chega, não piore a situação!

– Para nós, foi um show e tanto! É raro uma dona bater em um cara. Geralmente, é ao contrário.

– Me deixa em paz!

– Prazer, meu nome é Big Sam – apresentou-se, ignorando o mau humor de Gaspard.

O dramaturgo pegou o celular.

– Bem, Big Sam, ou seja lá quem você for. Sabe o número para eu chamar um táxi?

O outro deu risada.

– A essa hora você não vai achar táxi nenhum por aqui, caubói. Além do mais, antes de ir embora, é melhor pagar a conta.

Gaspard teve que admitir que o homem tinha razão. Naquela confusão, ele e Madeline saíram do restaurante sem pagar pelo jantar.

– Certo – concordou, levantando a gola do casaco.

– Vou com você – declarou o bebum. – Se você quiser pagar uma bebida para o velho Big Sam aqui, não vou recusar, pode acreditar.

3.

Madeline chorava.

E o menino a encarava.

Eram tantas lágrimas que ela não enxergava grande coisa pelo para-brisa. Fazia dez minutos que largara Gaspard quando, no meio de uma curva, a picape foi obrigada a desviar porque dera de cara com um carro que vinha na direção contrária. Os faróis a deixaram zonza. Parecia que alguém tinha ligado um holofote a poucos centímetros do seu rosto. Ela virou o volante com todas as suas forças e ouviu uma buzina violenta e desesperada. Os dois retrovisores se bateram, e a picape avançou pelo acostamento, derrapou e enfim parou, não caindo por pouco na vala.

"Merda."

O outro carro desapareceu no meio da noite, sem prestar socorro. Com todas as suas forças, Madeline deu um forte soco no volante e caiu no choro. As cólicas tinham voltado. Passara o dia inteiro ignorando a dor, e agora a dor se vingava. Seu corpo estava todo arrepiado. Com as mãos no abdômen, encolheu-se no assento e ficou assim por vários minutos, prostrada, mergulhada na noite escura.

O menino ainda a encarava.

E ela também o encarou.

Era a foto de Adriano Sotomayor que Gaspard encontrara na casa. A festa do seu quinto aniversário, pouco tempo antes de sua mãe fugir de casa. Era uma noite de verão. Atrás das velas, um menino sorria para a câmera. Usava regata amarela, short listrado, chinelos.

Madeline secou as lágrimas com a manga e acendeu a luz de teto.

Aquela foto a incomodava. Era difícil olhar para ela e pensar que o monstro já estava lá, embrionário, na cabeça e no corpo daquele homenzinho. Ela conhecia a teoria de alguns psiquiatras que acreditavam que tudo já estava determinado aos três anos de idade. Uma afirmação que sempre a deixara revoltada.

E se fosse verdade? Talvez tudo já estivesse ali, naquele olhar, tanto as possibilidades quanto os limites. Abandonou essa ideia. Ninguém pode ter um demônio dentro de si já aos cinco anos. Queria caçar um monstro, só que o monstro já morrera há muito tempo e não havia mais ninguém para caçar. Só restava o fantasma de uma criança.

Uma criança. Um menino. Como o filho de Jonathan Lempereur, que brincava com seu aviãozinho na loja de departamentos. Como o que ela queria ter dentro da barriga. Como Julian Lorenz. Uma criança.

Madeline suspirou. Há muito tempo, fizera cursos e lera livros para aprender a se colocar "dentro da mente dos assassinos". E por mais que houvesse muitos delírios e blá-blá-blá em tudo isso, entrar no pensamento dos criminosos continuava sendo das grandes viagens do policial. Mas entrar na mente de uma criança de cinco anos...

Com os olhos fixos na foto, Madeline tentou evocá-lo mentalmente.

Você se chama Adriano Sotomayor.

Você tem cinco anos e... não sei o que passa pela sua cabeça. Por mais que, normalmente, seja minha tarefa imaginar. Não sei o que você sente no instante em que sopra as velas. Não sei o que você sente no dia a dia. Não sei qual a sua interpretação para tudo isso. Não sei direito como você aguenta. Não sei quais são as suas esperanças. Não sei o que você pensa quando vai dormir. Não sei o que você fez durante essa tarde.

Tampouco sei o que passa pela cabeça do seu pai. Não conheço sua história. Não sei por que ele começou a bater em você. Não sei como alguém chega a este ponto: um pai, um filho, sessões de castigo em um porão. As cintadas, as queimaduras de cigarro, a cabeça na privada.

Não sei se ele está batendo em outra pessoa quando bate em você. Em si mesmo, talvez? No pai dele? No cara do banco que se recusa a baixar a dívida da hipoteca? Na sociedade? Na mulher? Não sei por que o diabo se apoderou dele, assim como vai se apoderar de você no futuro.

Madeline aproximou ainda mais a foto do rosto.

E o menino a encarava.

Olhos nos olhos.

Ninguém é um demônio aos cinco ou seis anos, mas já pode ter perdido tudo. A autoconfiança, a autoestima, os sonhos.

– Para onde você vai, Adriano? – sussurrou. – Para onde você vai quando seu olhar fica perdido? Para onde você vai quando seu olhar se fixa em outro lugar?

"Onde seria esse outro lugar?"

As lágrimas escorreram mais uma vez. Madeline sentia que a verdade estava ao alcance de suas mãos. Mas logo a verdade lhe escapava. A verdade, às vezes, é uma questão de meio segundo, sobretudo quando se vai tão longe para procurá-la. Uma inspiração. O silêncio que precede um estalo.

Desde o início, ela se recusou a acreditar que aquela história poderia terminar com uma releitura do passado. Sendo assim, não esperava nenhuma solução mágica. Um raio de luz que incidisse sobre as evidências. Adriano não sussurraria o segredo no seu ouvido.

Mas ainda restava a pergunta que Gaspard lhe fizera. "O que mais podemos fazer?" Era a pergunta mais importante de toda a investigação, e ela não queria perder a resposta para aquele imbecil do Coutances.

Girou a chave, ligou o pisca-pisca e manobrou, tentando retornar para a estrada sem cair na vala. Em vez de voltar para Nova York, deu meia-volta e foi para Tibberton. Ela ainda tinha pendências com Gaspard Coutances.

4.

Com Big Sam atrás de si, Gaspard voltou pelo deque até o Old Fisherman.

Entrando lá, teve que aguentar as piadas dos fregueses do pub, mas os bêbados não foram maldosos. Assim que cansaram de rir, até lhe pagaram uma bebida. Seu primeiro instinto foi recusar, para continuar sóbrio, mas Gaspard acabou cedendo. De que adiantava ser santo agora que a investigação terminara?

Degustou a primeira dose de uísque com toda calma e em seguida pagou mais uma rodada. Depois de virar mais dois, pôs duas notas de cinquenta dólares e pediu que lhe dessem a garrafa.

"Meu nome é Gaspard Coutances e sou alcoólatra."

O álcool surtiu efeito. E Gaspard se sentiu melhor. Aquele era o melhor momento: depois de duas ou três doses, quando já estava desinibido, livre da feiura do mundo, mas não completamente embriagado. Fora neste estado, aliás, que Gaspard tinha escrito seus melhores diálogos. Com as ideias *quase* claras. Só que logo a companhia dos beberrões começou a irritá-lo. Falavam alto demais. Machismo demais. Homofobia. As mesmas bobagens repetidas inúmeras vezes. Sempre do mesmo jeito. Além disso, ele sempre preferiu encher a cara sozinho. Embriagar-se era um ato íntimo e trágico: algo entre uma punheta e um pico de heroína. Pegou a garrafa de rye whiskey e foi se esconder em uma saleta anexa. Uma espécie de fumódromo meio sinistro, com paredes forradas de veludo vermelho e decoradas com arpões, gravuras obscenas e fotos em preto e branco de pescadores do local com seus mais belos peixes na frente de seus barcos. O conjunto criava uma atmosfera estranha na sala: *O velho e o mar* revisitado por Toulouse-Lautrec.

Sentou-se a uma mesa e colocou suas coisas na cadeira à frente. Serviu uma quarta dose e começou a folhear o grosso caderno no qual registrara toda a investigação. Esse relato era a crônica de seu fracasso. Gaspard até podia estar usando o terno e o perfume dele, mas não era Sean Lorenz. Não estivera à altura de carregar essa tocha. E Madeline tinha razão: ser investigador não é para qualquer um. Por diversas razões, ele se convencera de que conseguiria encontrar e salvar Julian. Porque salvar aquele menino seria salvar a si mesmo. Apegara-se a essa missão porque vira nela um modo prático de acertar as contas com sua própria existência. Mas não é possível consertar em alguns dias os erros de uma vida inteira.

Tomou um gole de uísque e fechou os olhos. A imagem de Julian deitado de lado, encolhido em um porão se fixou na sua mente. Será que havia alguma possibilidade, ainda que ínfima, de o garoto estar vivo? Ele não tinha mais nenhuma certeza. Além disso, mesmo que, por milagre, tivessem encontrado o menino vivo, qual seria o estado dele depois de passar dois anos em cativeiro? E qual seria seu futuro? O pai morrera tentando salvá-lo, a mãe metera uma bala na cabeça dentro de um vagão desativado. Há maneiras melhores de começar a vida...

Ao folhear as páginas do caderno, Gaspard se deteve em uma das fotos dos Pirotécnicos que recortara da biografia escrita por Benedick. Era sua foto preferida. Primeiro, porque era um registro autêntico de uma época: a Nova York inóspita e underground do fim dos anos 1980. Segundo, porque era a única em que os três delinquentes tinham uma expressão quase feliz. Tinham vinte e poucos anos e faziam careta para a câmera pela última vez antes que seus destinos afundassem ou decolassem. Beatriz Muñoz, a primeira, conhecida pelo pseudônimo LadyBird, a "mulher pássaro", cujos 120 quilos e físico de halterofilista a prendiam à realidade e a impediam de voar. Na foto, escondia o corpo debaixo de um casaco militar e sorria para o rapaz à sua direita: *Lorz74*, que ainda não se tornara o genial Sean Lorenz. Aquele que pintava telas que faziam as pessoas enlouquecerem. Será que ele já desconfiava do que o destino lhe reservava? Talvez não. Na foto, só pensava em zoar com o amigo que fingia espirrar tinta, NightShift, vulgo Adriano Sotomayor.

Gaspard olha para Adriano mais atentamente. À luz do que sabia agora, reviu seu primeiro julgamento. Três dias atrás, na primeira vez que viu aquela foto, pensara que o latino bancara o marginal, com sua camisa aberta e seu ar insolente, mas aquilo que ele interpretara como ar de superioridade não passava, na verdade, de uma espécie de apatia. O mesmo olhar distante que Sotomayor tinha desde que era criança.

Gaspard ficou hipnotizado pelo rosto do futuro Rei dos álamos. Não conseguira descobrir qual fora o *rosebud* de Adriano. A chave que abriria todas as portas. O pequeno detalhe de sua biografia que esclarece todos os paradoxos da vida, que explica quem a pessoa é realmente. Atrás do que ela corre, do que passa a vida a fugir. Durante um breve instante, teve a impressão de que o indício estava lá, diante de seus olhos, mas que não conseguia enxergar. Uma lembrança da adolescência lhe veio à mente: a leitura de *A carta roubada*, de Edgar Allan Poe, e sua grande lição: a melhor maneira de esconder algo é à vista de todos.

Sem que tivesse plena consciência disso, pegou a caneta e começou a tomar notas, mecanicamente, do mesmo modo que fazia quando escrevia uma peça. Leu o que havia grifado. Duas ou três datas, o nome dos Pirotécnicos, seus codinomes. Corrigiu um de seus erros. Talvez sob influência da decoração náutica da sala, escrevera *NightShip**, em vez de *NightShift*.**

Fechou o caderno, tomou o uísque de um gole só e pegou suas coisas. Meio zonzo, se arrastou até o balcão.

---

* Barco noturno. (N.E.)

** Turno da noite. (N.E.)

Havia menos gente, e o burburinho se dissipara um pouco. Perguntou para o barman onde poderia encontrar um lugar para passar a noite. O homem se ofereceu para fazer algumas ligações. Gaspard agradeceu, balançando o queixo. Encolhido em uma banqueta, Big Sam se grudou nele feito sanguessuga.

– Paga uma bebida para mim, caubói.

Gaspard lhe serviu uma dose do seu uísque.

Mesmo sem beber mais, o uísque começou a fazer efeito. Seus pensamentos fervilhavam. Sentia que estava muito perto de descobrir alguma coisa que deixara passar.

– Você conheceu a família Sotomayor?

– Claro – respondeu o bêbado –, todo mundo aqui conhecia. Você devia ter visto a mulher do capitão. Como era mesmo o nome dela?

– Bianca?

– Sim, isso mesmo, bonita que só. Eu bem que queria meter uma bala naquele mal...

– Chamam Ernesto de "capitão"?

– Chamam.

– Por quê?

– Ei, por acaso você é burro? Porque ele era capitão, ora! Era um dos poucos que tinham licença para pescar em alto-mar.

– E que tipo de barco ele tinha? Uma traineira?

– Claro, uma escuna é que não ia ser!

– Qual era o nome do barco dele?

– Sei lá. Já faz tempo. Me serve mais uma?

Em vez de servir mais uma, e apesar de estar com as mãos doloridas, Gaspard pegou o bêbado pelo pescoço e grudou o rosto nele.

– Como se chamava o barco do Sotomayor pai? – irritou-se.

Big Sam se soltou.

– Calminha aí, rapaz! Isso são modos?

Sem pedir licença, o bêbado passou a mão na garrafa e tomou vários goles diretamente do gargalo. Depois de se acalmar, limpou a boca desdentada e se levantou de supetão.

– Vem comigo.

Levou Gaspard para o fumódromo e, em menos de um minuto, encontrou um quadro na parede com uma foto de Ernesto fazendo pose, acompanhado da tripulação, atrás de um atum que devia pesar mais de cem quilos. A foto era em preto e branco. Devia ser de meados dos anos 1980, mas tinha boa resolução. Gaspard chegou mais perto. Atrás dos pescadores, dava para ver uma grande traineira. Apertou os olhos para ler o nome do barco. Ele se chamava *Night Shift*.

Gaspard começou a tremer. Sentiu a visão ficar embaçada pela emoção.

– O que aconteceu com a traineira depois que Sotomayor se aposentou? Ainda está na marina?

– Está de brincadeira, rapaz? Por acaso você sabe quanto custa manter um barco na marina?

– Então onde está?

– No mesmo lugar que a maioria dos barcos de Tibberton que viram sucata: deve ter sido rebocado até o Graveyard.

– Graveyard? O que é isso?

– O cemitério de barcos de Staten Island.

– Em Nova York?

– Sim, rapaz.

Gaspard foi logo escapando. Pegou a mala, saiu do pub e foi para o cais. O ar gelado lhe fez um bem imenso, como se tivesse o poder de deixá-lo sóbrio de pronto. Quando pegou o celular, percebeu que dois faróis se aproximavam no meio da noite.

Era Madeline.

Domingo, 25 de dezembro

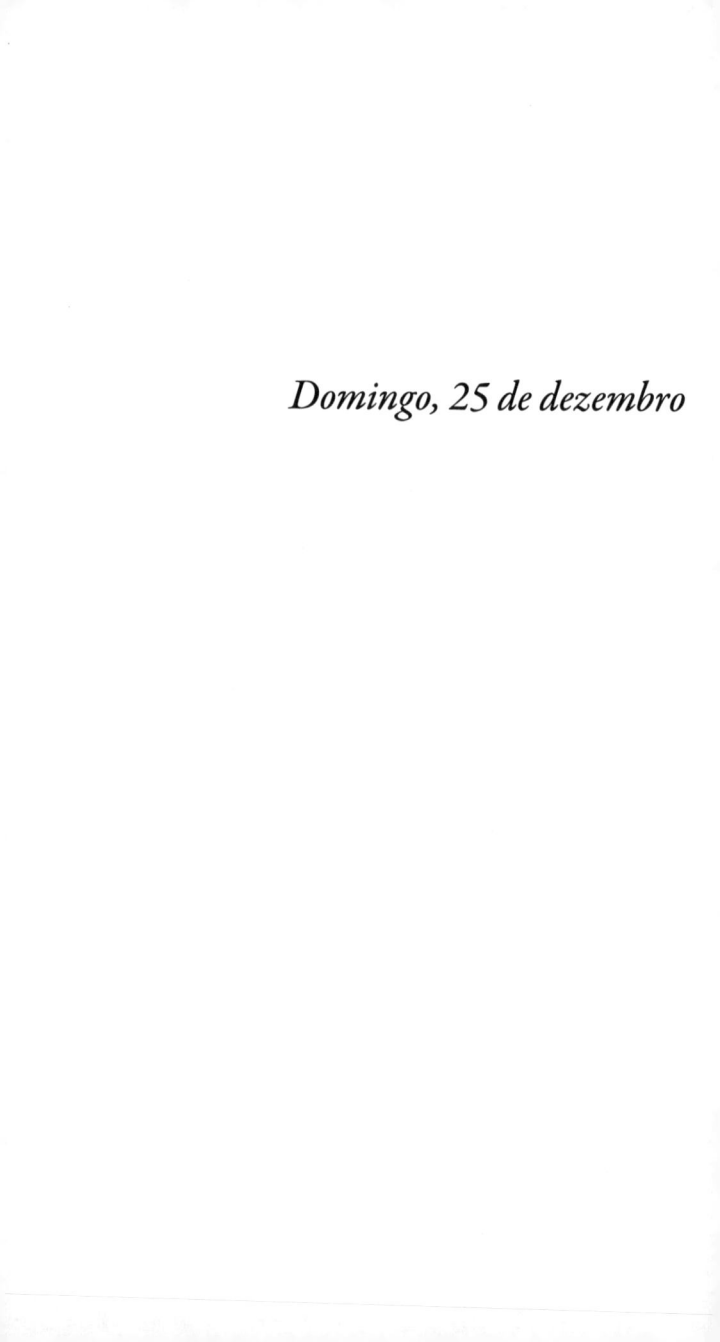

22
Night Shift

A noite passou, e veio a manhã.
Esse foi o primeiro dia.

Gênesis 1:5

1.

Os flocos prateados saturavam o céu, feito um enxame de insetos metálicos.

Eram sete da manhã quando Gaspard e Madeline chegaram ao cemitério de barcos de Staten Island. Tinham viajado a noite toda e estavam mais do que exaustos. Para conseguir aguentar, Madeline fumou um cigarro atrás do outro, e Gaspard bebeu uma térmica inteira de café. A neve pegou os dois de surpresa nos últimos quilômetros, cobrindo a estrada com uma camada de vários centímetros, que tornou a viagem ainda mais lenta. Foi em meio à tempestade que eles entraram nas instalações do Boat Graveyard.

O terreno era cercado por arame farpado e placas alertando dos perigos que corria quem se aventurasse a entrar. Mas o terreno era grande demais para impedir a entrada de quem estivesse disposto a correr o risco.

O argumento mais convincente era o odor que empesteava o local. Era isso que atingia os visitantes logo de cara: os eflúvios nauseabundos de peixe podre e alga em decomposição. Um fedor que contaminava a atmosfera, revirava o estômago e dava tontura. Só depois que conseguiram vencer essa repulsa que Gaspard e Madeline absorveram a paisagem e sua beleza estranha e paradoxal.

Sob o céu tingido de carbonato de chumbo, se estendia uma paisagem de fim do mundo. Uma *no man's land* selvagem, abandonada, infestada de destroços. Barcaças que apodreciam na lama, carcaças de navios pesqueiros jogados fora depois de décadas, cargueiros enferrujados, veleiros de mastro quebrado, e até a carcaça de um barco a vapor saído diretamente do Mississippi.

O horizonte estava deserto. Não havia vivalma, nenhum ruído a não ser o grito das gaivotas, que voejavam no céu acima das carcaças cobertas de ferrugem. Era difícil de acreditar que estavam a poucos quilômetros de Manhattan.

Durante quase uma hora, Gaspard e Madeline procuraram o *Night Shift* desesperadamente, mas a extensão do cemitério tornava a tarefa complicada. Os flocos de neve não paravam de cair mais e mais, impedindo que os dois distinguissem os barcos, cujos contornos fantasmagóricos se perdiam entre o céu e o mar.

Para completar, não era possível percorrer de carro todo o cemitério. Não havia docas claramente identificadas nem vias pavimentadas ou sinalizadas. Dependendo do trecho, a picape passava por caminhos acidentados ou becos sem saída cobertos de terra por onde era melhor ir a pé para não atolar.

Foi percorrendo uma dessas travessas, depois de passar por um grande charco arenoso onde havia um rebocador do exército atolado, que um detalhe chamou a atenção de Madeline. Árvores de altura mediana que, literalmente, saíam da água. Uma dezena de arbustos que saíam dos dois lados de uma trilha de areia e turfa. Uma disposição uniforme demais para ser natural. Quem teria plantado as árvores ali, e por qual motivo? Ela deu um pulinho para quebrar um galho. Gaspard o segurou para inspecioná-lo.

– Parece que a madeira sangra – comentou, apontando para a seiva vermelha.

– Merda! – disparou Madeline. – Essas árvores...
– Quê?
– São álamos.

A árvore que chora sangue. A árvore da ressurreição depois da carnificina do inverno. A árvore da vida após a morte.

2.

Guiados pela cerca viva de álamos, andaram uns cem metros em uma trilha de tábuas até que avistaram a silhueta alta e compacta de um barco em decomposição, amarrado a um cais improvisado.

O *Night Shift* era uma traineira de popa com mais de vinte metros de comprimento. Uma montanha de sucata atolada, incrustada de ferrugem, de algas e de limo.

Sem pensar duas vezes, Madeline pegou uma das tábuas para acessar a rampa e pular dentro do barco. Encarando o vento, esgueirou-se por baixo do pórtico, passou por cima do molinete e pisou no convés. Gaspard a seguiu. A neve estava prestes a congelar, transformando o chão em ringue de patinação. O tombadilho estava tomado de cordas grossas, polias, cabos, redes rasgadas, pneus esburacados.

Uma escada escorregadia dava acesso às cabines. O lugar começava a ruir. O assoalho estava destruído, e as paredes pingavam de tanta umidade. Coberta por uma sujeira pegajosa, a ponte de comando fora saqueada: o timão, os radares, os rádios e outros instrumentos de navegação tinham desaparecido. Colado na parede, ao lado de um extintor que já dera seu último suspiro, Madeline avistou um documento plastificado meio embolorado: um mapa do pesqueiro que mostrava as medidas de segurança que deviam ser seguidas em caso de incêndio.

Os dois saíram da ponte de comando e seguiram uma espécie de passarela coberta que permitia chegar à cabine da tripulação, da qual a maioria das paredes de madeira havia sido arrancada. Primeiro, havia um corredor estreito, abarrotado com um fogão velho e um congelador, depois duas cabines em ruína que haviam sido transformadas em depósito de material de construção. Em um canto havia sacos de cimento, uma picareta, uma colher de pedreiro e várias outras ferramentas guardadas debaixo de uma lona de plástico. Em um beliche, entre cacos de garrafas e ratos mortos, havia dezenas de embalagens vazias apodrecendo nas poças de água estagnada. Madeline arrancou a etiqueta colada em uma das embalagens e mostrou para Gaspard: LyoφFoods, a empresa especializada em kits de sobrevivência...

Eles jamais tinham chegado tão perto da verdade.

Com ajuda do mapa, desceram até o local que deveria ter servido de sala de máquinas e que, naquele momento, era dominado pelos ratos e pela corrosão. Quando chegaram, as pragas saíram correndo e foram se esconder atrás dos canos que percorriam o chão. Nos fundos da sala, havia uma porta de metal estufada pela ferrugem. Travada. Madeline pediu para Coutances iluminar enquanto ela tentava fazer a porta ceder. Barra de ferro, pé de cabra: nada deu jeito.

Voltaram para o convés e, sempre com a ajuda do mapa, procuraram outra maneira de entrar no porão. Não encontraram. Se é que algum dia existiu outro acesso, devia ter desmoronado.

Recusando-se a desistir, os dois vasculharam todos os cantos do convés. O vento uivava, obrigando-os a gritar para conseguirem se ouvir. Rajadas violentas batiam neles, fazendo-os balançar. O mais depressa que conseguiam, tentaram tirar a neve com os pés. Queriam se movimentar rápido, mas parecia que suas pernas congeladas não lhes pertenciam mais. Depois de um tempo, param de se falar e se comunicaram apenas por gestos.

Dos dois lados dos molinetes de rede perceberam duas faixas largas de vidro fosco. Duas trincheiras curtas feitas de blocos de vidro que corriam pelo chão. Gaspard logo lembrou do princípio do pátio inglês, uma pequena área aberta que permite a entrada de luz natural no subsolo de uma construção. Mais adiante, Madeline encontrou duas faixas gradeadas dispostas da mesma maneira. "Grades de ventilação."

Correu até a cabine da tripulação e voltou com uma picareta. Em um primeiro momento, achou que ia conseguir espatifar facilmente a faixa de vidro, mas as placas eram de uma espessura incomum. Usou toda sua força e bateu diversas vezes. Levou uns quinze minutos para conseguir furar a laje, depois usou a barra de ferro para soltar os blocos. Na mesma hora, a neve tomou conta do espaço.

Então acendeu uma das lâmpadas fluorescentes que prendera na cintura e jogou pelo buraco que acabara de abrir. Avistou três metros de vão debaixo de seus pés.

– Tem uma escada de corda no convés. Vou lá buscar! – gritou, já dando meia-volta.

Gaspard ficou sozinho diante do buraco. Alucinado, enlouquecido, atordoado. Os eflúvios terríveis que dele saíam – peixe, merda, urina... – fizeram-no sair do estupor. Alguém ficara preso ali, com certeza.

Ele se convenceu de que tinha ouvido uma voz mesclada ao barulho do vento. Uma voz que chamava seu nome.

Não teve paciência para esperar Madeline voltar. Tirou a jaqueta e pulou no porão.

3.

Gaspard caiu com um estrondo e rolou pela sujeira. Quando se levantou, o fedor abominável embrulhou o seu estômago. Conhecia aquele cheiro: era o cheiro da morte. Pegou a lâmpada fluorescente e avançou na penumbra.

– Tem alguém aí?

A única resposta foi a da tempestade de neve, que sacudia o navio.

Todas as escotilhas e vigias tinham sido lacradas. Mesmo que respirar cada centímetro daquele ar viciado fosse um suplício, a parte de baixo do barco era menos úmida do que o restante da embarcação. A atmosfera ali não era tão inóspita e, quanto mais avançava para a popa do casco, mais profundo ficava o silêncio. A tempestade parecia, de uma hora para outra, estar muito longe, como se ele tivesse ido parar em um universo paralelo.

À medida que os olhos se acostumavam à escuridão, Gaspard percebeu que não estava no porão, mas dentro de uma espécie de compartimento de trabalho, onde os pescadores deviam selecionar e estripar os peixes.

Passou por uma esteira rolante, um grande tanque de inox, uma fileira de ganchos e calhas de metal. Foi atrás de uma pilha de estrados que encontrou aquilo que sabia ser inevitável, já que sentira o cheiro da morte: o cadáver de Bianca Sotomayor. O corpo da senhora estava deitado no chão, encolhido de lado entre blocos de cimento.

Gaspard aproximou a lanterna do cadáver. Os restos mortais de Bianca não se pareciam mais com nada. A pele inchada, cheia de bolhas e brilhante como palha de aço já estava descolando. As unhas se soltavam. O corpo, meio amarelo e meio enegrecido, estava cristalizado em um dos últimos estágios do horror. Tentou não perder a cabeça diante daquela visão intolerável. Se, apesar do frio, o odor de putrefação era tão forte, significava que Bianca não estava morta há muito tempo. Ele não era médico, mas apostou que seriam três semanas. Menos de um mês, para todos os efeitos.

Avançou pelo corredor escuro, deixando-se envolver pelo poder da treva. Naquele momento, o medo e o frio tomavam conta dele. Estava alerta, tenso, completamente concentrado no que estava fazendo. Disposto a tudo. Era o momento que ele esperava há vinte anos, o desfecho de algo que começara muito antes de ouvir falar em Sean Lorenz. O fim de um combate entre a parte sombria e a parte luminosa que sempre coexistiram dentro de si.

Os últimos dias tinham sido inesperados, repletos de surpresa. Quando desembarcou em Paris, há cinco dias, não suspeitou nem por um instante que, em vez de escrever uma peça de teatro, bancaria o espeleólogo de sua própria vida, enfrentando seus demônios e descobrindo traços de sua personalidade que acreditava apagados para sempre.

Canalizara todas as forças, toda a inteligência e toda a convicção que lhe restava. Em vários momentos, estivera prestes a sucumbir, mas ainda estava de pé. Talvez não por muito tempo. Mas, pelo menos, chegara até ali. À beira do abismo. No covil do monstro. Preparado para um último confronto, porque os monstros nunca morrem de verdade.

– Tem alguém aí?

Continuou avançando na escuridão. A lâmpada fluorescente devia estar com defeito, porque já não iluminava mais tanto. De repente, o desnível se acentuou e o corredor se estreitou. Ele não conseguia ver muita coisa. Avistou pilhas de latas de conserva, dois catres, uma pilha de cobertores e mais caixas e caixotes cobertos por teias de aranha.

E então chegou a um ponto em que não podia mais avançar. Deparou-se com uma parede de estrados empilhados na frente de um novo emaranhado de dutos e fios elétricos.

Foi nesse momento que a lanterna deu o seu último suspiro. Gaspard deu alguns passos para trás e parou. Tateando, se dirigiu para a fonte de um ruído baixo e sussurrante que vinha de um grande cano de saída de água. Ele se agachou, pensou que poderia ser grande demais para entrar no túnel, mas entrou mesmo assim.

Começou a rastejar na escuridão. Desde que pulara no porão, sabia que não voltaria sem *ele*, sabia que o restante de sua vida seria decidido ali. Para conseguir chegar a esse ponto, atrelara sua existência à de Julian Lorenz num pacto implícito. Uma aposta louca de velho jogador de pôquer que, na última partida da sua vida, resolve pôr todas as suas fichas na mesa e apostar a própria vida em mil contra um. Apostar que existe uma luz que vence todas as trevas.

Na escuridão, Gaspard prosseguia com a barriga grudada no chão. Sentia um peso esmagando seu peito. As orelhas ardendo. Lentamente, teve a impressão de abandonar o barco. Não sentia mais o embalo das ondas, não ouvia mais o pesqueiro rangendo e rachando por todos os lados. Não sentia mais cheiro de gasolina, de tinta e de madeira molhada. Só havia a escuridão que o engolia, negra como o carvão. No ar, um cheiro de terra calcinada. E, no fim do túnel, a brasa que às vezes torna a brilhar quando se remexe nas cinzas.

E foi aí que ele o viu.

4.

Coutances corria pela neve.

O ar gelado queimava seus pulmões e pinicava seus olhos. Levados pelo vento, os flocos ardiam no seu rosto. Como estava só de camisa, o frio o consumia, trespassava. Mas, naquele momento, estava imune a qualquer tipo de dor.

Enrolara Julian no seu casaco e o segurava bem perto do corpo.

Madeline fora na frente para ir ligando o carro.

Enormes gaivotas cinzentas voejavam no céu. Com suas gargantas davam gritos ensandecidos e assustadores.

Coutances corria.

De cabeça baixa, quase com o rosto colado no rosto pálido do menino, tentava transmitir para ele tudo o que podia. Calor. Ar. Vida.

Seus gestos não eram improvisados. Sabia exatamente o que fazer. Sabia que não podia escorregar no chão congelado do convés. Sabia que a criança não morreria nos seus braços. Ele o examinara quando saiu do porão. Julian estava em estado de choque, incapaz de abrir os olhos depois de viver tanto tempo no escuro, mas Bianca deve ter cuidado dele até dar seu último suspiro, porque o menino estava longe de morrer.

– Vai dar tudo certo, Julian.

De olhos fechados, o menino tremia e batia os dentes.

Com a mão livre, Gaspard pegou o cachorrinho de pelúcia no bolso do casaco e o aninhou no pescoço da criança.

– Vai dar tudo certo, amigão. Olha só, trouxe o seu bichinho. Ele vai te esquentar.

Coutances corria.

Suas mãos machucadas voltaram a sangrar. A dor era tão forte que ele não conseguia mais movimentá-las. Mas movimentava mesmo assim

Coutances corria.

Os pneus cantaram na neve. Através da tempestade de flocos, ele viu o contorno do carro de Madeline, que se aproximara o máximo possível da margem. Quando chegou ao final do convés, Julian murmurou alguma coisa. Gaspard não ouviu direito e pediu para ele repetir.

– É você, papai? – perguntou o menino.

Coutances percebeu por que o menino se enganara: a confusão, as roupas, o perfume de Lorenz que ainda impregnava seu casaco e sua camisa, o bichinho de pelúcia...

Ele chegou mais perto do menino para esclarecer o mal-entendido. Mas, em vez disso, ouviu as palavras saírem de sua boca:

– Sim, sou eu.

5.

Com tração nas quatro rodas, a picape avançava sem dificuldade pelas estradas cobertas de neve. O conforto estofado da cabine amenizava a dureza do mundo exterior, contrastando com o frio polar que reinava do lado de fora. Com o aquecimento no máximo, o motor roncava. O rádio estava sintonizado baixinho na 10-10 Wins, a estação local, que a cada quinze minutos dava um relatório completo das condições do trânsito.

Gaspard e Madeline não disseram uma palavra sequer na meia hora desde que saíram do cemitério de barcos. Gaspard continuava com Julian no colo, que parecia ter pegado no sono, grudado nele. Encolhido e enrolado no casaco do pai, a criança só deixava à mostra um tufo grosso de cabelo loiro emaranhado. Os quatro dedos de sua mão esquerda agarraram a mão de Gaspard e não soltaram mais.

Com os olhos ardendo, Madeline acabara de ditar o endereço do Hospital Bellevue, em Manhattan, no GPS. Estavam na Interstate 95, perto de Secaucus, em Nova Jersey. Como era feriado, não tinha muita gente na estrada, mas as condições do tempo complicavam o trânsito consideravelmente.

A cem metros da entrada do Lincoln Tunnel, o trânsito ficou ainda mais lento, pois somente uma pista estava funcionando. Entre o vaivém do limpador de para-brisas,

Gaspard viu carros da prefeitura supervisionando o trabalho do caminhão que jogava sal na estrada para impedir a formação de gelo. Na pista da esquerda, os veículos avançavam lentamente, com os para-choques quase encostados. E então pararam completamente.

"E agora?"

Gaspard lembrou da frase de Hemingway: "Nos cruzamentos mais importantes da estrada de nossa vida, não existe sinalização". Naquela manhã de Natal, parecia, pelo contrário, que um sinalizador perfeitamente visível brilhava diante dos seus olhos. Mais uma vez, lembrou do conceito de *kairos*: o momento decisivo, em que é preciso agir para não perder a oportunidade. Exatamente o tipo de momento com o qual ele nunca conseguira lidar ao longo da vida. Chegava a ser engraçado: passara os últimos vinte anos escrevendo diálogos, mas nunca soube se comunicar. Com plena consciência de que era agora ou nunca, criou coragem e perguntou para Madeline:

– Nos próximos cem metros, o futuro ainda estará em aberto. Depois disso, será tarde demais.

Madeline desligou o rádio e lhe lançou um olhar de indagação. Gaspard continuou:

– Se você virar à direita e for para Manhattan, vai escrever as linhas de uma história. Se for para o norte, inventará outra.

Como não entendeu onde ele queria chegar, Madeline indagou:

– E a primeira história é como?

Dessa vez, Gaspard conseguiu encontrar as palavras certas. A primeira história contava a trajetória de três pessoas com destinos infelizes: um escritor bêbado, uma policial suicida e um menino órfão.

Na primeira história, o escritor e a policial pegam o Lincoln Tunnel para levar o menino para o Hospital Bellevue.

Um prato cheio para os jornalistas, os urubus e os canalhas. O drama íntimo de uma família seria exposto em praça pública, dissecado, analisado sem a menor cerimônia. Fariam dela posts apelativos nas redes sociais. Transformariam em folhetim para os canais de notícias.

Na primeira história, o dramaturgo acaba voltando para sua montanha e se fechando ainda mais em si mesmo. Continua bebendo, odiando a humanidade, não suportando quase nada no mundo. Cada nova manhã é mais difícil do que a anterior. Por isso, ele bebe um pouco mais, na esperança de chegar mais depressa ao fim do jogo.

A policial talvez volte para Madri, para a clínica de fertilização. Ou talvez não. Ela quer ser mãe, é verdade, mas também quer ter alguém que a apoie nessa nova fase da vida. Porque sabe que é frágil. Porque ainda não se livrou do mesmo mal-estar que sente desde a adolescência. Então, claro, de tempos em tempos dá uma maquiada na sua vida, convencendo os outros, e até ela mesma, que é uma mulher otimista, espiritualizada e equilibrada, quando em sua mente só existe caos, confusão, picos febris e cheiro de sangue.

Quanto ao menino, é o grande ponto de interrogação. Órfão de um "pintor louco" e de uma rainha de todos os excessos, ficou preso durante dois anos no porão de um navio com a mãe de um assassino em série. Que aconteceu com sua vida? Pode apostar que será marcada por idas e vindas a orfanatos e famílias de acolhimento. Consultas com psiquiatras. Falsa compaixão, curiosidade doentia e o estigma de vítima escrito na testa. Um olhar perdido, com tendência a fugir, a se afundar nas lembranças sombrias do porão do barco.

De repente, uma segunda pista fica desimpedida. Um patrulheiro rodoviário de colete amarelo faz sinal para eles avançarem, e o trânsito volta a fluir normalmente.

Sem conseguir formular uma frase sequer, Madeline ficou encarando Gaspard com um ar perdido, tentando interpretar suas palavras. Uma sinfonia de buzinas vem dos veículos atrás dela. Madeline engata a marcha, e a picape retoma o caminho para o Lincoln Tunnel. Coutances observa a guilhotina se aproximar. Cinquenta metros. Trinta metros. Dez metros. Dera sua última cartada. Naquele momento, a bola já não estava mais com ele.

Madeline entrou na rampa de acesso a Manhattan. Se é que podia existir outra história, era no mínimo disparatada demais, arriscada demais. Não era o tipo de coisa que se decide de uma hora para a outra.

"Pronto, terminou", pensou.

– E a segunda história? – perguntou, mesmo assim.

– A segunda história – respondeu Gaspard –, é a história de uma família.

Dessa vez ela entendeu o que o olhar dele queria dizer: "Tenho certeza de que ninguém poderá cuidar dessa criança melhor do que nós".

Madeline piscou, esfregou os olhos com a manga e respirou fundo. E então virou o volante bruscamente e mudou de direção. No último segundo, a picape atravessou várias faixas brancas, derrubando uma barreira de plástico e um cone de sinalização.

Deixando Manhattan para trás, Madeline escapou do trânsito e acelerou para traçar seu próprio caminho em direção ao norte.

6.

É assim que começa a segunda história, Julian.

A história da nossa família.

Cinco anos depois...

Aqui vai a verdade, Julian.

Aqui vai a sua história. Aqui vai a nossa história.

Aquela que acabei de escrever no meu velho caderno de espiral.

Naquela manhã, não abandonamos você no pronto-socorro do Hospital Bellevue. Seguimos em direção ao norte, até chegarmos ao Children's Center de Larchmont, a clínica para crianças fundada por Diane Raphaël graças ao dinheiro da venda de telas de Lorenz.

Você ficou hospitalizado por um mês. Aos poucos, foi recuperando as forças e voltou a enxergar. Tinha uma vaga consciência do que havia lhe acontecido. Não tinha nenhuma noção de tempo, não lembrava quase nada da sua vida antes do sequestro e absolutamente nada do cativeiro. E continuou me chamando de "papai".

Aproveitamos esse período para organizar as coisas. Sua mãe "regularizou" nossos documentos. Por ter trabalhado no programa federal de proteção à testemunha, sabia com quem devia falar para conseguir uma certidão de nascimento falsa que pudesse corroborar a história. Foi assim que você se tornou, oficialmente, Julian Coutances, nascido em 12 de outubro de 2011, em Paris, filho do sr. Gaspard Coutances e da sra. Madeline Greene.

Antes de irmos embora dos Estados Unidos, eu e ela voltamos para o *Night Shift* com galões de gasolina e ateamos fogo em tudo.

E então nos mudamos para a Grécia, para a ilha de Sifnos, onde eu já tinha um veleiro ancorado. Sua infância foi iluminada pelo sol das Cíclades e embalada pelas ondas prateadas e pelos rumores do garrigue.

Para ajudar você a esquecer das trevas, eu não conhecia nada melhor do que o vivo azul do céu, a sombra das oliveiras, o sabor fresco e mentolado do tzatziki e o aroma do tomilho e do jasmim.

Levanto os olhos do caderno e vejo você caminhando pela praia perto de casa. É visível que tudo isso surtiu efeito, porque você é lindo demais e esbanja saúde, apesar de ainda ter medo do escuro.

– Olha, mamãe! Fiz igualzinho ao avião!

Então você abre os braços e corre para a sua mãe, que cai na gargalhada.

Cinco anos se passaram desde aquela manhã de dezembro de 2016. Cinco anos iluminados. Para Madeline, para mim, para você: o início de uma nova existência. Um verdadeiro renascimento. Você trouxe de volta às nossas vidas coisas que há muito tinham desaparecido: a leveza, a esperança, a confiança, o sentido. Como você vai descobrir, quando tiver idade para ler estas linhas, eu e sua mãe nem sempre fomos os pais tranquilos que você conhece.

Mas nossa vida em família me fez compreender certas coisas. Ter um filho dissipa toda a escuridão que a gente foi obrigado a enfrentar até então. O absurdo do mundo, sua feiura, a estupidez abissal de uma boa parcela da humanidade e a covardia de todos aqueles que caçam em grupo. Quando você tem uma criança, de uma hora para a outra todas as suas estrelas se alinham no céu. Todos os seus erros, todas as suas errâncias, todos os seus defeitos são redimidos pela simples graça da luz de um olhar.

Não há um só dia em que eu não pense naquela fatídica manhã de dezembro. A primeira vez em que peguei você no colo. Naquela manhã, em Nova York, a tempestade se abateu, o frio me atravessou, pássaros ensandecidos pairavam sobre nossas cabeças, e uma árvore sangrava na neve. Naquela manhã, eu até posso ter libertado você, mas foi você quem me salvou.

Sifnos,
ilhas Cíclades,
12 de outubro de 2021.

A 22ª Pénélope

Leilão excepcional de uma obra monumental de Sean Lorenz em Nova York

9 DE OUTUBRO DE 2019 | AFP
A Christie's de Nova York levará a leilão hoje à noite, no Rockefeller Plaza, uma obra monumental do pintor norte-americano Sean Lorenz, morto em 2015. Rebatizada de *A 22ª Pénélope*, a peça consiste em um antigo vagão de metrô parisiense completamente recoberto por um mural erótico que retrata Pénélope Kurkowski, esposa e musa do pintor. Realizada em 1992, quando o artista nova-iorquino chegou à França, a obra foi pintada na mais completa ilegalidade e só foi descoberta recentemente, por ocasião do trágico falecimento de Kurkowski, que resolveu pôr fim à sua vida dentro desse vagão, em dezembro de 2016.
Seguiu-se uma longa e acirrada batalha judicial entre o Departamento de Transportes de Paris e Bernard Benedick, testamenteiro e único herdeiro de Sean Lorenz, para determinar a quem pertencia a obra de arte. Foi só recentemente que as partes chegaram a um acordo que permitiu o leilão de hoje.
"Não será nenhuma surpresa se a obra atingir um novo recorde", afirmou um representante da casa de

leilões. "Mesmo quando Lorenz era vivo, suas obras já eram muito valorizadas. Mas, depois de sua morte, os preços subiram vertiginosamente." De sua parte, Benedick insiste no caráter excepcional dessa peça jamais posta em exposição: "Todos os 21 quadros que retratavam Pénélope Kurkowski foram destruídos em um incêndio em 2015. Esse vagão é o único testemunho pictórico ainda existente, de que tenho conhecimento, do relacionamento pouco convencional de Lorenz com a ex-mulher".

Rebatendo as críticas em relação ao aspecto um tanto macabro dessa obra em particular, o galerista acredita que não passam de um erro de julgamento: "Essa obra cristaliza a quintessência do amor e da beleza", resume. E então conclui, filosófico: "Para escapar da brutalidade de uma época comandada pela tecnologia, pela estupidez e pela racionalidade econômica, que armas nos restam além da arte, da beleza e do amor?".

Fontes
O verdadeiro do falso

Não adianta procurar Sean Lorenz nos museus ou nas galerias de arte contemporânea: ele é um amálgama de diversos pintores cuja obra admiro e que, felizmente, não tiveram um destino tão trágico.

Também é inútil ir até o Quai Voltaire para explorar a loja de Jean-Michel Fayol: seu personagem, fictício, me foi inspirado em parte pela leitura de reportagens sobre a empresa Kremer Pigmente, criada por Georg Kremer, assim como por mídias digitais que citam a coleção de pigmentos do *Straus Center for Conservation and Technical Studies*, em Cambridge, dizendo que é a única do mundo.

Por fim, alguns de vocês devem ter percebido, ao longo deste romance, a aparição furtiva de personagens ou a evocação de lugares nascidos em meus livros anteriores. Espero que essas piscadelas tenham lhes feito sorrir. De qualquer maneira, caros leitores, são uma prova do meu reconhecimento pela sua presença assídua.

Referências

p. 9: CAMUS, Albert. *L'Été*. Paris: Gallimard, 1954. [ed. bras.: *Núpcias, o verão*. Rio de Janeiro: Nova Fronteira, 1979.]; p. 21: fala de Audrey Hepburn em *Sabrina*. Direção: Billy Wilder. Estados Unidos: Paramount Pictures, 1954. (113 min); p. 32: DOSTOIÉVSKI, Fiodor. *Souvenirs de la maison des morts*. Tradução de Louise Desormonts e Henri Mongault. Paris: Gallimard, 1936. [ed. bras.: *Memórias da casa dos mortos*. Porto Alegre: L&PM, 2008.]; p. 41: HEMINGWAY, Ernest. *Pour qui sonne le glas*, adaptado da tradução de Denise van Moppès. Paris: Gallimard, 1961. [ed. bras.: *Por quem os sinos dobram*. Rio de Janeiro: Bertrand Brasil, 2014.]; p. 44: KELLERMAN, Jesse. *Les Visages*. Tradução de Julie Sibony. Paris: Sonatine Éditions, 2009. [título original: *The Genius* (o gênio)]; p. 65: APOLLINAIRE, Guillaume. *Les Mamelles de Tirésias* (1917). [ed. port.: *As mamas de Tirésias*. Lisboa: Sistema Solar, 2012.]; p. 87: SHAKESPEARE, William. *The Life and Death of Richard the Third* (1592). [ed. bras.: *Ricardo III*. Porto Alegre: L&PM, 2007.]; p. 88: BRASSENS, Georges. "Le Pluriel" [O plural], 57 SARL, 1966.; p. 93: BREL, Jacques. "Orly", 1977.; p. 112: FERRÉ, Léo. "Avec le temps" [com o passar do tempo], 1970.; p. 114: PICASSO, Pablo. *Cahiers d'Art* [Cadernos de arte]. Paris: Éditions Cahiers d'Art, 1935.; p. 124: GODARD, Jean-Luc. *Histoires du cinéma*. Paris: Gallimard, 1990.; p. 144: BAUDELAIRE, Charles. "Any where Out of The World" [Em qualquer lugar fora do mundo]. In: BAUDELAIRE, Charles. *Le Spleen de Paris* (1869). Poema 48. [ed. bras. *O spleen de Paris*: pequenos poemas em prosa. Porto Alegre: L&PM, 2018.]; p. 155: WILDE, Oscar. *Lady Windermere's Fan* (1893). [ed. port.: *O leque de Lady*

Windermere. Mem Martins: Publicações Europa-América, 1997.]; p. 189: FREUD, Sigmund. "Une difficulté de la psychanalyse" (1917). In: *Essais de psychanalyse appliquée*. Tradução de Marie Bonaparte e E. Marty. Paris: Gallimard, 1971. [ed. bras.: "Uma dificuldade no caminho da psicanálise". In: *Obras Completas de Sigmund Freud*. vol. XVII. Rio de Janeiro: Imago, 1996.]; p. 198: SARTRE, Jean-Paul. *L'Être et le Néant*. Paris: Gallimard, 1976 [ed. bras.: *O ser e o nada*: ensaio de ontologia fenomenológica. Petrópolis: Vozes, 2015.]; p. 200: SCHOPENHAUER, Arthur. *Aphorismes sur la sagesse dans la vie* (1851). [ed. bras.: *Aforismos para a sabedoria de vida*. Porto Alegre: L&PM, 2018.]; p. 239: PICASSO, Pablo. *Apud* GILOT, Françoise e LAKE, Carlton. *Vivre avec Picasso* [Viver com Picasso]. Paris: Calmann-Lévy, 1964.; p. 255: BEAUVOIR, Simone de. *L'Amérique au jour le jour* [América dia a dia]. Paris: Gallimard, 1957.; p. 268: GOETHE, Johann Wolfgang von. *Le Roi des aulnes*. Adaptação de Charles Nodier (1780-1844); p. 277: NIETZSCHE, Friedrich. *Par-delà le bien et le mal*. Tradução de Cornélius Heim. Paris: Gallimard, 1971. [ed. bras.: *Além do bem e do mal*. Porto Alegre: L&PM, 2008.]; p. 287: GIRARD, René, *Mensonge romantique et vérité romanesque*. Paris: Éditions Grasset, 1977. [ed. bras.: *Mentira romântica e verdade romanesca*. São Paulo: É Realizações, 2009.]; p. 327: ARTAUD, Antonin. *Van Gogh, le suicidé de la société*. Paris: Gallimard, 1990. [ed. port.: *Van Gogh*: o suicidado da sociedade. Lisboa: Assírio & Alvim, 2004.]

lepmeditores
www.lpm.com.br
o site que conta tudo

IMPRESSÃO:

PALLOTTI
GRÁFICA

Santa Maria - RS | Fone: (55) 3220.4500
www.graficapallotti.com.br